un moment dans nos vies

SHARI LOW

Traduit de l'anglais
par Ariane Maksioutine

City
Roman

Retrouvez tous les titres City Editions :

www.city-editions.com

© City Editions 2025, pour la traduction française

Publié pour la première fois au Royaume-Uni
sous le titre *One moment in time* par Boldwood Books Ltd.
Droits de traduction arrangés par Vicki Satlow de The Agency srl.
Couverture © Alice Moore Design et Shutterstock
ISBN : 978-2-8246-2830-1
Code Hachette : 55 2763 7

Collection dirigée par Christian English & Frédéric Thibaud
Catalogues et manuscrits : city-editions.com

Dépôt légal : Janvier 2025

Je dédie ce livre à Jan Johnston et à Lyndsay MacAlister, pour Vegas, les cocktails, ces milliers de cafés et ces années de rires...

À mon amour, John, et à notre famille, qui représente tout, pour toujours.

Prologue

LAS VEGAS – 19 mai 1993

Elvis tendit les deux bras sur le côté, faisant s'agiter les franges cousues à sa veste de cuir blanc. La chapelle Elvis Loves Me Tender de Las Vegas, avec ses murs blancs et ses fleurs en plastique, était sa scène, et les quatre individus debout devant lui composaient son public.

— Brenda Doris Fulton, chanta-t-il d'une voix légèrement moins impressionnante que celle qui avait appartenu au véritable Elvis Aaron Presley, prenez-vous cet homme, Colin Jones... (ces mots déclenchèrent un tonnerre de tambourins chez les trois choristes vêtues de rose que le panneau publicitaire appelait les Chapelettes, et qui se tenaient à la gauche d'Elvis) pour amour brûlant et époux jusqu'à votre dernier jour sur Terre ?

— Je le veux, murmura Brenda, des larmes plein les joues, et pas seulement à cause des néons fluorescents fixés au-dessus de leurs têtes qui lui donnaient la migraine.

Sa réponse fut suivie d'une nouvelle salve de tambourins, ainsi que de plusieurs « Dieu soit loué » entonnés par les Chapelettes.

— Et vous, Colin Jones, prenez-vous cette femme, Brenda Doris Fulton, pour épouse, et lui promettez-vous de l'aimer tendrement jusqu'au jour de votre mort ?

Colin plongea dans ses yeux, et Brenda y vit tant de choses... De l'amour. De la peur. De l'incertitude. De la gêne, parce que l'air conditionné était inexistant, dans la chapelle, et que ce soit à cause de la chaleur ou de la situation, il transpirait comme un joggeur en plein marathon. Sous le soleil à son zénith. Affublé d'un gros pull en laine.

— Je le veux.

— Par les pouvoirs qui me sont conférés par Viva Las Vegas, le Nevada et le Seigneur dans toute Sa grandeur, je vous déclare mari et femme. Que vous ne soyez jamais seuls la nuit ou pris par le doute. Amen.

Les premiers accords de The Wonder of You furent déversés par un gros radiocassette, dans le coin de la pièce, et Elvis et les Chapelettes chantèrent deux couplets ainsi que le refrain pendant que Colin et Brenda descendaient l'allée.

Ils avaient déjà payé la cérémonie avant qu'elle débute – sûrement dans le cas où ils auraient changé d'avis, pour éviter qu'Elvis soit floué de son oseille –, alors ils se contentèrent de pousser la lourde porte de bois, et sortirent d'un pas timide dans la nuit humide et poisseuse de Las Vegas.

C'est là qu'ils comprirent tous les deux.

Brenda, dans sa robe d'été blanche, fut la première à parler.

— Colin... murmura-t-elle en croisant son regard, prise d'une timidité inédite – elle connaissait cet homme depuis trois ans, et pourtant, elle avait l'impression de se trouver face à un étranger. Qu'avons-nous fait ?

Si elle attendait de sa part un regain de confiance ou une suggestion pleine d'inspiration, elle se trompait de personne.

— J'en ai aucune foutue idée, Brenda. Et je ne sais pas du tout quoi faire maintenant.

1

Zara

Mars 2023

— Comment ça se passe, inspecteur Gadget ? Tu l'as retrouvé ? demanda Millie en surgissant de la partie boutique, armée de trois seaux d'hortensias blancs destinés aux centres de table pour les noces des Miller, ce soir-là – mariage qui aurait lieu à dix-huit heures dans l'un des hôtels les plus huppés de la ville, alors autant dire que les compositions se devaient d'être parfaites.

Zara leva les yeux de son ordinateur portable, dans le coin de leur atelier, pour être saisie par le spectacle sidérant qu'offrait sa petite sœur. Même à neuf heures du matin, vêtue de sa tenue de sport habituelle (ce qui était assez ironique, étant donné qu'il aurait fallu lui promettre quelques billets et des coups à boire pour qu'elle ose s'approcher d'une salle de sport), Millie exsudait d'élégance et de beauté, avec ses boucles brunes, son petit cul bien ferme et ses fossettes à la Kate Middleton. Zara, elle, avec sa tignasse blonde formant un chignon branlant maintenu par un stylo, ses racines de trois mois, sa salopette en jean et ses Dr. Martens, se situait davantage à l'autre bout du spectre de la mode. Ou, comme Millie aimait à le dire, dans la catégorie « Roots & Chic ».

— Je cherche encore, mais je pense avoir trouvé quelque chose, déclara-t-elle en tirant le stylo de ses cheveux.

La masse ondulée glissa sur ses épaules en émettant de petits crépitements, luttant avec réticence contre la demi-bouteille de shampoing sec dont elle l'avait aspergée avant de partir. En général, les deux sœurs ne se levaient aux aurores que le lundi matin, où, dès cinq heures, elles étaient au marché aux fleurs de Glasgow afin de faire le plein pour la semaine pour *Blooming Sisters*, leur boutique située dans le West End de la ville. Mais ce vendredi, il avait fallu aller chercher des fleurs supplémentaires pour les événements du week-end, si bien qu'afficher des boucles souples et rebondies figurait tout en bas de la liste des priorités de Zara. D'autant plus qu'elle avait dû se charger de cette mission seule, vu que Millie n'était pas rentrée de là où elle avait passé la nuit.

L'un des plus gros avantages de leur boutique était qu'elle comprenait également l'appartement avec deux chambres juste au-dessus. Ça avait été un énorme plus quand elles avaient visité. Déjà, c'était plutôt pratique pour les journées qui finissaient tard ou qui commençaient tôt, mais en plus, elles n'avaient pas à payer de loyer supplémentaire pour un logement.

Bosser et vivre ensemble aurait pu poser problème à certains frères et sœurs, mais en réalité, en dehors des heures de travail, les deux femmes ne se croisaient que rarement. Le petit ami de Zara, Kev, passait la voir, et ils se calaient devant la télé. Millie, l'opposée en matière de fun, était une « socialiseuse » en série. S'il y avait une grosse soirée quelque part en ville, vous pouviez être certain d'y trouver Millie – et pourtant, elle réapparaissait toujours aux aurores pour prendre une douche rapide, un café, puis descendre au petit trot dans la boutique, la fraîcheur incarnée, comme si elle revenait d'une semaine de vacances à la plage, ce qui avait de quoi frustrer. Si Zara n'avait pas tant aimé sa sœur, sa propre estime l'aurait forcée à la renier il y avait bien longtemps.

—Ooooh, fais-moi voir ! s'exclama Millie en déposant délicatement les hortensias sur l'immense table en acier qui trônait au milieu de leur atelier, à côté des boîtes de lys que Zara avait déjà mises là deux heures plus tôt, à son retour du marché.

Leur atelier/bureau disposait d'un sol en ciment, de murs blancs ainsi que de grandes étagères envahies d'outils, de treillage, de grillage, de vases et de fleurs. La longue table centrale en acier, qui venait d'un entrepôt de préparation alimentaire, avait été achetée lors d'une vente aux enchères. La pièce entière formait un contraste chaotique avec la beauté vintage de la petite boutique située à l'avant, qui arborait des meubles shabby chics et des canapés en velours. Tilly, l'une de leurs employées à temps partiel, gérait la clientèle, ce qui tombait à pic, car les cinq heures qui leur restaient avant la livraison prévue à quinze heures à l'hôtel ne seraient pas de trop pour préparer toutes les compositions – la journée promettait d'être longue.

Fidèle à son habitude, Mille fut incapable de rejoindre Zara sans émettre un commentaire sur son apparence.

—Intéressant, ton choix de fringues. La Maison de la salopette, c'est ça ?

Zara l'ignora et recula légèrement afin que sa sœur puisse voir l'écran, où l'attendait une page Facebook.

—Gary Gregg. Tu sais combien il en existe, des Gary Gregg ? Bon, en vérité, pas tant que ça, mais aucun de ceux qui vivent au Royaume-Uni n'avait le bon âge. J'ai essayé le Canada, l'Australie et la Nouvelle-Zélande, parce que c'est toujours là que Nicky Campbell retrouve les gens pour son émission *Long Lost Family*[1]. Mais que dalle. Pas même un match potentiel. Mais là, il y a une possibilité, sauf qu'il vit en Caroline du Sud.

—Tu as picolé ou quoi ? lança Millie. Le pote de papa habitait à Paisley. Qu'est-ce qu'il foutrait en Caroline du Sud ?

Zara fit dérouler la page.

—Aucune idée, mais ce type a plus ou moins le même âge que papa, et regarde…

Elle désigna l'écran, avec toute la conviction et l'air de triomphe de quelqu'un qui vient de découvrir l'identité d'un tueur en série. Il n'y avait que deux posts sur son profil. L'un montrant un homme charmant et souriant d'une cinquantaine d'années en costume, la mâchoire carrée, et l'autre où figurait le même type, mais en tee-shirt, assis dans un jardin.

—Quoi ? grogna Millie. Il a une tondeuse, c'est ça ? Ce n'est pas une spécificité écossaise, tu sais. Bon, je t'accorde qu'il est plutôt sexy, pour son âge. Il fréquente de toute évidence les bancs de muscu.

—Tu ne comprends décidément rien… Regarde son bras, commenta Zara en pointant son stylo sur l'écran, puis elle vit Millie avoir la même réaction qu'elle, un peu plus tôt.

Les yeux qui s'écarquillent. Le cerveau qui carbure. Et enfin, le grand sourire.

Il était à peine visible à l'œil nu, mais il était bien là : le minuscule rectangle, avec les lignes qui le remplissaient en diagonale.

—Une croix de saint André, murmura Millie, la voix enflée d'excitation, alors qu'elle examinait le drapeau

1. Émission de télé britannique consistant à réunir des parents proches après des années de séparation (toutes les notes sont de la traductrice).

écossais tatoué sur le biceps de l'homme. (Il était vraiment petit et marqué par les années – sûrement un caprice de jeunesse.) Punaise, tu es douée. Bien joué, frangine. Si la boutique capote, tu peux envisager une carrière de détective privée.

Zara fit une révérence triomphale avant d'accoler à l'écran une photo vieille de trente ans, un Polaroid légèrement granuleux qui montrait quatre individus d'une petite vingtaine d'années, deux femmes et deux hommes, posant sous le panneau iconique qui disait : « *Welcome to Fabulous Las Vegas.* » Sur la bande blanche, sous la photo, on avait écrit quatre noms : Colin Jones, Brenda Fulton, Gary Gregg, Eileen Smith. Puis on avait ajouté : « Avec nos meilleurs amis à Las Vegas, 1993 ! »

—Je n'en reviens toujours pas de les voir aussi jeunes, sur cette photo. C'est vraiment trop bizarre : ils n'avaient même pas encore notre âge qu'ils étaient déjà mariés. Ils avaient quoi… vingt-quatre, vingt-cinq ans ?

Millie hocha la tête.

—Ouais. Nous qui avons du mal ne serait-ce qu'à nous abonner à Netflix…

Zara laissa échapper un ricanement. Comme toujours, sa sœur n'avait pas tort.

—J'ai abandonné, pour Eileen Smith. Il y en a des milliers sur les réseaux sociaux, et je me suis dit que c'était sûrement une grosse perte de temps : à tous les coups, elle est mariée et a donc changé de nom. Mais ce type… c'est lui, non ?

Elles examinèrent longuement l'homme situé tout à droite de la photo, collé à leur père, puis reportèrent leur regard sur l'image qui figurait à l'écran.

—Oui, c'est lui, déclara Zara en répondant à sa propre question. J'en suis sûre. À cent pour cent. Enfin, on va dire… soixante-quinze pour cent, mais si tu es OK, j'ai envie de suivre cette piste.

Millie esquissa sa moue signature, rehaussée d'une petite dose de botox, mais qui semblait toutefois parfaitement naturelle.

—Je partirais sur cinquante pour cent, mais ça vaut le coup d'essayer.

—OK, je me lance, déclara Zara dans un geste si déterminé qu'elle manqua de renverser son reste de café, posé à gauche de son ordinateur, qu'elle rattrapa de justesse avec un petit cri. Bordel, c'était moins une ! Perdre un ordi à cause d'un cappuccino, c'était déjà dommage, alors deux…

—Ce serait à l'image de ta maladresse légendaire, termina Millie pour elle.

Zara l'ignora une fois de plus. En grande partie parce qu'elle avait raison. Parfois, travailler avec quelqu'un qui vous connaissait depuis toujours avait ses inconvénients. Le fait que sa petite sœur ait été là pour témoigner de quasiment toutes les mésaventures qu'elle avait vécues durant ses vingt-huit années d'existence (quasiment, car Millie avait un an de moins qu'elle), et qu'en plus de s'en souvenir, elle était capable de les raconter de manière à faire rire tout le monde, sauf Zara, était le fléau de sa vie. Par exemple, Mme Bassett, qui passait chercher une dizaine d'œillets un vendredi sur deux, n'avait pas particulièrement besoin de savoir que la jeune Zara de dix ans était tombée face la première en plein ballet, s'était cassé le poignet et avait par la suite hérité du surnom « le Couac des Cygnes ». Ou encore que, du haut de ses petits dix-sept ans, écumant pour la première fois les bars du centre-ville armée d'une fausse carte d'identité, elle avait fini dans la vitrine d'un kebab, trahie par ses chaussures à plateforme. Ou que

– attention, ça pique – quelques semaines plus tard, alors qu'elle tentait de perdre sa virginité, l'expérience avait tourné court quand elle avait réussi, Dieu sait comment, à pincer le sexe de son petit copain avec la braguette de son jean. Petit copain qui s'était transformé en ex à peu près trois secondes plus tard. Bien évidemment, Millie n'avait pas assisté à cet incident en direct, mais Zara avait tout avoué le lendemain, morte de honte, et Millie avait réagi avec la compassion sororale qui lui était propre, à savoir en hurlant de rire jusqu'à ce que les larmes maculent ses joues, puis elle avait suggéré à Zara de se contenter de garçons qui portaient des jeans à boutons, à l'avenir.

Zara poussa sa tasse de café sur le côté, puis fit craquer ses doigts avant d'activer la première étape de l'opération baptisée « Retrouvailles Vegas ». Elle cliqua sur le bouton de demande d'ami de la page Facebook de Gary Gregg, puis sur « message ».

Cher Gary,
Désolée de vous déranger, mais j'espérais que vous pourriez m'aider dans des recherches que je mène actuellement, concernant ma famille. Je m'appelle Zara Jones, et j'espère que vous reconnaîtrez le nom de mes parents – Colin et Brenda Jones. Je cherche à retrouver le meilleur ami de mon père dans les années quatre-vingt/début quatre-vingt-dix, et qui était avec eux lors de leur mariage à Las Vegas, en 1993. Nous avons l'espoir que cette personne soit vous.
Nous cherchons également à retrouver l'amie de ma mère, Eileen, qui était à Las Vegas avec eux, elle aussi.
Si je mène ces recherches, c'est que mes parents fêteront leur trentième anniversaire de mariage le 19 mai, et que ma sœur Millie et moi...

Par-dessus son épaule, Millie dressa un poing en l'air.

— *Yesss !* J'ai droit à une mention dans *Guerre et Paix*.

Zara ignora la pique et continua de taper sur le clavier avec ses ongles courts et abîmés.

... prévoyons de leur faire une surprise en les ramenant à Las Vegas, afin qu'ils puissent renouveler leurs vœux le jour J, là où ils se sont mariés.

Nous aimerions beaucoup, en plus, réunir leurs anciens amis lorsque nous arriverons là-bas. Pourriez-vous me contacter afin de me confirmer ou non si vous êtes celui que je cherche ? Je vous laisse mon numéro : UK 141 093 2020.

En espérant avoir très vite de vos nouvelles.

Elle appuya sur « envoyer », croisa les doigts et leva un regard implorant vers le ciel. Il *fallait* que ça fonctionne.

— Allez, les fées de la romance, au boulot !

Zara vit sa sœur faire cette tête qui annonçait l'arrivée imminente d'un commentaire à la Madame-je-sais-tout. Elle ne se trompait pas.

— Je sais de source sûre, commença Millie, que les fées de la romance n'écoutent que les gens qui croient aux choses de nature romantique, alors je crains qu'il te faille un plan B, ma chère.

— Je crois à la romance, rétorqua Zara en feignant d'être outrée. Kev et moi avons huit années de romantisme derrière nous.

En s'entendant dire ces âneries, elle eut elle-même du mal à se retenir de rire. Sauf si enchaîner les derniers docus Netflix sur les tueurs en série était considéré comme le passe-temps rêvé des amoureux, Kev et elle avaient certainement fait preuve de romantisme pour la dernière fois aux environs de Noël… 2016. Et même là, c'était parce qu'il avait acheté au dernier moment, pris de court, des chocolats en forme de cœur au Carrefour du coin.

Le regard laser de Millie transperça la salopette de sa sœur, en dessous de la ceinture.

—Je peux savoir à quand remonte la dernière fois que tu t'es épilé le maillot ? Plusieurs années, non ?

Zara leva les yeux au ciel. Bon, OK, Millie n'avait pas totalement tort. Mais elle était prête à parier que Kev ne remarquait rien ou s'en cognait clairement, si elle affichait une toison digne d'une forêt vierge. Non, ils n'étaient pas le couple le plus sexy de l'univers, mais ils étaient meilleurs amis. Et c'était ça, le plus important. Kev était la personne avec qui elle préférait décompresser à la fin de chaque journée, et elle refusait d'entendre ce genre de critique de la part d'une femme dont l'idée de l'engagement à long terme consistait simplement en un second rencard.

—Plus ou moins à la dernière fois que tu t'es retrouvée dans une relation monogame.

—Oh, j'ai mal ! se récria Millie en jouant l'actrice amatrice, serrant son cœur l'espace de deux petites secondes, avant que ses priorités reprennent le dessus. Bon, on a plutôt intérêt à se mettre à ces compositions si je veux être libre ce soir : je suis sur la liste VIP de ce nouveau club qui vient d'ouvrir sur George Street. Une boîte de nuit, tu vois ce que c'est ? Un endroit où les gens dansent, boivent et prennent des décisions irresponsables…

—Tu peux faire tout ça sans avoir à quitter notre cuisine, la taquina Zara en se levant de sa chaise, puis elle se pinça les fesses afin de leur redonner vie un tant soit peu.

Il était vraiment temps qu'elle s'offre un fauteuil digne de ce nom, pour remplacer cette vieille chaise en bois que leur grand-mère leur avait donnée quand elles avaient ouvert la boutique…

Blooming Sisters était leur entreprise, la prunelle de leurs yeux, et leur raison de se lever à des heures inadmissibles. Zara adorait chaque brique et chaque odeur de cet endroit. Niché dans un quartier branché de Glasgow, Hyndland, il bénéficiait d'une bonne clientèle de passage, mais la spécialité et la plus grosse source de revenus des sœurs étaient les événements : mariages, enterrements, fêtes pour annoncer le sexe du bébé, soirées d'entreprise, fêtes de Noël, émissions télé… En gros, tout ce qui nécessitait des brouettes entières de fleurs joliment arrangées.

Quand elles avaient démarré, Zara avait été terrifiée à l'idée de perdre leur crédit, leurs économies et l'argent que leurs parents leur avaient prêté dans les six premiers mois. Par chance, elle s'était trompée. Aujourd'hui, cinq ans plus tard, les heures étaient toujours longues, la boutique aurait pu s'accommoder d'une nouvelle chaudière, et Zara n'avait pas encore perdu cette infime terreur que tout puisse s'effondrer du jour au lendemain, mais elles gagnaient bien leur vie, et – mieux encore – dès la troisième année, elles avaient pu rembourser leurs parents.

Ceux-ci ayant refusé de toucher le moindre intérêt, c'était ainsi que l'idée de Vegas avait germé. Comment remercier cette maman et ce papa qui avaient toujours été là pour elles, si aimants, si forts, si respectables et si encourageants ? Zara ne savait plus qui d'elles deux avait suggéré Vegas en premier, mais dès que l'idée avait été énoncée, elles s'étaient lancées dans les préparatifs, d'autant que le petit héritage que leur adorable grand-mère leur avait laissé l'an passé rendait l'aventure tout à fait viable. Elles s'apprêtaient à dépenser jusqu'au dernier de leurs pennies dans ce voyage, mais elles étaient toutes deux convaincues que c'était ce qu'il fallait faire. La plupart du temps. Après quelques gin-tonics, il était arrivé à Millie de suggérer que la meilleure chose à faire avec cet argent était de le claquer dans une Mercedes, puis de payer tout ce qu'elle ne pouvait pas se permettre avec sa carte de crédit, mais elle changeait toujours d'avis quand elle se réveillait le lendemain matin.

Zara savait que ce serait le moment le plus précieux de leur existence, et c'était tout ce qui comptait pour elle. Se composer des souvenirs à vie. Montrer à sa famille à quel point on l'aime. Se plier en quatre afin de créer de merveilleux moments pour les gens qui le méritent le plus. Et gagner toute une vie de dîners de Noël gratuits de la part d'une maman qui leur épargnerait à tout jamais de faire la cuisine après ça.

Pendant la demi-heure suivante, elles travaillèrent en chantant sur la playlist spéciale Beyoncé de Millie, jusqu'à ce que Zara termine le premier centre de table, un sublime cube de verre qui éclatait en un nuage de fleurs blanches. C'était à couper le souffle. Exactement ce qu'avait demandé la mariée, après plus ou moins quarante-sept conversations, une dizaine de rétractations et au moins une crise d'hystérie.

—C'est magnifique, murmura-t-elle en reculant avant de contourner la table pour inspecter sa création sous tous les angles.

Un reniflement vint lui chatouiller l'oreille ; elle tourna vivement la tête vers Millie, sidérée. Sa sœur n'était pas du genre à afficher des larmes ni à verser dans le sentimentalisme.

—Serais-tu submergée par l'émotion ?

—Non, non. Je viens de croquer dans cette brochette. Elle est tellement épicée que j'en ai les yeux qui pleurent, répliqua Millie en riant, la brochette en question brandie devant elle. Mais oui, c'est magnifique. Si l'idée prend à certaines de se réduire en esclavage auprès d'un seul homme pour le reste de leur vie, autant marquer ce grand jour avec un joli centre de table…

—Rappelle-moi de *ne pas* te laisser rédiger notre prochaine campagne de pub, soupira Zara. Qu'est-ce qui cloche, chez nous ? Nous sommes deux femmes, et nous n'avons ni l'une ni l'autre la moindre fibre romantique, aussi bien dans le sang que dans le cerveau. Tu crois que c'est un défaut génétique ?

Millie, qui s'était déjà lassée de leur tâche, avait décidé de faire une pause pour regarder ses notifications Insta, mais elle avait tout de même une oreille attentive.

—Je pense que nos parents ont peut-être gardé tout le romantisme pour eux. Trente ans. Comment est-ce même possible ? En particulier après un mariage coup de tête à Vegas. Ils vont être retournés par ce voyage, je le sais. Et si on arrive à faire venir leurs anciens potes, ce sera encore plus parfait. Enfin… tu as déjà demandé aux parents pourquoi ils n'étaient pas restés en contact avec eux ? Ils ont l'air plutôt proches, sur cette photo, et pourtant, on ne les a jamais rencontrés. Et s'ils s'étaient brouillés ?

Zara marqua une pause, les doigts emmêlés dans les tiges de deux lys.

—Papa et maman ? Ils ne se sont jamais brouillés avec qui que ce soit. Et non, je ne leur ai pas posé la question, parce que j'ai trouvé cette photo dans la vieille boîte de mamy quand je triais ses affaires, après son décès, et que ça ne me paraissait pas être le meilleur moment pour en parler. Ensuite, on a décidé de leur faire cette surprise, et je ne voulais pas la gâcher. Quoi qu'il en soit, la réponse est évidente aujourd'hui… les deux autres sont partis ;

c'est *ça* qui les a éloignés. Gary Gregg a décidé de vivre en Amérique, et Eileen Smith a dû déménager, elle aussi. Il n'y avait pas Internet, à l'époque. Les gens perdaient constamment contact.

—Tu crois ?

Zara surprit le sourcil sceptique dressé de sa sœur. Ce qui n'arrivait pas si souvent, au vu de l'amour que nourrissait Millie pour le botox.

—Mon Dieu, ton front a bougé ! Ne me fais plus jamais peur comme ça !

Millie passa les doigts sur son front.

—Je me disais bien que je sentais quelque chose de bizarre… Enfin, tu dois avoir raison. Tu sais que je ne partage pas toujours ta vision positive de la vie. L'optimisme continuel me donne la migraine. Mais je suis sûre que tout se passera bien.

Zara s'efforça de repousser les bribes de doute qui s'étaient insinuées dans son esprit.

—Oui, c'est certain. Tu verras, Gary Gregg ne va pas tarder à me répondre pour m'annoncer que c'est la meilleure chose qui lui soit arrivée depuis des années.

2

Brenda

Avril 2023

Brenda regarda le visage de son amie Bernadette s'illuminer. Oui, vraiment S'ILLUMINER.

—Je pense qu'on va devoir arrêter d'être amies jusqu'à ce que tu trouves un moyen de virer ce sourire, commenta-t-elle en posant deux tasses de thé sur la table, en salle de pause du service des urgences de l'hôpital central de Glasgow.

Évidemment, elle n'en pensait rien. La joie de Bernadette faisait plaisir à voir. Elle l'avait senti venir, ce bonheur de conte de fées, et tous les autres clichés dont les gens pouvaient assener ces secondes chances, ces histoires d'amour qui arrivaient tard dans votre vie.

Bernadette attrapa sa tasse fumante.

—Je ne t'en veux pas. Si je me rencontrais là, maintenant, je ne pourrais pas me piffer, lança-t-elle, sa douce intonation débordant de la chaleur qui avait fait d'elle l'une des plus proches amies de Brenda.

Cela faisait vingt-cinq années qu'elles travaillaient ensemble, et Brenda chérissait chacune d'elles.

—Bon, je t'écoute. Je veux *tous* les détails. Tu n'as pas intérêt à omettre quoi que ce soit, je te préviens ! Enfin, je n'ai qu'une demi-heure de pause, alors fais en sorte d'être efficace, quand même.

Bernadette laissa échapper un petit rire, et Brenda fut une fois de plus émerveillée de voir le bonheur de son amie exsuder par tous ses pores.

—OK, efficacité, donc. John et moi avons passé le week-end à Dublin. L'un de ses fils, Tadgh…

—C'est le chanteur ?

Bernie confirma d'un hochement de tête.

—Oui, mais pas celui qui a un groupe. C'est lui qui chante en solo.

Ces derniers mois, Brenda avait entendu parler en long et en large de la famille de John, son *ami*, depuis que Bernadette l'avait rencontré l'été dernier, en vacances. Le terme « petit copain » avait été rayé de la carte, car – selon Bernadette – ce n'était pas très adapté vu qu'ils étaient tous les deux capables de se souvenir des paroles de chansons datant des années soixante-dix…

—Bref, il donnait un concert dans une salle du centre-ville, et ensuite, nous rentrions à la maison – je t'ai dit que ma Nina et Gerry, ainsi que mon Stuart et son petit copain, Callum, nous accompagnaient ?

—Oui, confirma Brenda, brûlant de connaître la suite.

Les enfants de Bernadette, Nina et Stuart, étaient la raison de vivre de son amie.

—Donc, nous rentrions tranquillement, John et moi, Tadgh et sa copine, Hayley, ainsi que les enfants, et nous longions l'un des ponts qui traversent la Liffey, quand soudain, John s'est arrêté. Au début, j'ai cru qu'il faisait un malaise…

—Déformation professionnelle, commenta Brenda en riant.

—Exactement. Mais alors, il s'est tourné vers moi et a dit : « Bernadette, je ne suis pas doué pour les grandes déclarations, mais j'imagine que nos proches ne seront pas tous réunis avant longtemps, et je veux qu'ils soient là pour partager ce moment. Ma chérie, je n'aurais jamais cru avoir une autre chance d'éprouver le genre d'amour que j'éprouve pour toi. Cette année passée à tes côtés… le petit vieux que je suis ne méritait pas un bonheur pareil, et je n'ai certainement aucune envie qu'il prenne fin. Bernie, mon amour, veux-tu m'épouser ? »

Brenda, qui n'avait pas la larme facile, sentit toutefois ses yeux brûler.

—Oh, Bernadette, c'est magnifique… Et qu'est-ce que tu as répondu ?

—Eh bien, au début, je n'ai rien dit, parce que j'étais trop choquée pour parvenir à articuler quoi que ce soit, mais dès que j'ai réussi à chasser l'énorme boule qui s'était logée dans ma gorge, j'ai répondu : « Évidemment que je veux t'épouser, parce que moi aussi, je t'aime, mon adorable andouille. » Alors, il m'a soulevée de terre et m'a fait tournoyer dans les airs. À ce moment, Brenda, je t'assure que c'était comme si nous avions à nouveau vingt ans. Enfin, jusqu'à ce qu'il se coince le dos et doive me reposer.

Deux des nouveaux jeunes docteurs du service entrèrent pour découvrir deux femmes en pleurs à la table. Ils reculèrent alors lentement et disparurent, décidant visiblement que leurs cheeseburgers et leurs canettes de Red Bull pouvaient attendre.

—Le lendemain matin, il avait encore du mal à se tenir droit, mais ça valait le coup. Nous sommes allés choisir cette bague… (Elle tendit la main pour révéler un magnifique anneau d'or serti de trois diamants minuscules, mais parfaits.) Et voilà, nous sommes fiancés. Bientôt mariés.

Je n'arrive pas à croire que ça me tombe dessus, à moi. Nous ne nous sommes pas encore penchés sur tous les détails, mais nous envisageons un mariage en septembre, en Irlande. Promets-moi que Colin, les filles et toi serez là.

Les joues de Bernadette pouvaient à peine contenir son sourire ; Brenda gloussait d'un plaisir et d'une joie irrépressibles pour son amie.

C'était tout du moins ce qu'elle pensait, jusqu'à ce qu'elle s'entende dire :

—Oui, bien sûr, nous adorerions… oui…

Son esprit se figea, elle sentit son sourire s'éteindre ; Bernadette la dévisageait désormais avec un air très clairement angoissé.

—Brenda, ma chérie, tout va bien ? Tu…

Son amie s'arrêta de parler, et c'est là que Brenda se rendit compte que son visage était trempé, et que son rire, sans qu'elle sache comment, s'était mué en sanglots. Des sanglots bien violents, le genre à prendre d'assaut le cerveau et le corps, et à vous faire trembler et convulser d'agonie.

—Oh, doux Jésus, Brenda… murmura Bernadette en accourant auprès d'elle.

Brenda sentit ses bras l'envelopper, ses doigts caresser ses cheveux, mais elle était toujours incapable de s'arrêter.

—Qu'est-ce qu'il se passe ? Qu'est-ce que c'est ? Je suis tellement désolée, si je t'ai contrariée…

—Non ! parvint-elle à s'écrier avant de se ressaisir juste assez pour lâcher : Non, ce n'est pas toi, et c'est moi qui suis désolée. (Nouveaux sanglots.) J'ai complètement gâché ton moment, Bernadette. (Un autre sanglot, suivi d'un reniflement sonore.) Je suis heureuse pour toi, vraiment.

Bernadette s'était écartée pour mieux l'observer, dégageant d'une main douce les mèches de cheveux qui s'étaient échappées du chignon de son amie.

— Oh, ma chérie. Qu'est-ce que c'est, alors ?

Brenda sentit quelque chose exploser dans sa poitrine, un peu comme une roue de torture tournoyant en projetant des étincelles partout, jusqu'à ce qu'elle ne puisse plus rien maîtriser.

— Je veux… je veux quitter Colin.

C'était la première fois qu'elle le disait tout haut, et elle ignorait si elle se sentait mieux ou moins bien. Non, tout bien réfléchi, rien ne pouvait la faire se sentir mieux, à cet instant.

Le bruit de la porte qui s'ouvrait de nouveau s'entendit à peine que Bernadette aboyait déjà « Dehors ! » afin de leur épargner toute interruption potentielle. Deux jeunes hommes en blouse rebroussèrent chemin, et la porte se referma doucement. Brenda savait qu'elle devrait leur présenter ses excuses, mais pour l'instant, elle se contentait d'inspirer et d'expirer. Il fallait qu'elle se ressaisisse. Cela ne lui ressemblait pas. Elle n'était pas du genre à se donner en spectacle. Elle était plutôt celle qui consolait les autres et qui cherchait une solution à leurs problèmes. Sauf que là, il n'y avait aucune solution à trouver. Elle le savait déjà. C'était pour ça qu'elle se sentait aussi dévastée.

Une poignée de mouchoirs fut jetée dans ses mains, et elle se moucha pendant que Bernadette se rasseyait tout en lui caressant le bras.

— Bon, dès que tu te sens prête, dis-moi ce que tu ressens, et voyons si en parler peut t'aider. Mon Dieu, que je me sens bête. J'ignorais que vous aviez des difficultés. Vous m'avez toujours donné l'impression d'aller… bien, tous les deux.

Brenda se moucha une nouvelle fois. Le problème venait d'être énoncé.

—Je sais, Bernadette, mais justement, ça veut tout dire, tu ne trouves pas ? *Bien.* Nous allons toujours *bien.* Mais moi, ce que je désire – et s'il te plaît, ne me juge pas –, ce n'est plus juste « aller bien ». Colin et moi… La vérité, c'est que nous avons toujours été de grands amis, mais nous nous sommes mariés si jeunes et…

Elle s'arrêta là. Il était inutile de déterrer des histoires vieilles d'un siècle. Ce qu'il s'était passé à Vegas quand ils s'étaient mariés… aussi cliché cela soit-il, comme le voulait l'adage, était resté à Vegas. Ils étaient jeunes. Ils avaient commis des erreurs. Ils pensaient faire ce qu'il fallait, sur le moment. Et parfois, Brenda avait le sentiment que ces trente dernières années n'avaient été qu'un long exercice pour en tirer le meilleur.

—En gros, j'ai compris que si je reste avec Colin, je n'aurai jamais mieux. J'aurai vécu toute mon existence sans savoir ce que ça fait d'être folle amoureuse d'un homme. Sans éprouver cette chose si particulière dont on parle dans les livres. Sans afficher ce sourire rayonnant que tu as depuis un an, maintenant.

Bernadette écarquilla les yeux.

—Je suis vraiment navrée si je t'ai fait…

—Non, non, la coupa Brenda. Je t'en supplie, ne présente pas tes excuses. Je suis tout excitée pour toi, vraiment. Tu as traversé tant d'épreuves ; tu mérites chaque seconde de ce bonheur, je t'assure. Le truc, c'est que moi aussi, j'ai envie de savoir ce que ça fait… Est-ce que c'est pathétique ? Égoïste ?

—Non, répliqua Bernadette en secouant vigoureusement la tête. Bien sûr que non. Mais… tu ne voudrais pas en parler à Colin ? Peut-être lui faire comprendre ce que tu ressens ? Travailler sur ce que vous avez. Je veux dire…

trente années, c'est beaucoup à mettre derrière soi. Je suis sûre que si tu lui disais…

—Je lui en ai parlé une bonne centaine de fois, admit Brenda tout en ravalant la boule de tristesse qui s'était logée dans sa gorge. Le souci, c'est que ce n'est tout simplement pas dans sa nature. Ça ne l'a jamais été. Il est satisfait de sa vie, de son travail. Il prend sa préretraite dans quelques mois et me parle déjà de ce qu'il aimerait changer dans le jardin. Des balades qu'il aimerait faire. Des livres qu'il aimerait lire. Et j'aime cette simplicité, chez lui – Dieu sait que ça nous a permis d'éviter bon nombre de crises –, mais je ne veux plus de ça, Bernadette. Je veux voyager. Rencontrer de nouvelles personnes. Vivre l'aventure. Vivre, tout simplement, avant de ne plus rien avoir en moi. Combien de gens avons-nous perdus dernièrement…

Bernadette hocha la tête ; Brenda savait qu'elle comprenait ce qu'elle voulait dire. Encore une déformation professionnelle. Aux urgences, elles voyaient l'une comme l'autre trop de morts, trop de vies emportées trop tôt. Et pas seulement des anonymes. Le premier mari de Bernadette, un cardiologue doublé d'une véritable enflure, avait brusquement succombé à une crise cardiaque à peine deux ans plus tôt. L'un de leurs médecins préférés, Noah Clark, avait perdu son meilleur ami dans un violent accident de voiture le mois précédent. Au tout début de l'année, une autre infirmière du service, Rosina, une amie qui leur était chère, était morte d'un cancer. Elle avait cinq ans de moins que Brenda, et peut-être avait-ce été l'élément déclencheur. Le début du questionnement, de la peur de ce qu'elle avait raté dans sa vie.

—Beaucoup trop, admit Bernadette avant de replonger dans le silence.

Bernadette était comme ça. À l'instar de Brenda, elle préférait écouter, laisser les gens parler plutôt que d'essayer d'imposer son avis.

Brenda attrapa sa tasse et but un peu de thé, espérant que la chaleur dénoue la boule d'émotions qui lui serrait la gorge.

—C'est là que je veux en venir. Loin de moi l'idée d'être cucul ou larmoyante, mais personne ne sait ce qui nous attend, ou combien de temps il nous reste. Et il y a tellement de choses que je n'ai pas faites, que je n'ai pas éprouvées… Tant que nous élevions nos filles, ça m'allait. Je ne l'avais même pas remarqué. Quoi de plus normal ? J'étais si heureuse d'avoir ma famille et d'être maman que j'en ai aimé chaque minute, mais les filles sont grandes maintenant, et elles ont leur propre vie. Et même si l'idée de leur partager ce que je ressens et de leur annoncer que j'ai l'intention de quitter leur père me rend malade, j'ai envie de mener ma propre vie, moi aussi.

Bernadette lui pressa doucement la main, sa frange rousse bondissant en réponse à son hochement de tête.

—Brenda, durant toutes ces années, je ne t'ai jamais vue prendre une mauvaise décision, te tromper ou agir sans réfléchir, alors si tu sens que c'est vraiment ce qu'il te faut, je ferai mon maximum pour t'aider et te soutenir. C'est quoi, la suite ? Tu vas en parler à Colin ?

Brenda hocha la tête, absorbant les paroles apaisantes de son amie. Savoir simplement qu'elle n'était pas en train de perdre la tête, de faire quelque chose de dingue, entendre quelqu'un lui dire de suivre son instinct… cela lui donnait une brique de plus à placer sur l'immense mur de force qu'elle allait devoir construire pour traverser cette épreuve.

—Oui. Comme je te l'ai dit, j'ai déjà essayé, mais il ne comprend pas. Il se contente de me faire remarquer comme nous avons été heureux, toutes ces années. Et il n'a pas tort. C'est pour ça que c'est si difficile à expliquer. C'est un homme bien. Il ne s'est jamais mal comporté avec moi.

Ce fut au tour de Brenda de presser la main de Bernadette, car son amie avait vécu l'enfer avec son ex-mari manipulateur, violent et narcissique. Quand elle avait trouvé le courage de partir, elle s'était juré de tirer un trait sur les hommes, soulagée de s'en être sortie vivante, puis elle avait rencontré John, et aujourd'hui, elle était plus heureuse qu'elle ne l'avait jamais été et s'apprêtait à épouser un homme qui la grisait. Cela donnait de l'espoir à Brenda.

Le thé faisait effet ; les mots sortaient tout seuls, désormais.

—Je n'ai pas envie de lui faire du mal. Si nous avons un jour connu la passion, elle n'est plus là, mais je l'aime toujours, comme un ami. Je veux simplement *plus* que ça, aujourd'hui. Je veux plus que la même chose, chaque jour de ma vie. Il va falloir que je lui demande de m'écouter et de me comprendre…

—En effet, confirma Bernadette.

—Et il va falloir que je le dise aux filles, aussi. Je crois que c'est ce que je crains le plus. Elles vont être dévastées. Elles adorent leur père, et nous avons toujours été si proches, tous les quatre…

—Mais elles t'aiment aussi, Brenda. Même si ça va d'abord leur faire un choc, elles s'en remettront quand elles comprendront que si tu fais ça, c'est pour ton bonheur.

—Mais au détriment du leur et de celui de Colin ? répliqua Brenda, répétant l'argument qui lui revenait sans cesse depuis qu'elle avait pris cette décision.

—Oui, même dans ce cas. Ce sont des filles adorables, et elles ont la tête sur les épaules. Elles ne supporteraient pas que tu restes dans une situation qui te rend malheureuse, juste pour elles. Je ne doute pas qu'elles se feront du souci pour leur père, mais en vous serrant les coudes, je suis sûre que vous arriverez à surmonter tout ça.

Brenda prit une nouvelle gorgée de thé.

—J'espère, oui. Merci, Bernadette… ça fait tellement de bien de parler.

—J'aurais aimé que tu en parles plus tôt. De préférence avant que je t'assomme avec mon nouveau bonheur…

—Non ! se récria son amie en secouant la tête. C'est exactement ce que j'ai besoin d'entendre. Des histoires de bonheur. Ça me donne l'espoir de vivre ça, moi aussi. Je ne parle pas d'un nouvel homme, mais simplement d'une vie où je ressens les choses, où j'ai un but, où il y a de l'excitation, des surprises, et même des choses qui me terrifient. J'imagine que parler aux filles me préparera plus ou moins à ça.

—Alors, quand est-ce que tu comptes le faire ? demanda Bernadette, l'appréhension formant de minuscules rides sur son front. Histoire que je sache quand prendre un jour de congé et débarquer avec une bouteille de vin, quand ce sera fait.

Brenda avait déjà réfléchi à ça.

—Pas tout de suite. Tu sais que c'est notre trentième anniversaire de mariage dans quelques semaines, et les filles ont prévu un voyage en famille pour l'occasion. Je n'ai pas le cœur à leur parler avant ; tout est déjà prêt. J'ignore ce qu'on va faire. Sûrement passer la semaine au Lake District – nous les emmenions toujours là-bas quand elles étaient plus jeunes, et nous adorions ces moments passés ensemble. Enfin, Zara m'a prévenue il y a des mois, parce qu'elle savait qu'il fallait que je me libère. Je patienterai jusqu'à notre retour. Et en attendant, je mettrai un masque et profiterai de chaque seconde de ce dernier voyage tous ensemble, rien que nous quatre.

— Tu es sûre d'arriver à donner le change ?

La voix de Bernadette trahissait une pointe de doute, ce que Brenda comprenait, mais elle hocha vigoureusement la tête.

— Je fais ça depuis des années, alors je peux tenir un peu plus longtemps. À notre retour de voyage, je commencerai à chercher un appartement – quelque chose de simple dans un endroit sympa, c'est tout ce que je demande. Ensuite, je parlerai à tout le monde, et je ferai mon maximum pour rendre cette annonce la moins douloureuse possible. Je crains ce moment, mais c'est la seule solution. J'ai envie d'un avenir dont je me réjouisse, mais d'abord, même si ce sera très dur, je dois refermer le chapitre de ma vie avec Colin. On ne sait jamais : peut-être qu'en voyageant, il se rendra compte que lui aussi, il veut plus que ça…

Mais elle savait que cela tiendrait du miracle. C'était elle qui allait devoir mettre un terme à ce mariage. Il allait simplement falloir attendre le bon endroit et le bon moment pour le faire.

3

Aiden Gregg

Avril 2023

Le soleil de Caroline du Sud se reflétait sur l'océan, faisant scintiller les vagues qui léchaient les plages de l'île de Hilton-Head. Enfant unique de parents écossais, Gary et Eileen Gregg, Aiden avait grandi à Charleston, à deux heures de route d'ici, mais il avait passé chaque été et chaque congé à Hilton-Head, si bien que la plage située derrière la maison de vacances de ses parents avait été son premier et unique choix pour son mariage avec Layla. Enfin, c'était la maison de vacances de son père, maintenant. Ils étaient convenus, lors du divorce, qu'il conserverait le bien et paierait la moitié de sa valeur à sa mère. Ce dont il se lamenterait jusqu'à la fin des temps. Quoi qu'il en soit, ce serait certainement le moment que Layla allait choisir pour faire son entrée. La ponctualité n'avait jamais été son fort. Il aurait été prudent de lui dire que la cérémonie se tenait une heure plus tôt que l'heure véritable, parce qu'elle avait déjà trente minutes de retard, et Aiden voyait sa mère commencer à faiblir sous le soleil de midi. Ou peut-être était-ce simplement la proximité de son père…

Cela faisait une dizaine d'années qu'ils avaient divorcé, mais Aiden avait conscience que sa mère considérait comme un challenge toute réunion avec son père. En particulier quand celui-ci, comme aujourd'hui, se pointait avec au bras une hôtesse de boîte de nuit de vingt-neuf ans prénommée Mitzy, qui en était à son troisième Espresso Martini et menaçait déjà de montrer à toute la galerie qu'elle savait faire le grand écart en talons. En ce moment même, M. Gregg senior et Mitzy se tenaient derrière le bar, à enchaîner les tequilas avec son témoin, Trevon. Trevon était à la fois son meilleur ami, son ancien coloc, entrepreneur et propriétaire accompli d'une chaîne de centres de fitness, ainsi que l'homme qu'il aimait comme un frère, mais Aiden nota dans un coin de sa tête de ne pas oublier de le renier si jamais il se mettait une mine et perdait les alliances.

Le quatuor à cordes installé tout au bout de l'allée de sable en était à sa troisième interprétation – ou était-ce la quatrième ? – de l'œuvre que Layla avait choisie. La famille d'Aiden avait fourni les lieux, et lui-même avait payé pour leur lune de miel. La mère de Layla, pas vraiment enchantée par l'absence évidente d'extravagance pour le grand jour de sa fille, avait insisté pour faire venir le fameux quatuor à cordes, un officiant performeur, ainsi que pour organiser un buffet en cours de préparation, à l'intérieur. Et bien sûr, elle avait payé la robe qui, d'après Layla, coûtait plus cher que la voiture d'Aiden.

Celui-ci n'était pas surpris. Durant ces quelques mois passés ensemble, sa future femme ne lui avait pas caché que si paresser sur la plage et faire une partie de beach-volley lui convenaient tout à fait, elle aimait également les choses plus chics.

Ils s'étaient rencontrés lorsqu'elle avait emprunté le tapis de course voisin, tandis qu'Aiden était en plein milieu de sa séance d'entraînement de cinq heures du matin, dans l'une des salles de Trevon située en centre-ville. C'était un lundi, et Aiden l'avait saluée d'un petit hochement de tête et d'un sourire. Le mardi, il lui avait dit bonjour. Le mercredi, il s'était présenté. Le jeudi, ils avaient discuté tout en courant, et il avait établi une brève biographie de l'intéressée. Layla. Vingt-neuf ans. Célibataire. Bossait dans le marketing, principalement dans les secteurs du lifestyle et du voyage. Vivait dans un appartement situé à quelques rues du sien. Aimait rencontrer de nouvelles têtes, voyager et boire du café en regardant le soleil se lever.

Le vendredi, il lui avait proposé de dîner avec lui le soir même. Le dîner s'était transformé en petit déjeuner le lendemain matin, puis en dîner du samedi, en brunch du dimanche, et ils avaient fini par être tellement accros qu'ils avaient dû se forcer pour ne pas faire durer leur passion immédiate et intense plusieurs jours encore, principalement parce qu'Aiden doutait que les partenaires de son cabinet d'avocats apprécient que leur expert en droits matrimoniaux se pointe en empestant Arôme de Nuits blanches, avec comme notes de tête du Désir et du Jack Daniel's.

L'ironie de sa vie, c'était qu'en dépit de la terre en friche laissée par la bataille judiciaire de ses parents, il était devenu avocat spécialisé en divorce. Choix sans aucun doute inspiré par la dissolution de leur mariage quand il était encore à l'université. Ils avaient fait en sorte qu'il en soit le moins affecté possible, mais chaque fois qu'il voyait son père et sa mère ensemble, il lisait le stress sur leurs visages, et un bref coup d'œil à la demande de divorce lui avait également appris que s'ils se la jouaient courtois pour son bien, il y avait des accusations d'infidélité contre son père (qui étaient très probablement véridiques), et tout un tas de requêtes et de conflits autour de l'attribution de l'équivalent de vingt années d'accumulation de biens. Message subliminal ou autre, toujours est-il que lorsqu'il avait quitté la fac de droit de Caroline du Sud avec son diplôme en poche, le droit de la famille avait été la spécialité vers laquelle il avait immédiatement gravité.

Bien, revenons-en à l'amour de sa vie. Certes, c'était d'abord par son physique qu'il avait été attiré : cette longue crinière de vagues brunes à la Camila Cabello, ces grands yeux marron et ce sourire parfait qui l'avait – aussi cliché cela soit-il – fait fondre au premier regard. Elle était fraîchement divorcée – ce qui, avec un peu de recul, aurait pu être considéré comme un gros *red flag* par beaucoup de gens, mais il avait préféré ne pas s'y arrêter et se trouver sacrément chanceux.

Layla était stupéfiante, intelligente et assez dingue pour être tombée amoureuse d'Aiden aussi vite et aussi éperdument que lui d'elle. En trois semaines, elle avait emménagé chez lui ; six mois plus tard, ils étaient fiancés, et aujourd'hui, alors que leur rencontre datait à peine d'un an, ils étaient là, sur le sable doré, avec des rangées de chaises blanches en bois disposées sous deux énormes barnums beiges, une arche de fleurs blanches au bout de l'allée, un officiant ainsi que tous ceux qu'ils aimaient. Enfin, *lui* était là. Layla était en retard, comme d'habitude. C'était *le* défaut qui le rendait fou, mais il avait choisi de fermer les yeux et de se focaliser sur tout ce qu'elle avait de merveilleux.

—Elle sera là d'une minute à l'autre, tenta-t-il de rassurer l'officiant, un type plutôt costaud qui commençait à franchement transpirer sous le soleil de plomb. Je peux aller vous chercher quelque chose à boire ? De l'eau, peut-être ?

—Oui, s'il vous plaît. Et une épouse. Ce serait parfait.

Aiden avait cru que ceux qui célébraient les mariages étaient censés répandre la joie, mais cet homme – un ami de la, soit dit en passant terrifiante, mère de Layla – n'avait de toute évidence pas eu le message. Sa future belle-mère n'était même pas là pour le faire patienter. Layla avait demandé à sa sœur unique d'être son témoin, et à ses deux parents de l'accompagner jusqu'à l'autel. Aiden adorait ce choix. Après tout, pourquoi les mamans n'auraient-elles pas elles aussi le droit d'être sur le devant de la scène ?

Sur le chemin du bar de fortune situé derrière les chaises – quelque chose de très simple, avec deux barmen qui servaient de la bière, du vin et des cocktails –, il s'accroupit au niveau de sa propre mère, assise tout au bout de la première rangée. Elle s'était fait accompagner d'un type, un certain Kurt dont elle lui avait parlé deux ou trois mois plus tôt. C'était la première fois qu'Aiden le rencontrait, mais s'il se basait purement et simplement sur l'esthétique, il pouvait comprendre ce qui séduisait sa mère.

—On croirait qu'il sort du catalogue de Noël de chez Macy's, la taquina-t-il en désignant Kurt, occupé à discuter avec l'un de ses partenaires, à l'autre bout.

Aiden était heureux d'avoir sa mère une minute rien que pour lui.

—C'est sûrement parce qu'il sort du catalogue de Noël de chez Macy's, répondit timidement celle-ci.

—Tu es sérieuse ? lança Aiden, hilare. Un mannequin ? On ne s'embête pas, dis donc !

Écarlate, elle lui planta son coude dans les côtes.

—C'est juste un ami. Nous travaillons ensemble : il est agent immobilier, mannequin à temps partiel et, pour aujourd'hui seulement, mon faux petit ami. Il était hors de question que ton père me voie comme une pauvre petite chose perdue sans lui, incapable de le remplacer.

Aiden ouvrit grand les yeux.

— Sans rire ? J'adore !

Il aimait énormément ses deux parents, mais il avait un lien spécial avec sa mère, et il était plus qu'heureux qu'elle lui confie ses secrets – qu'il garderait religieusement, bien sûr.

— J'adore aussi, murmura-t-elle. Ton père est devenu livide dès qu'il a posé les yeux sur Kurt, il y a deux heures. Il était à deux doigts de défaillir.

— Bon, en dehors de ce faux petit ami, comment tu vas, *maw* ? l'interrogea-t-il, sachant qu'utiliser l'argot écossais pour « maman » la ferait immanquablement sourire.

Il n'avait jamais mis les pieds en Écosse, mais sa mère avait toujours le léger accent chantant de son pays natal. Celui de son père s'était davantage fondu à la côte est des États-Unis, sauf quand il était énervé, bourré ou enchanté, ce qui le faisait partir en pur dialecte de Glasgow, avec une préférence pour les injures. À en juger par les gros rires (son père) et les gloussements (Mitzy) qui lui parvenaient du bar, il était au moins l'une de ces choses, à cet instant.

Sa mère devait forcément les entendre aussi, mais si cela l'agaçait un tant soit peu, elle n'en montrait rien. Même sans le mannequin de chez Macy's, c'était sa mère tout craché. Calme. Patiente. Belle. Son père disait qu'elle avait eu un côté un peu foufou, plus jeune, mais Aiden n'en avait jamais été témoin, en dehors peut-être des fois où elle s'était montrée ultra-compétitrice quand elle venait le voir jouer au lycée et à la fac. C'était la mère debout dans les gradins, à crier son nom, à hurler d'indignation si on le poussait à commettre une faute sur le terrain de basket ou à partir sur le banc de touche au football. Parfois, il se demandait comment elle était capable de défendre corps et âme son fils, quand elle ne disait rien contre les saloperies que son mari pouvait lui cracher à la figure.

Jusqu'au jour, bien sûr, où elle l'avait planté et s'était fait la malle. Aiden était en première année de fac. Son père disposait d'une maison de famille le jour où son fils était parti pour démarrer ses études supérieures, et l'été suivant, c'était devenu une garçonnière. Il avait fait en sorte de repousser au maximum le divorce, mais les papiers avaient finalement été signés deux longues et douloureuses années plus tard.

Bref, tout ça, c'était du passé. Deux parents, avec un mépris réciproque mijotant sous la surface. La situation n'était pas parfaite, mais dans son travail, il connaissait tout un tas de gens pour qui c'était bien pire. Il espérait seulement que lorsqu'il y aurait des petits-enfants, ils seraient capables de coexister gracieusement dans la même pièce et de faire preuve de courtoisie au lieu de se comporter comme un abruti fini (son père) ou d'adopter l'attitude d'un congélateur (la spécialité de sa mère).

—Je vais bien, mon chéri, répondit-elle en lui prenant la main. Je pense que ce qui compte le plus, à cet instant, c'est comment tu te sens, toi. Tout va bien ? L'attente, c'est le plus dur, mais je suis sûre qu'elle ne va pas tarder.

Elle avait parlé d'une voix basse pour ne pas se faire entendre des invités de Layla, de l'autre côté de l'allée de sable.

—C'est son seul défaut. Elle est toujours en retard, commenta-t-il en espérant que son sourire ne trahisse pas le fait qu'il commençait à se sentir un peu plus que légèrement décontenancé.

Il aurait pu attendre Layla jusqu'à la fin des temps, mais il se sentait mal pour sa mère, leurs familles, leurs amis, que le soleil n'épargnait pas. Il fut tenté de lui envoyer un message, mais il ne voulait pas gâcher ce moment. Et puis, elle ne regarderait certainement pas son téléphone si elle était en chemin. Il s'était arrangé pour que la grande famille de Layla passe la nuit précédente dans un magnifique hôtel, à deux cents mètres de là. Les limousines de l'établissement avaient transporté la plus grosse partie dans la matinée, si bien qu'ils n'attendaient plus que ce dernier voyage, qui conduisait la mariée, ses parents et sa témoin.

—Tu étais en retard le matin de ton mariage, toi ? lui demanda-t-il, histoire de lui faire oublier la chaleur et l'absence flagrante de sa belle-fille.

Sa mère n'oserait jamais lui dire quoi que ce soit, mais il avait le sentiment que Layla ne l'avait pas encore convaincue. Elle avait tout le temps du monde pour ça. Une vie entière.

—Non, j'étais pile à l'heure. Sûrement par peur qu'avec cinq minutes de retard, ton père fasse passer tout le monde au bar et oublie où il était censé se trouver.

Plutôt qu'amère, sa remarque était amusante, grâce à son sourire pragmatique. Ça, et son honnêteté. Ils savaient tous les deux que c'était certainement ce qu'il se serait passé.

Aiden reporta le regard sur son père, qui tenait salon, en effet, au bar.

Sa mère posa une main délicate sur sa joue.

—Va discuter avec tes invités et prépare-toi pour ton grand moment, mon fils. J'aime chaque petite partie de toi, tu le sais, hein ?

Elle lui avait dit ça chaque jour de sa vie, même quand elle était furieuse parce qu'il s'était mis dans un pétrin ou un autre.

« J'aime chaque petite partie de toi. Sauf celle qui a fait reculer ma voiture dans le mur du garage », avait-elle dit un jour, alors qu'il venait tout juste d'avoir son permis et avait « emprunté » la voiture sans le lui demander. Ce n'était pas l'emprunt qui avait posé problème, mais le retour, plutôt.

—Moi aussi, je t'aime, lui dit-il en se relevant, puis il déposa un baiser sur son front.

Si Layla avait la moitié de la bonté de sa mère, ils auraient les enfants les plus heureux du monde.

Il venait tout juste de se redresser et s'apprêtait à gagner le bar afin de récupérer le fameux verre d'eau pour l'officiant quand le tintement d'un téléphone transperça sa conscience. Puis un autre. Et un autre. Soudain, plusieurs des invités, du côté de Layla, se mirent à sortir leur téléphone d'un sac ou d'une poche. Ce geste en soi n'avait rien de bien inquiétant, mais ce qui le troubla davantage, ce furent les regards nerveux auxquels il eut droit quand ils eurent lu leur message.

Merde. Il s'était passé quelque chose ? Il y avait un problème ? Layla allait être retenue encore longtemps ? Il y avait peu d'espoir que l'officiant soit assez hydraté pour attendre davantage, si le délai se rallongeait. Et… oh… pourquoi tous ces gens continuaient-ils à le fixer bizarrement ?

Il n'était pas du genre à tirer des conclusions hâtives, mais une vilaine crainte commençait tout doucement à lui monter à la gorge.

—Je reviens dans une minute, maman, dit-il en s'efforçant de faire comme si de rien n'était, mais il vit aux deux minuscules rides qui apparurent entre ses sourcils qu'elle avait immédiatement senti que quelque chose n'allait pas.

Il longea les invités en souriant, feignant au mieux la nonchalance et se retenant de courir pour gagner le bar au plus vite.

—Ah, mon fils ! rugit son père. Bientôt la bague au doigt ! J'ai essayé de l'en dissuader, mais... ajouta-t-il en riant pour son public, composé de Mitzy et de Trevon.

Il y avait peut-être un brin de vérité là-dedans. Deux ans après que sa mère l'eut quitté, son père s'était embarqué dans un nouveau mariage vite avorté avec la dernière de sa longue liste de magnifiques et jeunes secrétaires. Comme il fallait s'y attendre, ses finances avaient pris un sacré coup quand le couple avait explosé un an plus tard, si bien que le Gary Gregg doublement divorcé en pleine crise de la cinquantaine n'était pas un grand fan de cette institution.

—Trevon, tu peux me passer mon téléphone ?

Aiden l'avait confié à son témoin pour la durée de la cérémonie, parce que sa veste de costume n'était pas taillée pour contenir un quelconque appareil dans la poche.

—Oui, bien sûr. Tu veux boire une bière d'abord ? C'est un jour beaucoup trop beau pour stresser.

L'accent californien traînant et tranquille de Trevon parvint à ralentir temporairement l'angoisse qui lui remontait l'épine dorsale. Ils étaient amis depuis des années. Aiden entamait sa première semaine de travail quand Trevon était entré dans son bureau pour lui demander de le représenter dans son divorce contre la femme qu'il avait épousée à l'université. Trevon était devenu son tout premier client, principalement parce qu'à l'époque, il n'avait pas eu les moyens de se payer un autre avocat. Il approchait des trente ans – il avait quelques années de plus qu'Aiden –, et travaillait jour et nuit pour lancer sa première salle de sport. Une fois le divorce finalisé, selon des termes relativement justes pour les deux parties, les deux hommes avaient entamé une amitié qui avait dépassé le temps du mariage de Trevon. Ils avaient fini par partager un appartement pendant deux ans, jusqu'à ce que les temps changent, ainsi que le succès de son ami.

—Plus tard, répondit Aiden. Pour l'instant, je veux juste mon téléphone.

—Je t'ai raconté la fois où mon fils... entendit-il son père dire à Mitzy.

Aiden savait qu'il s'apprêtait à déterrer une anecdote un peu folle de son enfance, anecdote qu'il conclurait immanquablement d'une parole sage. Mitzy ne semblait pas l'écouter, étant donné qu'elle fixait toujours Aiden. Celui-ci décida de ne pas prêter attention. Loin de lui l'idée de juger, mais cette fille avait plus ou moins le même âge que lui, et il ne comprenait pas vraiment ce qu'elle faisait avec son père. Peut-être était-ce de l'amour. Gary Gregg avait cette manière de vivre l'instant présent qui attirait toujours les gens comme des mouches. Ce qui lui manquait en termes de valeurs familiales ou de loyauté maritale, son charisme le rattrapait. C'était le compagnon idéal, derrière un comptoir. Le gai luron dans n'importe quelle fête. Et un vrai panier percé en boîte de nuit.

Allez, allez, intima Aiden à son téléphone, qui prenait trop de temps à son goût pour s'allumer.

Après ce qui lui parut une bonne heure et demie, l'appareil s'éveilla et... rien. Pas une seule notification. Il sentit ses muscles se détendre, ses épaules descendre d'un étage jusqu'à ce que...

Ding. Ding. Ding. Ding. Ding.

Cinq messages. Tous de Layla. Il ouvrit le premier.

Aiden, je suis vraiment désolée, mais je ne pense pas y arriver.

Bordel. Ses yeux passèrent au deuxième message, qui l'attendait sagement.

Je t'aime tellement, mais c'est trop tôt. J'ai besoin d'un peu d'espace pour réfléchir.

Bordel de merde. Sa mâchoire se contracta aussitôt, un automatisme quand il vivait un moment de stress.

Je ne viendrai pas aujourd'hui. Je ne peux pas. Je pars. Je vais... quelque part. Je ne sais pas où.

Nooooon.

Je te laisse expliquer à tout le monde. Désolée de t'imposer ça.

Putain. De bordel. De merde. Tous ces gens. Qu'allait-il pouvoir leur raconter ? Et comment pouvait-elle lui faire un truc pareil ? Il l'aimait, elle l'aimait. Ce jour était censé être le début d'une vie incroyable ensemble.

Le dernier message...

Et je t'en supplie : pardonne-moi.

Il les lut tous une deuxième fois, puis une troisième.

Mais ils disaient toujours exactement la même chose. Comment en étaient-ils arrivés là ? Comment pouvait-elle lui tourner le dos comme ça ?

La panique et l'incrédulité avaient pris le contrôle de ses émotions, suivies de près par l'inquiétude pour Layla, la honte, la confusion et la dévastation. Pas la colère. Grandir avec un père incapable de garder son sang-froid lui avait donné une aversion plutôt saine à la rage et à la fureur. Ces émotions ne résolvaient rien. Ce n'était pas en jetant une chaise que sa fiancée allait apparaître en dansant.

Du coin de l'œil, Aiden vit que la moitié des invités l'observaient, l'autre échangeant toutes sortes de murmures. Quant à l'officiant, il le vit terminer de lire un message sur son téléphone, caler son livre sous un bras et fouler le chemin sableux en direction du parking. Pas besoin d'être un génie pour deviner que la sœur de Layla ou l'un de ses parents avait envoyé quelques messages pour prévenir leurs proches, et ils étaient tous – à l'exception du maître de cérémonie, qui avait visiblement décidé de déguerpir – en train de le dévisager, guettant sa réaction.

Putain de merde, se répéta-t-il. Qu'était-il censé faire ?! Seule une réponse lui vint, à cet instant.

— Trevon ? Finalement, je la veux bien, cette bière.

4

Eileen

Avril 2023

Même si l'officiant n'avait pas pris la poudre d'escampette, Eileen aurait deviné que quelque chose n'allait pas. Et cela n'avait rien à voir avec l'appréhension qu'elle éprouvait parce qu'elle revenait pour la première fois depuis dix ans dans cette maison qui renfermait tant de souvenirs de leur famille – certains merveilleux, d'autres affreux. Et à cet instant, elle espérait de tout cœur qu'un énième affreux souvenir ne viendrait pas s'ajouter à cette liste.

Elle tourna la tête, croisa le regard d'Aiden, et une conversation tacite passa entre eux. Il secoua la tête d'un air triste, les yeux chargés de confusion. Entre ça et le cortège de SMS qui avait distrait tout le monde du côté de la mariée, sans parler de l'absence de ladite mariée, Eileen comprit tout de suite de quoi il s'agissait. Layla ne viendrait pas. Non…

Elle quitta sa chaise et fut à ses côtés en quelques secondes, même si cela la mettait à portée de voix de son ex-mari – zone qu'elle s'était fait une mission de vie d'éviter.

Elle ne voyait pas directement son ancien partenaire, mais elle remarqua tout de même qu'il avait les joues rouges, à force de rentrer le ventre en présence de sa dernière conquête en date et du faux petit ami d'Eileen.

—Qu'est-ce qu'il s'est passé, mon fils ?

Aiden fit pivoter son téléphone pour lui montrer les messages de Layla.

Ses quasi vingt années de mariage avec Gary, suivies de dix années de paix, avaient appris à Eileen qu'inspirer profondément et traverser les crises avec le plus de calme et de sagesse possibles était aussi bénéfique pour sa santé que pour sa qualité de vie. Mais à cet instant précis, elle n'avait pas très envie de se la jouer zen. Ce qu'elle voulait, c'était assassiner cette pétasse qui avait osé briser le cœur de son fils.

Et pourtant…

Était-ce mal qu'une infime part d'elle soit soulagée ? Elle ne l'aurait jamais admis tout haut, en particulier à Aiden, mais elle n'avait pas eu le sentiment que Layla était la bonne pour lui. Certes, elle aurait pu passer dix longues minutes à lister toutes ses qualités, et lui trouver des défauts n'aurait pas été si simple. C'était davantage une intuition. Aiden dégageait une chaleur, une gentillesse innée qui la rendait plus fière que tous les championnats et tous les succès professionnels que son fils avait cumulés. Layla, elle, était plus froide. Oui, c'était ça. Plus calculatrice. Adorable en surface, indéniablement sublime, mais un chouia trop centrée sur elle-même et sur son image pour avoir cet humour chaleureux et cette bonté qu'Eileen avait toujours espéré retrouver chez une belle-fille.

Dès que cette journée serait terminée, elle s'empresserait de chercher sur Google si Reese Witherspoon était célibataire. Mais en attendant…

Aux côtés de son fils, elle évitait toujours de croiser le regard de celui auquel elle ne faisait référence, dans sa tête, que comme la Grande Gueule. Gary la Grande Gueule, qui avait passé toute l'heure du préambule du mariage de son fils à enchaîner les tequilas et à peloter le cul de sa petite amie. Malheureusement, sa stratégie d'évitement tomba à l'eau quand ladite petite amie contourna Aiden pour la saluer d'un geste de la main. Aiden recula d'un pas, les forçant à former une espèce de demi-cercle de famille heureuse.

—Bonjour, je suis Mitzy, gloussa la jeunette.

Gary eut au moins la décence de paraître légèrement gêné.

—Ça roule, Eileen ?

—La grande forme, Gary, répondit-elle avec certainement plus de mépris que prévu.

Il n'avait pas l'air au top, pour sa part. Oh, il n'avait qu'à pleurer dans le décolleté de sa copine jusqu'à ce que ça passe… Elle s'en fichait royalement. C'était tout du moins ce qu'elle se racontait. Bon sang, elle avait aimé cet homme, un jour. Avait tout abandonné pour lui. Y compris elle-même. C'était ce qui la terrifiait le plus : comme elle s'était perdue durant toutes ces années, comme elle avait fermé les yeux sur des choses qu'elle aurait dû voir, tout ça parce qu'elle avait peur qu'il parte. Comme elle le voyait encore aujourd'hui, et ce qu'elle éprouvait… c'était difficile à déterminer. On était en plein dans « l'amour/haine ». Elle l'aimait pour les brefs moments de bonheur qu'ils avaient partagés. Elle le détestait pour avoir tout gâché et l'avoir constamment humiliée. D'autant plus que, quand elle était en sa présence, elle avait mal à la poitrine, ou peut-être était-ce son cœur, si bien qu'il était plus simple de s'en tenir à l'évitement et la haine. Et *non*, pour rien au monde elle ne se remettrait dans cette position.

—Enchantée, Mitzy, dit-elle.

Elle n'était pas du genre à descendre les autres femmes. À moins qu'il ne s'agisse de la garce qui avait lâché son fils juste avant leur mariage.

—Miss Gregg, vous êtes vraiment, mais vraiment resplendissante, siffla Trevon de l'autre côté du bar, la vouvoyant et usant de son nom de famille pour la faire réagir.

Ce gamin était un séducteur sur pattes, et Eileen l'avait toujours adoré. Elle l'avait rencontré pour la première fois il y avait des années, à l'époque où son fils et lui partageaient un appartement, quand Aiden était encore un jeune avocat et que Trevon venait d'ouvrir sa première salle. Aujourd'hui, il en possédait une demi-douzaine à travers tout l'État et était une grosse huile de la ville – un influenceur et entrepreneur renommé qui avait depuis longtemps empoché son premier million, et pourtant, il n'avait absolument pas changé. Dès le premier jour, il les avait encouragés, Aiden et elle, à s'entraîner avec lui dans sa salle de CrossFit du centre-ville, à un gros kilomètre de chez elle. Aiden faisait toujours sa routine de cinq heures du matin avec son ami, mais Eileen, elle, préférait y aller en fin de journée. Cela lui permettait d'occuper ses soirées. En revanche, elle s'entraînait avec Trevon la plupart des samedis et dimanches matin, trop terrifiée qu'en manquant une seule séance de cet entraînement rigoureux, ses fesses se mettent à tomber et ses muscles à fondre. Être une femme célibataire de cinquante-cinq ans dans un monde où les scènes professionnelle aussi bien qu'amoureuse étaient peuplées de tout un tas de Mitzy demandait de l'effort et de la discipline.

Elle vit que Trevon lui souriait toujours, attendant la répartie inévitable. Eileen n'allait certainement pas le laisser sur sa faim.

—Et toi, tu manques de vingt bonnes années pour pouvoir me faire ce genre de commentaire, gamin, lança-t-elle, ce qui le fit éclater de rire.

Eileen reporta son attention sur la situation immédiate. Son fils. Une plage pleine d'invités. Comme toujours, elle éprouvait le besoin d'attaquer les choses de front et de trouver une solution, même si elle n'avait absolument aucune idée de la manière de réparer ça. Elle posa la main sur le bras d'Aiden.

—Bien, on va faire le point, d'accord ? Tu leur as dit ?

C'était fou. Elle avait compris ce qu'il s'était passé, l'avait confirmé tacitement avec son fils, et cherchait déjà à trouver un moyen de résoudre tout ça alors que son ex-mari, lui, n'avait toujours pas capté quoi que ce soit.

Aiden secoua la tête puis se tourna vers son père, Mitzy et Trevon.

—Le message que je viens de lire… c'était Layla. Elle ne viendra pas. Elle a changé d'avis. Le mariage est annulé.

—Bordel de m… explosa Gary.

Eileen l'interrompit avant qu'il puisse tout vider.

—On se calme, Rocky, lâcha-t-elle en lui coupant le sifflet.

Du Gary la Grande Gueule tout craché. Le mâle alpha dans toute sa splendeur, incapable de résoudre quoi que ce soit.

Étrangement, c'était ce qui avait fait d'eux une si bonne équipe. Il était l'un de ces hommes qui illuminent une pièce avec leur personnalité, tandis qu'Eileen avait toujours été discrète, celle qui s'occupait d'absolument tout afin qu'il puisse briller. Ça avait fonctionné pendant des années. Mais elle s'était lassée. Aujourd'hui, chaque fois qu'elle le voyait allumer les phares, elle n'avait qu'une seule envie : couper le contact.

Désormais, Trevon était pleinement concentré sur son ami.

—Sans déconner ? Putain, mec… qu'est-ce qu'on peut faire ? Dis-moi, et je le ferai.

Eileen adopta pour une démarche pragmatique.

—Tu veux qu'on se débarrasse de tous ces gens, mon fils ? l'interrogea-t-elle, mais il fit non de la tête – le pauvre était livide.

—Merci, maman, mais c'est à moi de le faire.

Elle regarda alors cette armoire à glace d'un mètre quatre-vingts rejoindre le centre de l'allée. Certes, c'était un homme, aujourd'hui, et un homme plutôt impressionnant, mais dans ses tripes, c'était encore son enfant, et elle était dévastée. Même s'il avait désormais une chance d'épouser Reese Witherspoon.

—Bien, s'il vous plaît, tout le monde ? lança-t-il assez fort pour se faire entendre de toute l'assemblée.

Eileen vit Kurt, son cavalier, interrompre sa conversation avec le patron d'Aiden et se tourner vers lui.

—Je devine à certains visages que vous êtes déjà au courant… mais au cas où ce ne serait pas le cas, j'ai le regret de vous informer que Layla ne viendra pas aujourd'hui. Elle a changé d'avis, et le mariage est annulé. Je suis vraiment désolé. J'ai conscience des efforts que vous avez tous fournis pour être présents, et nous sommes très touchés. Si vous avez apporté un cadeau… (il désigna la table, à côté du bar, chargée de paquets), je vais vous demander de le reprendre. Une fois de plus, je vous remercie d'avoir pris du temps pour partager ce moment avec nous, et je suis navré que nous l'ayons gâché. Et merci aux musiciens. Vous avez été super, mais vous êtes libres de partir.

Il y eut quelques applaudissements timides parmi la quarantaine de personnes rassemblées, et l'expression générale sur les visages était de la pure sympathie. Ou de la pitié. Difficile à dire.

—En revanche, la bonne nouvelle... poursuivit Aiden en refaisant face à la foule, c'est que Trevon nous a préparé une playlist d'enfer qu'il peut connecter à cette enceinte, là-bas, et que nous avons un bar qui déborde d'alcool ainsi qu'un buffet qu'il faut vider. Alors, je vous en prie, si l'idée de passer la journée sur cette plage vous branche, mettez-vous à l'aise, prenez-vous une bière, et restez avec nous quelques heures pendant que nous noyons notre chagrin.

Il y eut une faille quasi immédiate. Les amis et la famille de Layla se mirent à quitter leurs rangées et, l'air profondément navrés et gênés, remontèrent l'allée pour gagner le parking, la plupart s'arrêtant au passage pour récupérer les cadeaux qu'ils avaient choisis pour les jeunes mariés.

Les proches et les collègues d'Aiden, eux, ne se firent pas prier. Les hommes retirèrent leur cravate, les femmes balancèrent leurs talons, et plusieurs rejoignirent son fils pour l'enlacer et le consoler. Eileen était heureuse qu'il ait de tels amis.

Elle se débarrassa elle aussi de ses chaussures et jeta sa veste sur une chaise toute proche.

—Trevon, chéri, tu peux mettre une chanson qui le fera se sentir ne serait-ce qu'un tout petit peu mieux ? Tu gagneras des points si tu me rajoutes une bière.

—Ça marche, Eileen, répondit-il en pianotant sur les touches de son téléphone, ce tout en décapsulant une bouteille de Modelo.

Les baffles se mirent à cracher l'intro d'un morceau des années quatre-vingt-dix, *Things Can Only Get Better*[1], de D:Ream. Aiden parvint à s'arracher un sourire triste

1. Les choses ne peuvent que s'améliorer.

alors qu'il les rejoignait au bar, une fois les embrassades passées.

Eileen ne fut pas surprise de voir Gary et Mitzy retourner déjà à l'intérieur, son ex-mari marmonnant quelque chose au sujet du traiteur, à qui il allait demander d'apporter de quoi manger. Cet homme avait une aversion pathologique à l'égard de toute situation émotionnelle ou gênante.

Eileen décapsula une autre bouteille de bière, qu'elle tendit à son fils.

—Tu le pensais vraiment, pour cette fête ?

Aiden soupira.

—Honnêtement ? Non. Mais ça me paraissait être la bonne chose à dire. Entre nous, je n'ai qu'une seule envie : me barrer d'ici et aller trouver Layla pour qu'elle m'explique ce bordel.

Son fils ne jurait que rarement devant elle, mais Eileen ne cilla pas. S'il avait le droit de se laisser aller, c'était bien un jour comme celui-ci. Elle sentait son désespoir et savait que le petit discours qu'il avait donné quelques minutes plus tôt avait été autant inspiré par la gêne que par le regret d'avoir fait venir tous ses amis ici pour rien.

—Écoute, mon fils… il y a plusieurs possibilités : soit on tente de retrouver une femme qui vient de te piétiner le cœur, soit on reste ici à regarder l'océan et à pleurer. Troisième option : on repousse ces deux choses à demain et on envisage sérieusement ta première suggestion, à savoir profiter du fait que tous tes amis soient là, qu'il y ait des tonnes d'alcool et de nourriture, et que je n'aie pas encore essayé, juste pour toi, de trucider ton père malgré notre proximité.

Un bout du cœur d'Eileen fut réduit en purée face à l'effort que son fils mit dans son sourire. Il ne répondit rien, alors elle décida d'insister :

—Qu'est-ce que tu en dis, hein ? Tu acceptes de danser avec ta vieille mère, tant qu'elle a encore un peu d'énergie ? Je pourrais mourir d'un instant à l'autre, et tu t'en voudrais terriblement d'avoir dit non.

C'était un coup bas, mais elle voulait simplement le protéger, à cet instant, l'aider à traverser au mieux cette épreuve, et le meilleur moyen était qu'il reste ici, avec des gens qui l'aimaient et qui pouvaient prendre soin de lui jusqu'à ce que la douleur soit suffisamment apaisée pour qu'il prenne du recul.

—Ah, du chantage émotionnel… dit-il, mais les coins de sa bouche s'étaient légèrement étirés, si bien qu'Eileen savait qu'elle avait touché la corde sensible. Tu n'as aucun scrupule, hein ?

—En effet, rétorqua-t-elle. Maintenant, viens danser avec ta mère avant que je doive traîner mon faux petit ami sur la piste de danse. Crois-moi, il vaut mieux que ça n'arrive pas. Il me semble que c'est un ancien Chippendale – loin de moi l'envie de me donner en spectacle.

Elle tendit sa main et, l'espace de quelques secondes, se demanda s'il allait réussir à surpasser son besoin pressant d'aller chercher Layla. Alors qu'elle commençait sérieusement à envisager une nouvelle couche de persuasion, Aiden prit sa main et la fit tournoyer sur elle-même.

—Tu ne trucideras pas papa, on est d'accord ?

—Pas aujourd'hui, lui promit-elle.

—Bon, dans ce cas, mon cœur brisé peut attendre demain.

5

Zara

Avril 2023

Gary Gregg n'avait toujours pas répondu au message Facebook de Zara.

Il n'avait même pas accepté sa demande d'ami. Bon, en vérité, il ne semblait rien avoir fait du tout sur Facebook depuis pas mal de temps. Peut-être était-il l'un de ceux qui ouvraient un compte pour l'oublier très vite, ou qui décidaient que c'était trop de travail, désactivaient les notifications, pour finir par l'oublier tout aussi vite.

— Ou peut-être que les réunions d'anciens amis, ce n'est pas son truc, et qu'il n'a pas envie qu'on le soûle avec ça, suggéra Kev, quelque peu inutilement, au petit déjeuner.

Kev était codeur pour une boîte d'informatique située à quelques rues de *Blooming Sisters*, si bien que ses moments passés chez Zara suivaient un planning bien rodé, à savoir généralement cinq nuits par semaine. Zara avait pris pour habitude d'ignorer Millie, quand sa sœur lui demandait si leur relation était de l'amour ou juste une piaule pratique pour Kev, vu qu'il pouvait quitter l'appartement à sept heures cinquante pour commencer à huit heures. Même si Millie n'en savait rien, au final, vu que Kev était la plupart du temps déjà parti lorsqu'elle rentrait de ses nuits passées à droite ou à gauche.

La porte d'entrée claqua. *Quand on parle du loup...*

Millie apparut en titubant, toujours vêtue de la robe qu'elle portait lorsqu'elle était sortie avec ses amis la veille au soir, tenant d'une main ses talons balancés par-dessus son épaule, et de l'autre son sac.

—Oups. Papa et maman n'ont pas l'air contents, plaisanta-t-elle en passant de Zara à Kev, pour revenir sur sa sœur.

Celle-ci s'efforça de ne pas rire, en vain. Du haut de ses vingt-huit ans, elle faisait quasiment toujours en sorte de se coucher tôt afin de pouvoir ouvrir la boutique, le lendemain, la plus reposée possible. Cela n'avait rien à voir avec une quelconque maturité. Elle aimait simplement être organisée. Préparée. Éviter le chaos et la panique quand elle le pouvait. Sa nature pratico-pratique était sa croix, et elle ne pourrait jamais s'en défaire.

Kev poussa sa tasse de café sur la table, et récupéra son sac à dos, par terre.

—Bon, je ferais mieux d'y aller. On se voit ce soir ?

Il avait formulé ça comme une question, mais ça n'en était pas une. Nous étions jeudi. Et tous les jeudis soir, Kev dormait ici. Exactement comme le vendredi. Et le samedi. Ainsi que le lundi et le mardi. Il ne restait pas le dimanche, parce que Zara avait le marché aux fleurs aux aurores le lundi, ni le mercredi, car il jouait au foot à cinq dans le club du quartier. Mais tous les autres soirs étaient chargés d'une folle effervescence conjugale impliquant invariablement un plat de pâtes réchauffé au micro-ondes après une longue journée de travail à la boutique, puis différentes propositions de choses à regarder à la télé, derrière laquelle l'un des deux s'endormait à tous les coups.

Alors que la porte se refermait lourdement derrière Kev, Millie se laissa tomber sur la chaise qu'il venait de libérer, attrapant la tasse de café noir de sa sœur en vacillant légèrement.

—Dis-moi que vous vous êtes mis tout nus cette nuit, et que vous avez baisé comme des sauvages en vous pendant à notre lustre en papier IKEA extrêmement stylé ?

—Tout à fait, répondit Zara. Deux fois. Si tu plisses les yeux, tu pourras même voir les marques qu'ont laissées mes ongles pendant que je prenais mon pied.

Millie poussa un grognement.

—Je regrette déjà d'avoir fait cette blague. Je suis trop proche de la gueule de bois pour avoir cette image en tête. (Elle planta son front sur la table.) Je te cède tous mes biens matériels, y compris ma friteuse sans huile Ninja, si tu acceptes de me préparer des tartines.

À côté d'elle, Zara se reconcentra sur son ordinateur.

—Je ne veux rien qui t'appartienne, et pour ton information, la friteuse Ninja est à moi.

Millie dressa la tête et ouvrit péniblement un œil.

—Ah bon ? Alors, il va falloir la nettoyer. Quelqu'un – ne me demande pas qui – a essayé de faire du poisson pané l'autre soir, et ça ne s'est pas passé comme prévu.

Zara s'apprêtait à donner ses tartines à sa sœur, mais cet outrage à la friteuse la poussa à tirer son assiette vers elle et à croquer à pleines dents dans une tranche de pain, histoire de bien marquer le coup.

Elle rouvrit sa page Facebook au cas où, par un quelconque miracle, Gary Gregg lui aurait répondu durant les cinq dernières minutes. Mais non.

Avec un soupir, elle fit apparaître sa checklist méticuleusement organisée par couleurs et commença à parcourir ses deux colonnes, à savoir « À faire » et « Fait ».

Sachant que seulement dix petits jours les séparaient de leur voyage à Vegas, l'idée que tout ne soit pas encore dans la catégorie « Fait » la rendait quelque peu nerveuse.

FAIT :

- ☑ Billets d'avion achetés.
- ☑ Hôtel réservé.

(*Planet Hollywood*, au centre de toute l'effervescence.)

- ☑ Demande envoyée pour avoir une chambre avec vue sur les fontaines du *Bellagio*.
- ☑ Billets achetés pour le concert de Céline Dion.

(Parce qu'avec ça, sa mère pourrait mourir heureuse.)

- ☑ Renouvellement des vœux dans la chapelle Elvis Loves Me Tender réservé.

(La chapelle dans laquelle ses parents pourtant si conventionnels s'étaient mariés – fait qui surprenait toujours Zara autant qu'il l'amusait.)

- ☑ Demandes de visa.

(Elle avait dû s'infiltrer en douce chez ses parents et prendre en photo leurs passeports, puis faire leurs demandes de visa à partir de leur propre adresse e-mail, ce qui était sans aucun doute illégal et risquait de les faire coffrer dès leur arrivée.)

- ☑ Limousine réservée pour le trajet jusqu'à l'hôtel.
- ☑ Remplacement boutique.

Zara avait recruté leur adorable employée à temps partiel, Tilly, ainsi que sa mère, Tina, qui les avait déjà aidées, pour qu'elles travaillent à temps plein toute la semaine.

Avec un peu de chance, vu que la partie événementielle était en veille pour cette période, elles ne feraient absolument aucun bénéfice, mais ne perdraient pas non plus d'argent. Dans tous les cas, elles ne regretteraient pas ce voyage. C'était l'un de ces événements uniques auquel elles repenseraient jusqu'à la fin des temps, et cela valait à ses yeux beaucoup plus que l'équivalent d'une semaine de profit. Elle avait par ailleurs accepté plus de choses la semaine qui suivrait ; il y avait donc des chances que cela rattrape un peu le coup.

Bon, retour aux listes…

RESTE À FAIRE :

- ☑ Acheter une robe blanche pour maman pour la cérémonie.

(Papa pourra se débrouiller une fois sur place.)

- ☑ Trouver ce foutu Gary Gregg. Et espérer qu'il sache où trouver Eileen Smith.

Elle ouvrit un autre onglet avant de donner un coup de coude à sa sœur.

—Hé, regarde. Qu'est-ce que tu penses de cette robe ?

Avec son 40-42, leur mère était légèrement plus petite que Zara, mais faisait une taille de plus que Millie, qui avait hérité du métabolisme de leur père et de son insupportable résistance à la prise de poids, peu importe le nombre de calories qu'il mangeait. Ou, dans le cas de Millie, peu importe le nombre de calories qu'elle buvait.

Cette dernière regarda la jolie robe blanche du site Monsoon.

—Trop… flottante. Maman préfère les choses plus simples.

Puis elle attrapa la dernière tranche de pain de sa sœur et la fourra dans sa bouche. Zara n'avait pas l'énergie de maintenir son outrage à la friteuse ou d'entamer une protestation à la tartine. Le visage de Millie s'illumina alors – elle venait de toute évidence d'être prise d'une inspiration soudaine.

—Tu sais ce qui serait parfait ?

—Dis-moi, marmonna Zara en sélectionnant déjà tout un tas d'autres robes, espérant que la tenue idéale surgisse comme par magie.

Elle n'écoutait qu'à moitié, persuadée que rien de raisonnable ne pouvait sortir de la bouche de Millie quand son sang brassait encore au moins cinquante pour cent de Porn Star Martini.

—La tenue que mamy avait achetée pour la garden-party de Holyrood ! déclara triomphalement sa sœur.

Zara arrêta de cliquer.

—Mais… carrément !

Leur feue grand-mère Ada était une force de la nature qui, après sa retraite, avait passé les vingt années suivantes à gérer toutes les associations situées dans un périmètre de cinquante kilomètres carrés autour de sa maison. L'association des locataires. Le regroupement périscolaire. Le club jeunesse. Le repas des seniors. Le service de taxi gratuit pour les trajets à l'hôpital. Le recueil de dons pour les réfugiés. Les boîtes de Noël solidaires pour les enfants qui vivaient dans la pauvreté. S'il y avait une grande cause, Ada se donnait à mille pour cent, et son engagement pour la communauté avait été récompensé par l'insigne honneur d'être invitée à Holyrood afin d'y rencontrer la reine. Elle avait passé une journée merveilleuse. « Je veux une robe qui me fasse ressembler à Joanna Lumley et un chapeau de la taille d'une plaque d'égout », avait-elle dit à Zara, Millie et Brenda lorsqu'elles s'étaient lancées dans la visite de toutes les boutiques chics de Glasgow. Après une opération de recherches digne de l'armée, elles avaient trouvé la perle rare dans une adorable petite boutique du quartier de Merchant City. Une robe trapèze couleur crème ornée d'une simple rangée de perles au niveau du col, et accompagnée d'un châle en crêpe satin de la même teinte et brodé tout aussi subtilement. Une tenue digne d'Audrey Hepburn. La perfection.

Pour une fois, Zara songea que sa sœur ne racontait pas totalement n'importe quoi en matière de mode.

—Ce serait parfait, susurra-t-elle, prise d'une soudaine vague d'émotion.

Dieu que sa grand-mère lui manquait… Sa disparition, un an plus tôt, avait été dévastatrice pour eux tous, et ce n'était qu'une maigre consolation de savoir qu'elle était partie comme elle l'aurait souhaité – au bingo, emportée par une crise cardiaque alors qu'elle acclamait sa meilleure amie, Rita, qui venait de remporter le gros lot. Elle avait mené toute son heureuse existence dans un logement social, où elle connaissait absolument tout le monde dans la rue, si bien qu'avant de remettre les lieux aux mains de la ville, sa famille avait eu la pénible et douloureuse mission de les vider. La plupart de ses biens avaient été donnés à des œuvres de charité, mais certains avaient une valeur sentimentale beaucoup trop forte pour que les filles parviennent à s'en séparer. L'une de ces choses étant sa vieille et précieuse boîte à bijoux. Elle contenait en grande partie des bijoux fantaisie, Ada n'ayant que peu de temps à consacrer au shopping et préférant faire meilleur usage de son argent, mais entre ses boucles d'oreilles de pompom girl datant des années quatre-vingt et une bague en onyx si grosse qu'elle aurait pu vous arracher un œil, elles avaient trouvé une enveloppe qui leur était adressée, et qui dévoilait ce qu'Ada avait décidé de transmettre à ses petites-filles.

Mes anges,

(Elle les avait toujours appelées ainsi. D'après elle, le terme « princesses » était pour les loseuses, parce que celles-ci passaient leur temps à attendre qu'on vienne les sauver.)

Si vous lisez ça, c'est que j'ai cassé ma pipe. J'espère que j'étais en train de danser quand c'est arrivé, et que tout le monde était impressionné par mon jeu de jambes.
Vous savez que vous êtes, et que vous serez toujours, deux des plus grands amours de ma vie. Tout ce qui m'appartient est désormais à vous – entre nous, je vous conseille de vous débarrasser du blender sous l'évier ; il a fait son temps.
J'ai toutefois quelques requêtes, car vous me connaissez : j'adore avoir le dernier mot. Ma robe BCBG. Celle que je portais pour rencontrer notre chère petite reine. C'est la plus belle chose que j'aie jamais possédée, alors je vous en supplie : gardez-la, utilisez-la si vous en avez l'occasion, mais même si elle se contente de prendre la poussière dans votre armoire, vous saurez que je suis là, avec vous.
Je n'ai pas grand-chose en matière de bijoux, juste mon alliance et ma parure de perles. J'aimerais que votre mère les prenne, mais elles vous reviendront ensuite, et j'espère que vous les chérirez.
Et enfin, mes amours, deux ou trois mille livres sommeillent à la banque. Ce n'est pas grand-chose pour une vie entière de labeur, mais je ne regrette rien,

parce que l'argent sert à être dépensé, pas économisé. Tout est à vous, mais sachez que je serais énormément déçue si vous ne le dépensiez pas de manière à m'honorer. Alors je vais être claire : ne tentez même pas de l'utiliser pour quoi que ce soit de raisonnable ! Déboursez cet argent pour vous amuser. Pour vivre l'aventure. Pour créer des souvenirs que vous chérirez. Et, mes anges, surtout, prenez soin de votre maman. Ma fille adorée. J'ai le sentiment qu'elle va avoir besoin de vous, et je sais que vous serez là pour elle. Tout comme je serai, où que je sois, là pour vous.
Je vous aime, mes anges,
Mamy

Le simple fait de penser à cette lettre fit sourire Zara. Elles faisaient exactement ce que leur grand-mère leur avait demandé. Elles dépensaient l'entièreté de l'héritage pour passer cinq petits jours à Vegas avec leurs parents. Leur fougueuse et pétillante Ada aurait adoré ça. En particulier maintenant que sa robe était du voyage.

Zara fit glisser « robe pour maman » dans la colonne « Fait ».

—Je déteste quand tu as raison, grogna-t-elle, mais elles savaient l'une comme l'autre qu'elle était ravie que ce point soit résolu. Vu que tu es si maligne, tu aurais une idée pour mon second problème ? Gary Gregg n'a pas répondu à mon message Facebook. Je suis face à un mur, là.

Aucune réaction à côté d'elle.

—Millie ? Millie ?

Lui parvint alors le doux ronronnement de sa sœur qui s'était endormie sur la table, KO.

Zara jeta un coup d'œil à l'horloge accrochée au mur. Dans une demi-heure, elles ouvriraient la boutique. Elle vérifia une fois de plus ses messages ; sans grande surprise, fixer sa page Facebook ne provoqua aucun miracle.

Bon, il fallait trouver autre chose.

Une idée commença alors à germer dans son esprit. La page de Gary ne contenait que deux posts, mais… Ses doigts volèrent sur sa souris. *Sa liste d'amis.* Elle cliqua dessus, priant pour qu'elle ne soit pas privée.

Yes ! Parfait. Consciente de flirter avec le stalking, mais s'assurant que c'était pour une bonne cause, elle parcourut la liste d'inconnus en espérant trouver quelque chose, n'importe quoi, qui puisse l'aider. La liste était courte, si bien qu'elle n'avait passé qu'une vingtaine de noms quand elle revint en arrière, prise d'un flash.

Aiden Gregg.

Ses lunettes calées jusqu'ici au sommet de son crâne tombèrent sur son nez pour mieux examiner l'homme qui remplissait son écran. La trentaine. Charmant. Brun. Mâchoire bien nette. Yeux verts. En costume. Elle cliqua sur son profil et vit, sans grande surprise, qu'il était avocat. Elle s'était enfilé tous les épisodes de *Suits : Avocats sur mesure* avec Kev, il y avait quelques années, et ce mec semblait sortir tout droit de cette série.

Son profil était privé, si bien qu'elle ne pouvait pas consulter la plus grosse partie de ses posts, mais elle en vit assez pour noter la très claire ressemblance avec Gary. C'était forcément son fils.

Allez, on tente le tout pour le tout. Gary Gregg avait mené à une impasse ; peut-être aurait-elle plus de chance avec M. Suits.

Après tout, elle n'avait rien à perdre. Zara se mit à taper.

Cher Aiden…

6

Brenda

Debout derrière la fenêtre de sa cuisine, Brenda regardait d'un air absent Colin tondre la pelouse. Depuis que son départ anticipé à la retraite avait été annoncé, après de longues années passées au département financier de la mairie, son mari avait fait du jardinage une véritable obsession. Pas de chance. Les hommes en pleine crise de la cinquantaine ne craquaient-ils pas en général pour une moto, une voiture de course ou une maîtresse ? Apparemment, non. Colin avait préféré à toutes ces options une nouvelle tondeuse et un jardin arborant des rayures parfaitement symétriques.

Cherchant désespérément à se divertir de la banalité de sa vie qui se jouait devant elle, Brenda attrapa le téléphone et appela sa fille. Elle essayait toujours le portable de Zara, celle-ci ayant beaucoup plus de chances de décrocher que Millie, qui était d'une désorganisation sans limites et qui oubliait la plupart du temps de la rappeler.

L'une comme l'autre, elles n'avaient jamais changé. Même quand elles étaient petites, Zara était celle qui ramenait de bonnes notes à la maison, qui ne supportait pas les problèmes et s'assurait toujours de faire ce qu'on attendait d'elle. Millie, elle, était cette gamine de dix ans qui avait planté son poing dans la figure de Charlie

Benson parce qu'il avait volé l'argent du déjeuner de son amie. Mais aussi celle de douze qui avait refusé de faire ses devoirs en déclarant que c'était une violation de ses droits humains. Et celle de quinze qui avait escaladé la fenêtre de sa chambre pour pouvoir rejoindre son petit copain en cachette.

—Salut, maman ! Je pensais à toi, justement.

—Ah bon ?

Brenda ne put s'empêcher de sourire. Elle avait eu énormément de chance de grandir avec Ada, une mère qui l'avait tant aimée, et aujourd'hui, elle avait la chance d'avoir ces deux femmes comme filles. Elles étaient ses rayons de soleil. Quand le moment serait enfin venu de quitter Colin, si tout ce qu'elle avait était de l'espace, de la paix et ses filles, elle saurait s'en contenter.

—Oui, je pensais à notre voyage, reprit Zara. Je suis tout excitée !

Brenda ne pouvait admettre la vérité devant sa fille : elle était morte de trouille. La dernière chose dont elle avait envie était de passer cinq jours avec Colin, et elle n'aurait même pas son travail, ses émissions de télé préférées ou ses lectures solitaires pour mieux les vivre. Mais au moins, elle aurait ses filles.

—Moi aussi, ma chérie, mentit-elle. Mais j'aimerais bien préparer les valises, et pour ça, j'ai besoin d'indices.

—D'accord. Pose-moi des questions et je ferai de mon mieux pour y répondre, suggéra Zara, et Brenda perçut l'amusement dans sa voix.

—Bien. Est-ce qu'on va passer la semaine au Lake District ?

—Non.

Brenda retint un soupir. Ça aurait été son choix numéro un. Pas très loin, parfaitement familier, sans prétention, et tout un tas de petits cafés pour les balades de l'après-midi. Bon, retour à la case départ.

—OK. Plage, station de ski ou ville ?

—Ville, concéda Zara, et Brenda éprouva une pointe de soulagement.

Ce devait être Londres. Ou peut-être même Paris. Au moins, il y aurait du monde en ville, ce qui signifiait : moins d'occasions d'avoir des moments en tête à tête. Peut-être pourrait-elle passer son temps à visiter des galeries ou à se chercher une bonne comédie musicale à voir en live ?

—Mais il va également falloir prendre vos maillots de bain, parce qu'il y aura une piscine.

—Intérieure ou extérieure ?

—Les deux.

Son soulagement s'évapora. Une piscine extérieure ? En ville ? Dans ce cas, il y avait peu de chances que ce soit Londres. Peut-être Barcelone ? Amsterdam ? Elle avait toujours voulu visiter le musée Van Gogh – peut-être les filles s'en étaient-elles souvenues ?

—En tout cas, il fera clairement chaud en journée, mais il pourrait faire frais la nuit. Oh, et nous y allons en avion, alors il va vous falloir vos passeports et un sac cabine.

—Et est-ce que j'ai besoin d'une tenue classe, ou ce sera *casual* ?

Peut-être parviendrait-elle à deviner… Si c'était *casual*, ils séjourneraient probablement dans un Airbnb pour faire des activités simples, ce qui lui conviendrait parfaitement.

—Emporte quelques vêtements classe, oui. Pour aller dans les bars ou au restaurant, quoi. Ce sera sûrement très simple en journée, et un peu plus haut de gamme le soir. Prévois des talons ! Peut-être des sandales à brides aussi. Combien de personnes sur Terre ont la chance de fêter trente années de mariage heureux, hein ? On va célébrer ça comme il se doit, maman. Vous le méritez tous les deux. Et on va profiter à fond d'être tous les quatre. Voilà, tu n'auras pas plus d'indices, alors arrête de fouiner, tu veux ? Laisse-nous nous occuper de tout, Millie et moi.

L'espace d'une seconde, Brenda fut tentée de déballer la vérité, mais elle se ressaisit.

— Tu aimes ça, faire des mystères, hein ? Très bien, ma chérie. On se rappelle. Passe une bonne journée.

— Toi aussi, maman.

Il était inutile de faire des vagues maintenant. Le voyage aurait lieu dans moins de deux semaines. Celle d'après, elle serait libre, et il fallait qu'elle se focalise sur le positif. D'autant plus que le négatif – annoncer à Colin qu'elle le quittait, l'apprendre aux filles, organiser sa nouvelle vie – faisait ressortir des gouttes d'angoisse de chacun de ses pores. Faisait-elle ce qu'il fallait, ou serait-ce la plus grosse erreur de son existence ? Peut-être était-elle en train de vivre sa propre crise de la cinquantaine. Peut-être devait-elle simplement plaquer son boulot, se faire tatouer et brailler du Cher à deux heures du matin. Ce serait une manière bien plus sensée de péter les plombs, plutôt que de boucler ses valises et de quitter l'homme avec qui elle avait vécu trente années, pour nulle autre raison qu'elle ne l'aimait plus et qu'elle s'ennuyait à mourir.

Se comportait-elle comme la dernière des idiotes ? N'était-ce rien d'autre qu'une lamentable erreur ?

— Bien. Le jardin est fait pour cette semaine, annonça Colin en la faisant sursauter – elle ne l'avait pas entendu passer par la porte de derrière. Je me disais que je pourrais planter des bulbes de tulipes près du cabanon. Et peut-être de nouveaux légumes dans le potager. Peut-être des haricots d'Espagne. Ce serait top, non ?

Brenda s'imagina brièvement récupérer le couteau dont elle s'était servie pour beurrer son pain et se l'enfoncer dans le cœur. Ici gît Brenda Jones. Morte pour cause d'hystérie liée à un profond ennui. Laisse derrière elle un mari qui se console en plantant des foutus haricots d'Espagne dans son potager.

Elle se reprocha aussitôt son attitude : elle était mauvaise, et elle exagérait. Aucune de ces choses n'était dans sa nature, mais entre l'angoisse et l'appréhension, son esprit partait à la dérive. Le sujet n'était pas Colin et sa transformation en Alan Titchmarsh[1], avec son pantalon beige tout confort. C'était elle, et son besoin de plus.

— Top, marmonna-t-elle avant de se mordre la lèvre pour s'empêcher d'en dire davantage.

C'était bien là le problème. Peut-être aurait-elle mieux fait, pour la première fois de sa vie, de dire ce qu'elle ressentait. Non, ça ne serait pas la première fois, en vérité. Il ne l'avait simplement jamais écoutée.

Elle récupéra le broc de café sur la cuisinière, s'en resservit et lui prépara une tasse par pur automatisme. Les habitudes avaient la vie dure. Pendant ce temps, Colin se coula sur l'une des chaises de la cuisine, dressa automatiquement lui aussi son journal, et l'ouvrit quelque part en plein milieu.

— Colin, on peut discuter ?

L'alarme qui traversa les traits de son mari l'aurait fait rire si la situation n'avait pas été si sérieuse.

— Rien de grave, s'empressa-t-elle d'ajouter, craignant qu'il trouve une excuse pour disparaître.

Leur vie résumée en une phrase. Elle avait le sentiment de ne pas être écoutée. Que ce qu'elle disait n'avait pas d'importance. Qu'elle aurait pu gigoter devant lui, vêtue

1. Célèbre jardinier britannique.

d'un string et de deux noix de coco en guise de soutien-gorge, il n'aurait pas levé les yeux de son *Guardian.*

—Je voulais juste savoir ce que tu pensais de ce voyage avec les filles ? commença-t-elle avec douceur tout en s'asseyant face à lui, ignorant où irait cette conversation, ou encore ce qu'elle aurait le cran de dire, mais incapable de ne rien dire *du tout.*

Il but une gorgée de son café au lait.

—J'ai hâte d'y être. Même si je ne serai pas en position de force, face à trois femmes. Quelque chose me dit que je risque de passer beaucoup de temps dans les magasins...

Cette remarque franchement sexiste la fit grincer des dents. Elle détestait le shopping. Il n'y avait rien de mal à faire les boutiques, bien sûr, mais ce n'était pas l'idée qu'elle se faisait d'un bon moment. Ni Zara. Millie, en revanche, considérait cela comme l'un de ses grands talents.

Peut-être était-ce l'exaspération, ou alors la caféine, mais Brenda ne put se retenir plus longtemps.

—Colin, ça ne t'arrive jamais de t'ennuyer ? Regarde-nous. Nous sommes en congé, et tout ce que nous trouvons à faire, c'est nettoyer la maison pour ma part, et tondre la pelouse pour toi. La vie ne devrait-elle pas être un peu plus intéressante que ça ?

Elle avait délibérément évité de l'attaquer frontalement, de peur qu'il fuie la scène. Colin soupira et posa son journal.

—Ne serait-ce pas l'un de tes fameux jours, Brenda ?

Elle le dévisagea, perplexe.

—Quels jours ?

—Ceux où tu en as assez de tout et où tu te lamentes d'un rien ? Écoute, je te demande pardon, d'accord ? Désolé de ne pas être ce type excitant et complètement dingue, mais nous sommes dans la vraie vie. La pelouse a besoin d'être tondue, et la maison d'être nettoyée. Je ne vois pas où est le problème.

Elle aurait dû tenir sa langue, comme d'habitude, mais maintenant qu'elle avait commencé, elle ne pouvait pas s'arrêter.

—Le problème, Colin, c'est de savoir à quand remonte la dernière fois que nous avons ri, tous les deux. Vraiment ri. Ou discuté. Ou fait quelque chose de spontané. Ou fait l'amour comme des bêtes…

—Enfin… gronda-t-il, les joues rouges.

—Réponds-moi, insista-t-elle, clairement convaincue qu'elle était en train de vivre une expérience hors du corps.

En général, elle aurait déjà baissé les bras et serait partie se venger sur les stores du salon avec son Swiffer. Mais à cet instant, une seule pensée lui venait : c'était son entre-jambe qui aurait bien besoin d'un coup de plumeau.

—Qu'est-ce que tu as, aujourd'hui ? répliqua Colin, évitant soigneusement la question, les doigts toujours agrippés à son satané journal.

—Colin, je ne peux plus continuer comme ça, soupira-t-elle avant de tirer la chaise juste à côté de lui.

Elle avait joué la manière dont elle aborderait le sujet de leur divorce un nombre incalculable de fois dans sa tête, et c'était toujours dans le calme, après leur voyage avec les filles. Apparemment, son cerveau s'était emparé de cette suggestion, l'avait jetée dans l'une des précieuses poubelles de son mari (qui avait passé une heure à coller des chiffres sur chacune afin de s'assurer qu'ils récupèrent les leurs une fois vidées), et avait pondu une tout autre stratégie. Opération « On envoie tout bouler, tout de suite et maintenant ».

—Écoute, j'avais l'intention d'attendre que notre anniversaire de mariage soit passé pour t'en parler, mais…

—Me parler de quoi ? répliqua-t-il en se renfrognant, plus proche de la confusion qu'elle ne l'avait jamais vu ces dix dernières années.

—De nous, Colin. Je n'ai jamais regretté le temps que nous avons passé ensemble, mais il faut que quelque chose change.

Elle sermonna son cerveau de ne pas avoir le cran de dire les choses clairement, mais ce n'était tout simplement pas dans sa nature. Et c'était bien là le problème.

—J'ai cinquante-cinq ans, Colin. Je n'ai pas envie de passer le reste de ma vie comme ça. Je ne suis pas prête à me résigner à vivre mille autres samedis comme celui-ci. Je veux autre chose...

—Tu as rencontré quelqu'un ? lâcha-t-il.

Ne l'avait-il pas entendue, ou avait-il décidé de tirer des conclusions hâtives ?

—Non ! Bien sûr que non.

Les épaules de son mari s'affaissèrent de soulagement. Ce fut à cet instant de stress et de profonde tourmente, aussi étrange cela soit-il, que Brenda se rendit compte que le pull de Colin était beige. Ainsi que les murs de la cuisine. Les portes des placards. Même ce satané shortbread qu'elle avait sorti pour accompagner son café était beige. Voilà. Toute sa foutue vie était beige, et elle, ce qu'elle voulait, c'étaient des couleurs. Du rouge. Du rose. Du bleu électrique. Tout sauf ce beige terne à en mourir.

—Qu'est-ce que tu veux exactement, Brenda ? demanda-t-il d'une voix lasse, comme s'il avait d'autres chats à fouetter.

—Je veux une vie qui m'excite, Colin. Je veux faire de nouvelles choses. Vivre un peu. Les filles sont grandes, maintenant, et j'ai la sensation que c'est à notre tour d'en profiter. Sauf que je n'ai pas l'impression que tu désires autre chose que ce que nous avons déjà.

—Et c'est si grave ?

—Non, ce n'est absolument pas grave, mais ce n'est pas génial non plus. Tu sautes du lit tous les matins, toi, excité à l'idée de ce que la journée te réserve ?

—Non, mais qui fait ça ?

—Je vais te dire, moi : mon amie, Bernadette.

C'était un coup bas, et elle en avait conscience. Elle ne cherchait pas à mener la vie de Bernadette. Après plusieurs dizaines d'années piégée dans un mariage cauchemardesque, son amie méritait chaque seconde de son bonheur, et Brenda était enchantée pour elle, mais elle savait comme il était difficile de retrouver l'amour à leur âge – en particulier avec un homme bien qui vous aimait en retour. Non. Il ne s'agissait pas de vivre une histoire adultère passionnée ou de rencontrer quelqu'un de merveilleux. Il s'agissait de vivre, tout simplement.

—Oui, enfin… Elle vient de rencontrer quelqu'un et est en plein dans la passion du début. Ça n'a rien de réaliste, Brenda. Ça fait trente ans que nous sommes ensemble. Bien évidemment que c'est…

—Barbant, le coupa-t-elle.

—J'allais dire « confortable ». Désolé de t'ennuyer.

Qu'est-ce qu'il pouvait l'agacer… Mais étrangement, même cette joute verbale la faisait se sentir plus vivante qu'elle ne l'avait été depuis des mois. Elle lissa des plis invisibles sur la nappe beige de leur table de cuisine.

—Tu ne m'ennuies pas, répondit-elle. C'est la vie qui m'ennuie. On s'ennuie l'un avec l'autre.

Il ne répliqua rien. Évidemment. Il était bien trop raisonnable et réfléchi pour émettre quoi que ce soit qui ressemble de près ou de loin à de la spontanéité émotionnelle. Il était comptable, bon sang. Ce n'étaient pas vraiment des gens réputés pour leur folie ou leur caractère explosif…

—Brenda, est-ce que… tu… Enfin, peut-être que… Je veux dire… est-ce que tu crois que tu pourrais ressentir ça à cause de…

Son bégaiement le trahit ; elle sut exactement ce qu'il s'apprêtait à dire.

—Je te jure, Colin, si tu oses mettre ça sur le dos de la ménopause, je prends mon manteau et je disparais d'ici pour te laisser terminer ton existence avec ta foutue tondeuse.

Il reconnut immédiatement son erreur et rétropédala. Cela faisait quelques années qu'elle était ménopausée, et elle venait à peine de se débarrasser des bouffées de chaleur, des insomnies et des crises d'angoisse, alors c'était un sujet à ne certainement pas prendre à la légère.

—Non, non, bien sûr que non. Je ne voulais pas dire ça…

Mais ils savaient tous les deux que si.

—Comment envisages-tu ta retraite, Colin ? Tu ne veux pas te dresser une liste de choses excitantes à faire ? Être surpris par la vie ? Te sentir revigoré par de nouveaux défis ? Te réveiller en ayant hâte de vivre ce qui t'attend ? T'amuser ? Ressentir de la passion ?

Son haussement d'épaules répondit pour lui.

—Mon jardin me suffit. Ça ne compte pas ?

Elle n'avait pas le cœur à lui dire que son « jardin » ne lui apportait plus de bonheur, à elle. Son aversion chronique à causer la moindre sorte de détresse ou de contrariété avait de nouveau pris le contrôle de son cerveau et mis un terme à cette révolution fugace.

Ils restèrent silencieux un moment, avant que Colin la surprenne en venant poser sa main sur la sienne.

—Brenda, ce n'est rien que nous ne puissions arranger.

Il n'avait absolument rien écouté de ce qu'elle lui avait dit. Ou peut-être n'avait-elle pas été assez claire.

— Tu as raison, poursuivit-il en essayant de l'amadouer. J'imagine que c'est inévitable, quand on est ensemble depuis si longtemps. On a simplement pris nos petites habitudes. Je suis désolé de ne pas avoir vu avant que tu étais malheureuse.

— J'aurais dû être plus claire, concéda-t-elle, fatiguée. Je suis désolée, moi aussi.

Attendez, elle était en train de demander pardon ? Elle avait tout un tas de fois fait des allusions et tenté d'avoir des versions plus douces de cette conversation avec lui, mais il n'avait jamais écouté. Ne *l'avait* jamais écoutée.

Il allait vraiment falloir qu'elle arrête de présenter ses excuses pour tout. C'était, et elle en avait parfaitement conscience, l'une de ses pires habitudes. Si quelqu'un la poussait dans un magasin, c'était elle qui était désolée. Si elle devait – sous peine de mort – se plaindre ou rendre quelque chose de défectueux, elle tendait presque le bâton pour se faire battre. Quand était-elle devenue aussi lâche ? Elle avait passé des années à encourager ses filles à se défendre, alors qu'elle en était elle-même incapable.

Colin écarta son journal et se pencha vers elle.

— Et si je te promettais d'essayer ? D'injecter un peu de vie dans tout ça ? Je vais faire un vrai effort ; tout s'arrangera, tu verras. Et ça commence maintenant.

Waouh. Avait-il vraiment l'intention de prendre les choses en main ? Allait-il la soulever de sa chaise et lui dire à quel point il l'aimait ? Ou vider la table d'un geste du bras et la prendre là, tout de suite ?

— Alors… dit-il, les yeux brillants. Oublions le hachis que nous avions prévu ce soir, et commandons chinois à la place !

7

Aiden

Allongé sur son canapé, Aiden faisait rebondir une balle selon un rythme maîtrisé et robotique qui impliquait de taper le sol de son appartement, puis le mur, avant qu'elle réatterrisse dans ses mains. Bam. Bim. Bop. Bam. Bim. Bop.

Trevon revint du plan de travail en béton gris de la cuisine avec deux bières – plus ou moins la base alimentaire d'Aiden, ces deux dernières semaines, depuis le fiasco de Hilton-Head. Ça avait été un vrai désastre. Ce soir-là, son père et Mitzy étaient partis avec le reste des invités – son père n'avait jamais su gérer les situations complexes –, laissant sa mère, son faux petit ami Kurt et Trevon picoler jusqu'au bout de la nuit avec lui. Le lendemain matin, il s'était réveillé pour découvrir que, oui, Layla était toujours aux abonnés absents. C'était profondément embarrassant. Humiliant. Mais surtout, atrocement douloureux.

Même de retour dans son loft de Charleston, chaque fois qu'il se réveillait, il était heureux l'espace de quelques secondes, puis il se souvenait. Layla l'avait planté le jour de leur mariage, puis avait disparu de la surface de la Terre. Il n'avait pas eu une seule nouvelle depuis un dernier SMS qu'elle lui avait envoyé ce fameux soir, lui demandant de lui accorder du temps et de l'espace. Enfin, jusqu'à hier.

—Tu es sûr que tu ne veux pas que je reste tant qu'elle est là ? Je peux m'éclipser dans ta chambre et être là pour toi en cas de besoin.

Aiden secoua la tête.

—Merci, mon pote, mais ça ira.

Trevon prit une gorgée de bière, puis souffla en gonflant les joues.

—Je suis vachement content que tu m'aies dit ça, parce que je n'ai aucune envie d'assister à ça.

Aiden éclata de rire, et pour une énième fois, il se demanda ce qu'il aurait fait sans Trevon, ces deux dernières semaines. Il avait annulé sa lune de miel et était retourné directement travailler, ce qui lui avait permis de se tenir occupé, mais c'étaient les soirs et les week-ends qui se révélaient plus problématiques. Par chance, son ami avait plus ou moins posé ses valises chez lui, dormant sur un lit d'appoint dans la partie principale de son loft afin de s'assurer qu'il ne soit pas seul. Mis à part son cœur brisé, son rejet et sa confusion, il avait l'impression d'être retourné en arrière, quand ils avaient partagé un appartement à quelques rues d'ici, près de King Street. Deux années de pure insouciance et de fun continuel. Peut-être aurait-il dû s'y tenir, plutôt que de chercher à s'imposer l'équation du monde adulte, des loyers et des relations sérieuses.

L'interphone sonna ; Trevon souffla une nouvelle fois.

—N'oublie pas, si c'est trop pour toi…

Il avança d'un pas, puis plaqua une main sur son torse comme s'il venait de prendre une balle et s'effondra au sol. Aiden se leva du canapé en remuant la tête et le rejoignit.

—À ton âge, tu pourrais te casser quelque chose en faisant ça, tu sais, marmonna-t-il, mais en vérité, il avait du mal à garder son sérieux – même en un instant pareil, il n'y avait que Trevon pour parvenir à le faire rire.

Il appuya sur un bouton de l'interphone.

—Bonjour, Aiden. C'est Pam.

Incapable de répondre, il déclencha l'ouverture de la porte. Pam. La mère de Layla. Quand il avait reçu son message lui demandant si elle pouvait venir récupérer ses affaires aujourd'hui, il avait été convaincu qu'elle le ferait *elle*. Que l'amour de sa vie, la femme qu'il avait adorée, viendrait ici et, peut-être, qu'ils parleraient, éclairciraient un tant soit peu cette décision qui avait fait imploser leur couple. Mais apparemment, non. Elle avait envoyé sa mère.

—Bordel, cette nana me fout les boules. Je reste pour te protéger, mais je serai sous ton lit, siffla Trevon.

—Laisse-moi une place, s'il te plaît, soupira Aiden.

La mère de Layla était le genre de femme qui appelait sa fille « Princesse » et la croyait incapable d'avoir le moindre tort, même si elle approchait de la trentaine et était suffisamment humaine pour faire des conneries de temps en temps. Du style, ne pas se pointer à son propre mariage.

Quand Aiden ouvrit la porte, Trevon avait finalement décidé de ne pas aller se planquer et s'était assis sur un tabouret, autour de l'îlot central, ayant trouvé une quelconque raison d'être cent pour cent concentré sur son ordinateur portable.

—Bonjour, Pam, lança Aiden, déployant chaque once d'amabilité qui lui courait dans les veines.

Après tout, à part le fait d'être légèrement terrifiante, Pam n'avait jamais été négative à son égard d'une manière ou d'une autre. D'ailleurs, peut-être la mère de Layla pourrait-elle lui donner des réponses ?

—Avant de commencer, je ne suis pas là pour discuter de ce qu'il s'est passé entre ma fille et toi. Je viens juste récupérer ses affaires.

Ou pas, donc.

Elle déboutonna alors sa veste rose en tweed. D'après Aiden, c'était sûrement du Chanel, étant donné que cette femme avait transmis sa passion pour les fringues de grands couturiers à sa fille.

—Layla ne vient pas ? demanda-t-il, plein d'espoir.

—Non. Elle a besoin de temps pour réfléchir. Pour prendre soin d'elle. Ça n'a pas été facile, pour elle.

Aiden aurait eu envie de hurler que ça faisait déjà deux semaines – de combien de temps encore avait-elle besoin ?! Il aurait aussi voulu ajouter que ça n'avait pas été une partie de plaisir pour lui non plus, mais il se retint de cracher son venin. Il n'était pas comme ça.

—Je comprends, se contenta-t-il de dire. Vous pouvez lui demander de m'appeler, quand elle se sentira prête ? Ça me ferait du bien de lui parler.

Il s'efforçait d'être aussi courtois que possible. N'était-ce pas ce qu'il conseillait quotidiennement à ses clients ? *Restez courtois. Communiquez. Évertuez-vous à trouver une solution, mais ne bloquez jamais la conversation.* Il n'était pas certain d'y arriver, à cet instant, et il n'avait définitivement pas réussi à faire intégrer ces beaux principes à ses parents. Ces deux-là étaient en zone de guerre permanente, avec d'occasionnels cessez-le-feu. Peut-être ferait-il mieux d'abandonner son travail et de trouver quelque chose qui correspondait davantage à sa situation actuelle. Si on pouvait gagner sa vie en se morfondant, en enchaînant les bières et en faisant rebondir une balle contre un mur, il signait tout de suite.

Ou portier, peut-être. Parce qu'il se retrouva malgré lui, sans qu'un autre mot soit prononcé, à attraper les valises qu'il avait remplies de toutes les affaires réclamées par Layla, pour les descendre à la voiture de Pam, qui le quitta avec la vague promesse que son ex-fiancée « le contacterait quand elle aurait tout digéré et se sentirait prête ». Pas vraiment le genre de nouvelle qui se fêtait avec fanfare et cotillons.

— Merci pour ton aide, mec, lança-t-il à Trevon une fois de retour chez lui.

L'intéressé haussa les épaules.

— Tu as très bien géré tout seul. J'attendais en coulisses, prêt à intervenir. À la Shemar, quoi.

Même si Aiden avait le sentiment qu'il n'aurait pas pu tomber plus bas, il ne put se retenir de rire. Cela faisait des années que les gens les comparaient, l'un comme l'autre, à des acteurs : Trevon affichait une ressemblance saisissante avec Shemar Moore de *S.W.A.T.*, et sous une lumière tamisée, Aiden était le sosie de Jamie Dorman, des films *Cinquante Nuances*. Sans la nature dominatrice et les fouets en cuir. Quoi qu'il en soit, cela leur avait valu de nombreux verres offerts par des barmen trop alcoolisés ou trop crédules, au fil des ans.

— Bon, maintenant que tu n'es plus en danger immédiat, je vais passer au bureau pour m'assurer que mon empire ne s'est pas effondré pendant que je te gardais, annonça Trevon en récupérant son sac à dos avant de lui faire cette espèce de poignée de main fraternelle – mi-ferme, mi-câlin.

Le « bureau » était un léger euphémisme. Il voulait en vérité parler d'un complexe de fitness de quatre mille mètres carrés à la pointe de l'architecture qui était le phare de son entreprise. Sa chaîne de salles de sport s'étirait dans toute la Caroline du Sud et connaissait un immense succès, fréquentée par un gros pourcentage des fans de muscu, de cardio, de basketball et de CrossFit de la ville, ce qui comprenait – et Aiden trouvait ça génial – une certaine Eileen Gregg, qui ne manquait jamais une séance de CrossFit dans la branche Harleston Village de l'empire de Trevon.

Le loft lui paraissait étrange, après le départ de son ami. C'était la première fois qu'Aiden se retrouvait seul ici, depuis le mariage, et il ne savait pas vraiment quoi faire de lui-même. Travailler. C'était l'unique chose qui lui permettrait d'oublier momentanément le merdier qu'était devenue sa vie personnelle. Il attrapa une autre bière puis gagna son bureau, un espace vitré dans le coin de la partie salon, où il alluma son ordinateur. En général, il ne prêtait pas attention aux icônes des réseaux sociaux sur son écran d'accueil, mais aujourd'hui, le petit carré bleu dans l'angle capta son regard. Facebook. Il avait désactivé les notifications et n'avait pas ouvert sa page depuis plusieurs semaines. Quand ce fut fait, quatorze messages l'attendaient. *Merde.*

Il les ouvrit un par un – sans grande surprise, il s'agissait principalement d'invités présents au mariage, ou de gens qui n'avaient pas pu venir et qui s'en voulaient aujourd'hui à mort d'avoir raté un scénario pareil. Rien de Layla. Il n'avait pas envisagé une seule seconde qu'elle lui ait écrit, et il se haït pour cet élan d'espoir. Il cliqua sur son profil, s'attendant à ne rien voir de nouveau depuis ces deux dernières semaines, mais il se trompait. Il y avait une photo, postée la veille, de son dos nu, ses longues boucles brunes tombant sur sa colonne. Elle était assise sur une plage, le regard rivé sur l'océan. La légende disait simplement : « La vie. »

Génial. Lui ramassait les morceaux piétinés de son cœur, affalé sur son canapé, quand elle postait des photos artistiques sur Facebook. Où est-ce qu'il s'était planté à ce point, dans « la vie », justement ? Il avait annulé leur lune de miel et était retourné travailler au lieu de passer deux semaines aux Bahamas avec sa jeune épouse, et voilà qu'il la découvrait posant sur une plage mystérieuse. Inutile de chercher à comprendre. Son unique consolation : il avait réservé des vols et un hôtel remboursables, ce qui lui avait permis de ne pas perdre d'argent. Il espérait simplement qu'un jour, ils pourraient tout réserver de nouveau, et que cette fois, Layla et ses six valises assorties seraient de la partie.

Il s'apprêtait à fermer Facebook et à se mettre au travail quand il remarqua un minuscule chiffre 1 à côté de l'onglet « Demandes d'amis ». Sûrement quelqu'un du mariage. Peut-être du côté de Layla. *Super.* Encore une couche de compassion, histoire qu'il soit bien au courant du fait qu'il avait été humilié.

Il cliqua quand même. Non, rien à voir avec le mariage. À vrai dire, il crut d'abord que c'était un spam et s'apprêtait à l'effacer quand il vit la photo à la toute fin du message. Inutile d'avoir une loupe pour comprendre de qui il s'agissait. Son père. Sa mère. Et ils devaient avoir la petite vingtaine lorsque cette photo avait été prise.

Il retourna au début du message, et découvrit qu'il avait été envoyé deux jours plus tôt.

Cher Aiden,

Désolée si c'est le message Facebook le plus bizarre que vous ayez jamais reçu, mais s'il vous plaît, ne l'effacez pas avant que je puisse vous expliquer pourquoi

j'écris à un parfait inconnu vivant à plusieurs milliers de kilomètres d'ici.
Je m'appelle Zara Jones, j'habite à Glasgow, mes parents sont Colin et Brenda Jones, et il me semble qu'ils étaient amis avec votre père, Gary Gregg, dans les années quatre-vingt-dix. C'est du moins ce que je m'imagine. Je suis une piètre enquêtrice, et je n'ai que la photo ci-jointe pour m'aider. J'ai essayé de contacter Gary directement, mais il n'a pas répondu, alors peut-être suis-je complètement à côté de la plaque.
Si je m'insinue comme ça dans votre vie de famille, c'est que ma sœur et moi allons emmener nos parents (les deux individus au milieu de la photo) en voyage surprise à Las Vegas, où ils se sont unis il y a trente ans, afin de fêter leur anniversaire de mariage. Nous y resterons cinq jours, à partir du 16 mai. Je pense que votre père était leur témoin, et j'ai conscience que ça peut paraître ridicule, mais ce serait vraiment génial s'il pouvait venir, histoire de les surprendre encore plus.
Oui, je sais, c'est complètement dingue, parce que le 16 est dans quelques jours seulement, mais, entre nous, ce ne serait pas top ??
Bref, si cette folle histoire sortie de nulle part ne vous a pas trop effrayé, j'aimerais beaucoup avoir une réponse – de vous ou de votre père. Même si c'est impossible de venir à Vegas, peut-être pourrait-il envoyer un message à mes parents ? Il faisait de toute évidence partie de leur vie lors de cette occasion vraiment particulière, et je suis sûre que ça les toucherait au cœur.
À bientôt, j'espère.
Zara :)
P.-S. : mon numéro de téléphone est le...

Le regard d'Aiden quitta la fin du message pour se reposer sur la photo, et il se rendit compte qu'il souriait. Waouh ! Quelle classe, tous les deux ! Ils étaient si jeunes. Si heureux. Si insouciants... Si différents des deux individus blessés par la vie qu'ils étaient devenus.

Avant de se laisser le temps de réfléchir, il attrapa son téléphone et composa le numéro. On décrocha à la troisième sonnerie.

—Allô ?

—Zara ? Bonjour, c'est Aiden Gregg. Vous m'avez envoyé un message sur Facebook à propos de...

—Mais noooon ! Enfin, je veux dire : oui ! Je n'y crois pas, vous m'avez rappelée ! Waouh ! Merci. Sauf si c'est pour me dire que vous avez prévenu la police... ?

Son accent écossais, si similaire à celui de sa mère, l'humour dans sa voix, son enthousiasme... c'était la distraction idéale dont il ignorait avoir besoin.

—Eh bien, je suis avocat, et j'ai des preuves photographiques, vous savez...

Silence à l'autre bout du fil.

—Je plaisante, hein ?

—Oh, Dieu merci, parce que j'ai vu ces séries américaines, et je n'ai clairement pas de quoi assumer les frais, répliqua-t-elle, ce qui le fit rire.

—Bon, au sujet de ce fameux message...

Il y eut une nouvelle pause, puis :

—Oh, oui ! Bien sûr ! Désolée. Attendez, je vais couper *Strictly*[1]. Même si vous ignorez sûrement ce que c'est. Il s'agit d'une émission de danse.

—Comme *Danse avec les stars* ?

Layla adorait cette émission.

1. *Strictly Come Dancing*, émission de la BBC où des célébrités viennent danser.

—Exactement ! Enfin, je crois. (La musique de fond se coupa.) Aaaaah, putain !

Aiden se crispa, puis elle s'expliqua.

—Désolée, j'ai tapé dans la table basse. Je me suis cogné l'orteil. Bon, en tout cas, merci encore de m'avoir rappelée. Comme je l'ai dit dans mon message, c'est le trentième anniversaire de mariage de mes parents, et nous leur avons prévu ce voyage surprise. Les seules photos que j'ai de leur précédent voyage sont celle où ils s'embrassent devant Elvis pendant la cérémonie, et celle que je vous ai envoyée. Je ne me suis pas trompée ? C'est bien votre père ? Je vous en supplie, dites-moi oui.

—En effet, c'est bien lui.

—Magnifiiique ! Désolée, je suis partie un peu trop dans les aigus, là. Ça m'arrive toujours quand je suis excitée. J'espère que vous n'avez pas de chien autour de vous, parce que je l'ai sûrement tué…

Aiden s'esclaffait de nouveau.

—Moi non, mais mon voisin, oui. J'irai vérifier quand j'aurai raccroché.

C'était sans aucun doute l'échange téléphonique le plus étrange et le plus drôle de toute sa vie.

—Donc, concernant ma requête… j'ai conscience que c'est assez déplacé de ma part, d'autant que je me suis rendu compte, depuis, que vous étiez à Charleston, et que c'est à l'opposé du pays, mais vous pensez qu'il y aurait une petite chance que vous nous y rejoigniez ? Rien qu'en m'entendant, je prends conscience que c'est complètement fou. N'hésitez pas à me dire non, hein.

Son premier réflexe était… de dire non, en effet. Mais une pensée arrivait juste derrière : pourquoi pas ? Il avait pris des jours de congé pour sa lune de miel, qu'il avait annulée, si bien qu'il avait du temps, et son planning était assez léger, ce mois-ci. Par ailleurs, cela faisait une éternité qu'il n'avait pas passé un moment seul avec son père. Ce serait une chouette occasion, pour eux. Et pour lui. Se changer les idées, oublier sa femme qui lui manquait tant et son cœur en miettes.

—Pour tout vous dire, même si ça paraît en effet complètement fou, je vais le lui proposer. Ça fait au moins trente ans qu'il n'a pas mis les pieds en Écosse, et je suis sûr que ça lui ferait plaisir de retrouver un vieil ami.

—*Yessssss !* C'est trop top !

Une autre pensée venait de frapper à la porte.

—En revanche, concernant ma mère…

—Mais oui, qu'elle vienne aussi ! Elle sera la bienvenue. Je suis sûre que mes parents seront ravis de faire sa connaissance.

Aiden ne comprit pas tout de suite, jusqu'à se rendre compte que sa mère n'avait pas encore été mentionnée.

—Justement… ils la connaissent déjà. Ma mère est également sur cette photo. C'est la femme à l'autre bout.

Hoquet de sidération de l'autre côté.

—Vous vous foutez de moi ?

—Pas du tout.

—Mais vous êtes incroyable, vous savez ?

—Oh que oui, ricana-t-il.

—J'ai essayé de retrouver Eileen Smith aussi, en vain, et vous me l'offrez sur un plateau. Ca-non ! Donc vos parents sont également mariés, et nous avons la possibilité de les réunir tous les quatre ?! J'en ai la tête qui tourne. C'est vraiment génial !

Là, il se devait d'intervenir.

—Pas exactement, non. Il se pourrait qu'il y ait comme un léger problème. Mes parents sont divorcés…

—Oh, je suis navrée…

—Et ils ont un peu de mal à supporter la présence l'un de l'autre.

—Mince. Bon, compris. Dommage… on était si près du but.

La déception dans sa voix était palpable, et étrangement, Aiden fut soudain pris du puissant besoin de lui venir en aide. Et puis, il y avait d'autres facteurs en jeu, le plus important étant qu'il n'en pouvait plus de voir ses parents se détester. En dehors du fait de s'être pris le plus gros lapin de sa vie, l'aspect le plus gênant de son mariage avait été de savoir que ces deux-là étaient incapables de se trouver au même endroit sans qu'il y ait cette atroce tension dans l'air. Ce voyage pouvait être l'occasion idéale de négocier une sorte de trêve, de leur rappeler qu'ils s'étaient aimés très fort, et de construire au moins une nouvelle amitié. C'était un médiateur expérimenté, après tout – ce devait être dans ses cordes, non ? Ajoutez à cela des retrouvailles avec de vieux amis d'Écosse, il y avait de quoi leur offrir une expérience incroyable. Sauf que… ils n'accepteraient jamais. Ni l'un ni l'autre. Il allait falloir faire preuve de créativité.

—Je vais voir ce que je peux faire, d'accord ? Je viens de vous répondre *via* Facebook, avec mon e-mail et mon numéro de téléphone. Vous pouvez m'envoyer toutes les infos. Je vous promets de donner mon maximum pour que ça se fasse.

—Oui ! Merci. Je vous dois un cocktail. Non, dix ! Un rein, même. Je suis tellement contente… Ils vont être sur les fesses, c'est certain.

—Je peux sans grand danger confirmer, répondit-il.

Ils se dirent au revoir, puis il raccrocha, un sourire toujours vissé aux lèvres.

Bien, il y avait deux options : c'était soit une idée géniale, soit la pire qu'il ait jamais eue. Et il n'y avait qu'un moyen de le savoir.

Il reprit son téléphone et composa un numéro.

— Salut, papa, c'est moi. Je réfléchissais… Ça te dirait de t'évader l'espace de quelques jours, dans deux semaines ?

8

Eileen

Eileen caressait l'idée d'aller faire sa séance de CrossFit, mais elle était incapable de se motiver. C'était surprenant de sa part, mais cela faisait deux semaines qu'elle se sentait d'humeur morose, depuis le désastreux mariage avorté de Hilton-Head. Ce vieux dicton disait bien qu'on ne pouvait pas être plus heureux que le plus malheureux de ses enfants… Elle n'en avait qu'un, mais elle était plutôt convaincue qu'Aiden était très malheureux en ce moment. Non pas qu'il soit venu chercher du réconfort auprès d'elle. Ils étaient proches, tous les deux, mais à un certain stade de sa vie – qui correspondait plus ou moins au divorce, si sa mémoire était bonne –, son fils avait commencé à gérer ses problèmes sans elle. Elle n'avait jamais vraiment su s'il s'agissait de maturité naturelle ou s'il ne voulait simplement pas lui rajouter des soucis.

Elle s'étira en soupirant, puis gagna le réfrigérateur du bureau pour se prendre un smoothie. En temps normal, en dehors de son précieux petit verre de vin, elle suivait religieusement un régime keto, mais aujourd'hui, elle avait décidé de baisser les bras. Un peu comme la majorité du temps la semaine passée. Qu'est-ce qui lui arrivait, au juste ?

Il n'y avait pas que l'acte de pure lâcheté de Layla qui la travaillait. Si elle se devait d'être honnête, se retrouver en présence de Gary l'avait franchement perturbée aussi. Cet homme était le fléau de sa vie. Avant le mariage, elle s'était entraînée comme un diable, avait suivi un régime strict et fait du face yoga – DU FACE YOGA, BON SANG ! – pendant trois mois, juste pour avoir l'air au mieux de sa forme, et tout ça pour quoi ? Pour que ce trou du cul parade sous son nez avec sa gamine au bras et lui donne l'impression d'avoir cent deux balais. Certes, elle avait conscience d'avoir gagné en sagesse, en expérience et en caractère, mais à quoi bon avoir la zen attitude d'un bouddhiste quand Mitzy pouvait faire le grand écart en talons ?! Même – et l'admettre la mortifiait – son faux petit copain, Kurt, n'avait pas réussi à combler le trou d'obus qu'avait provoqué cette rencontre dans sa confiance en elle.

Ce n'est pas qu'elle voulait que Gary lui revienne, parce que ce n'était vraiment *pas le cas*, mais les efforts qu'elle mettait dans sa routine et son entraînement étaient une histoire de fierté, et ce pour deux raisons : d'abord, elle souhaitait qu'il la regarde en se disant qu'il n'avait pas laissé partir n'importe qui, et vu que cet abruti n'avait d'yeux que pour les trophées vides de toute matière grise, autant dire que pour cela, Eileen avait intérêt à être au top.

Raison numéro deux : elle l'avait fait pour elle, parce qu'elle voulait se sentir bien. Être la meilleure version d'elle-même. Garder confiance, déjà au travail, mais aussi si, par un quelconque miracle, l'envie de rencontrer de nouveau quelqu'un la titillait.

Elle soupira et se rassit, s'étirant jusqu'au plafond, puis elle grogna quand sa chemise éjecta un bouton à l'autre bout de la pièce, manquant de peu l'œil de Kurt. Elle n'avait pas partagé tous les détails de la vie de celui-ci avec Aiden, le jour qui aurait dû être le plus beau de sa vie, mais son faux petit ami avait rejoint sa société immobilière pour faire des merveilles. Il enchaînait les ventes, en particulier dans les îles et sur la côte. Il était aussi chanceux en matière de cœur, fréquentant un magnat de l'immobilier beau à tomber qui avait également fait ses preuves dans le flip[1]. Eileen adorant les mariages gays, elle espérait de tout cœur qu'ils tiendraient bon.

— Tu veux récupérer ça ? lui demanda Kurt.

Elle savait qu'il aurait un sourcil haussé, si seulement il n'était pas obsédé par le fait de minimiser les mouvements faciaux pour éviter les rides.

— Non, garde-le. C'est le compte de tous les coups que je te dois pour m'avoir accompagnée au mariage.

— Je n'aurais raté ça pour rien au monde. J'ai passé un super moment. Sauf celui où… enfin, où personne ne s'est marié, bien sûr.

Sa remarque aurait dû la piquer, mais sa tentative d'injecter un peu d'humour à la situation lui donnait envie de l'aimer encore plus. Si Kurt n'avait pas été attiré que par les hommes, dans la fourchette trente-soixante ans, avec un salaire moyen dépassant les cinq cent mille dollars, Eileen aurait sérieusement craqué pour lui. Même si elle n'aurait rien fait. Les hommes, c'était de l'histoire ancienne. Merci Gary Gregg qui, avec ses gros sabots, l'avait déchargée d'une grosse dose de confiance et d'estime d'elle-même, ainsi que de tout désir d'une future relation, et rien n'avait changé depuis leur divorce. Aujourd'hui, le seul moyen qu'elle se rapproche de quelqu'un serait de se retrouver coincée dans un ascenseur avec un type insouciant pendant au moins une semaine, ou si Amazon se mettait à envoyer

1. Un flip consiste à réaliser une plus-value immobilière en achetant un bien immobilier à prix bas, dans le but de le rénover à moindre coût et de le revendre à un prix élevé.

des petits copains avec son abonnement mensuel de crème anti-âge.

Durant les premières années qui avaient suivi son divorce, elle avait rencontré des hommes. Quelques histoires de trois, quatre, cinq mois ; mais elle n'avait plus l'énergie de gérer tout ça. Il y avait d'abord le premier rendez-vous. Une vraie foire d'empoigne. Puis l'exclusivité, ce qui signifiait que vous ne pouviez pas avoir de premier rendez-vous avec quelqu'un d'autre. Puis la monogamie et l'engagement, mais elle n'était plus allée aussi loin avec qui que ce soit, après Gary. Comment l'aurait-elle pu ? Il était inutile de se voiler la face : c'était quasiment impossible pour une femme de son âge de rencontrer un type bien, aujourd'hui. Elle n'avait pas le courage de se lancer dans les sites de rencontres – ces histoires de swipe à gauche et à droite lui donnaient la migraine. Et d'après son expérience, la plupart des hommes célibataires de son âge voulaient se taper des trentenaires. Les Mitzy de ce monde contrôlaient le marché. Point. Et c'était une idée profondément déprimante. Si elle ne faisait pas attention, tout un tas d'autres idées de ce genre s'empareraient bientôt d'elle – que faisait-elle de sa vie ? N'était-ce que ça : le travail, la salle de sport et des amis avec qui on ne pouvait pas fauter, mais qui étaient là pour vous soutenir et jouer votre mec en cas d'urgence ?

Parfois, elle songeait à remplir ses valises et à retourner en Écosse, mais c'était une idée ridicule. Elle n'avait plus personne, là-bas. Sa mère était morte alors qu'Eileen venait d'avoir vingt ans, et elle n'avait jamais connu son père. Elle n'était retournée sur sa terre natale que deux fois depuis qu'elle s'était installée aux États-Unis, pour l'enterrement de ses grands-parents, et cela remontait à plus de quinze ans. Les deux fois, elle y était allée seule, parce que Gary était trop occupé pour l'accompagner, et elle avait fait l'aller-retour en vitesse. N'avait cherché à revoir personne. Elle avait coupé les ponts avec ceux qui comptaient pour elle, là-bas, il y avait trente ans ; rien de bon n'en serait sorti, si elle avait rouvert ces blessures.

—Bon, je vais faire un peu de sport, puis je préparerai l'open house de demain, lança-t-elle à Kurt, qui dressa aussitôt les oreilles.

—Tu me fais le topo ?

—Cinq chambres, deux cents mètres carrés, style colonial, au bord de l'eau – tout ça pour six millions, autant dire une sacrée affaire.

—Si on a six millions à dépenser, la taquina Kurt.

—Si c'est le cas de tous ces gens, je les aiderai à les dépenser, ne t'inquiète pas.

C'était la plus grosse propriété de sa carrière, et elle savait qu'à cet instant précis, Kurt était en train de calculer la commission qu'elle se ferait. Deux cent quarante mille dollars, à un ou deux près. Bon, il fallait ensuite déduire les charges, mais ce serait quand même une jolie petite somme. De quoi lui permettre de faire une pause, mais qu'aurait-elle envie de faire ? Voyager ? Retaper son appartement ? Acheter une grosse voiture ? Non, non, et… surtout pas. Arrrgh, toute cette négativité commençait franchement à lui taper sur le système. *Stop.*

Elle passa la main dans son dos, sortit son portefeuille de son sac et le posa sur son bureau. Alors, elle ferma son ordinateur tout en s'octroyant un petit coup de pied aux fesses. *Allez, Eileen, tu peux le faire. Va préparer cette maison, puis tu pourras profiter du reste de ton samedi pour regarder de vieilles comédies romantiques affalée sur ton canapé.* La Proposition. The Holiday. *Peut-être un petit* Pretty Woman *ou un* Comment se faire larguer en dix leçons *par-dessus tout ça ? Et demain ? Tu lèves tes fesses aux aurores, tu fonces à la salle, puis tu vas faire ton* open house, *tu vends cette baraque et encaisses un joli petit chèque.*

Satisfaite d'avoir un semblant de plan, elle s'apprêtait à partir quand son téléphone sonna. Trevon.

—Si tu m'appelles pour m'aboyer dessus parce que je ne suis pas à la salle, je vais t'économiser du souffle : je suis une pauvre cinquantenaire particulièrement à bout aujourd'hui, et les féculents et la flemme sont mes seules bouées de secours.

Pour les autres, le meilleur ami d'Aiden était un trentenaire à la carrière florissante, un entrepreneur impressionnant, un homme qui s'était construit tout seul, un influenceur et un excellent parti, avec son million – au dernier décompte – de followers sur Instagram. Pour Eileen, c'était juste l'ami fidèle de son fils, celui qui la faisait rire, et son partenaire d'entraînement plus ou moins régulier. Ils n'avaient pas de routine établie, mais elle suivait toujours le même cours de CrossFit, dans l'une de ses salles, le samedi et le dimanche, et la plupart du temps, Trevon venait soit pour participer, soit pour boire un verre avec elle au bar à jus ensuite.

—Oh, merde. Laisse-moi deviner : *The Holiday* ou *Comment se faire larguer en dix leçons* ?

—Ça m'agace que tu me connaisses si bien. Comment va Aiden ?

—Il tient le coup. Je le laisserai te donner les dernières news. Bon, je t'abandonne ; je dois aller à la salle, et je voulais juste savoir si tu y serais.

—Seulement si quelqu'un me menace avec une arme. (Un bip. Elle regarda l'écran. Appel entrant.) Trevon, Aiden est en train de m'appeler.

— Ça marche. À plus tard.

— Oui, à plus.

Elle avait l'air ridicule et se sentait pire encore quand elle essayait de parler « jeune », mais au moins entendit-elle Trevon rire en raccrochant. Elle accepta l'autre appel.

— Salut, mon chéri. Comment vas-tu ? demanda-t-elle en espérant que la réponse ne serait pas quelque chose du genre : « Je noie mon chagrin dans un pack de bières, en plein samedi après-midi. »

— Salut, maman. Ça va, merci.

En effet, ça avait l'air d'aller. Bon sang, Layla était revenue ?! Ce foutu mariage était-il de nouveau au programme ? Parce que si c'était le cas, Eileen n'était pas certaine de pouvoir affronter cette femme, tout du moins pas sans lui dire le fond de sa pensée.

— Contente de l'entendre. Alors, quoi de neuf ?

— Oh, pas grand-chose. Je voulais juste te parler d'un truc.

Elle ne put se retenir plus longtemps.

— C'est lié à Layla ? Parce que, mon fils, je sais que tu es adulte et que c'est ta vie, et évidemment, je respecterai n'importe laquelle de tes décisions, mais la nuit dernière, j'ai rêvé que je lui donnais à manger des crevettes qui avaient passé des heures à attendre en plein soleil. Ne me juge pas. Je suis juste un être humain.

Son rire lui réchauffa le cœur.

— Je ne te juge pas. Je crois bien avoir fait le même rêve, d'ailleurs. Ça doit être dans les gènes.

Eileen se mit à faire tourner son stylo dans sa main libre. Après s'être fait un sang d'encre pour lui ces quinze derniers jours, cela lui faisait du bien de retrouver l'ancien Aiden. Elle ignorait ce qui avait provoqué ce changement, mais elle en était heureuse.

—Il vaudrait mieux éviter les fruits de mer, histoire de ne pas être tentés, dit-elle. Tu as eu des nouvelles ?

—Non. Sa mère est passée récupérer ses affaires ce matin, donc j'imagine que je vais devoir me contenter de ça pour l'instant. Je ne comprends toujours pas, mais je n'ai pas envie de me torturer, alors je vais laisser couler jusqu'à ce qu'elle soit prête à parler.

Comment pouvait-il être si raisonnable ? À sa place, son père aurait tourné comme un lion en cage, et elle... disons que l'idée des crevettes lui plaisait vraiment beaucoup.

—Bonne idée. De quoi tu voulais me parler, alors ? Si ça implique de manger, de boire ou de prendre de mauvaises décisions, je suis partante.

—Eh bien... peut-être un peu des trois, pour tout te dire.

—Sérieusement ? Je ne pense pas avoir jamais été aussi fière. Je croyais t'avoir définitivement perdu aux mains de la décence et de la maturité, plaisanta-t-elle tout en se délectant du rire de son fils, à l'autre bout de la ligne. Je t'écoute.

—J'ai décidé de partir pour quelques jours, dans deux semaines, et j'ai pensé que tu pourrais venir avec moi. Ce serait l'occasion de faire ce voyage dont nous parlons depuis des années, mais que nous n'avons jamais réussi à organiser...

Si la surprise avait eu le pouvoir de faire sauter d'autres boutons de sa chemise, il en pleuvrait comme des balles, dans la pièce. Quelques années plus tôt, Eileen avait soumis l'idée d'un voyage mère-fils, mais ça ne s'était jamais fait, puis il avait rencontré Layla, et l'idée avait été abandonnée.

—Tu sais quoi ? J'adorerais ça, mon fils. Ce serait génial, même ! Où et quand ? Bien que ça n'ait pas d'importance : je sais qu'on passera un super moment, où qu'on aille.

—Je… je suis en train d'y réfléchir, justement. Je songe aux environs du 16 mai…

Elle vérifia rapidement son calendrier. Moins de deux semaines pour s'organiser, mais elle pouvait le faire. Même si elle devait se confronter à ses collègues, elle ne se laisserait pas démonter.

—Ça me va ! Et où, alors ? New York commencera tout juste à se réchauffer. On pourrait aller voir un match des Knicks. Ou peut-être Miami ? Nous n'y avons plus mis les pieds depuis cette fois où ton père est tombé dans l'eau en essayant de prendre un selfie sur un ponton…

Ce souvenir la fit sourire plus qu'il n'aurait dû. C'était quelques mois avant le divorce. Avant que tout se déclenche. Avant qu'elle découvre ce qu'il manigançait. Avec du recul, les indices étaient pourtant clairs. Des selfies ? Pourquoi cela n'avait-il pas éveillé ses soupçons, quand elle le voyait poser comme un idiot devant des yachts luxueux pour les envoyer à ses copains ? C'était tout du moins ce qu'elle s'imaginait. Pour finir, la vérité était tout à fait différente.

Un frisson lui parcourut l'échine, et elle le chassa comme elle put. Pourquoi pensait-elle à ce gâchis alors que son fils était en train de lui proposer quelque chose de merveilleux ? Son enthousiasme repoussa ces tristes souvenirs pour reprendre le devant de la scène. En effectuant une petite danse de la joie, histoire de bien montrer qu'il était là. Ce voyage allait être sensationnel.

—On peut reparler de la destination plus tard, maman ? Le truc, c'est que j'aimerais que ce soit une surprise… alors il va falloir me faire confiance.

Aucun problème. Même si cette idée donnait envie à la *control freak* qui sommeillait en elle – celle qui avait découvert la vie en étant forcée d'en ramasser les morceaux après son divorce – de se rouler en position fœtale dans une pièce obscure.

—Ça me va. Je suis déjà bien heureuse qu'on puisse faire ça.

—Moi aussi, maman. Ça va être génial. Bon, je te laisse… J'ai pas mal de choses à préparer.

—OK. On dîne ensemble, cette semaine ?

—Carrément. Je passerai mercredi. J'apporterai du poulet. Le match des Lakers est à huit heures. On pourra le regarder ensemble ?

Ça avait toujours été leur truc, à tous les deux. Les stéréotypes de genre n'existaient pas dans leur maison. C'était elle qui avait toujours regardé le sport avec lui, était allée aux matchs, s'était fait une priorité de s'impliquer dans toutes les activités qui intéressaient son fils. Un dîner cette semaine, puis un voyage avec lui. Son sourire était si large qu'elle en avait mal aux joues.

Après avoir raccroché, elle envoya un message à Trevon.

Changement de plan. Je viens à la salle. À tout de suite.

The Holiday et toute sa petite liste de comédies romantiques pouvaient attendre. La vie n'était pas si mal, finalement.

9

Zara

16 mai 2023

Le minivan qu'elles avaient réservé pour les emmener à l'aéroport arriva pile à l'heure. Derrière la vitrine de sa boutique, Zara poussa un cri de joie en le voyant surgir au coin de la rue à huit heures tapantes – principalement parce qu'au même moment, un taxi arrivait avec sa sœur.

Zara ouvrit la porte du magasin d'un grand geste.

—Tu veux me faire crever d'une crise cardiaque ou quoi ? Je serais partie sans toi, je te préviens ! aboya-t-elle à Millie.

Sa sœur sortit tranquillement du taxi, toujours vêtue de la minijupe rouge vif qu'elle avait enfilée la veille au soir. Sauf que ledit vêtement semblait partiellement recouvert d'une chemise d'homme nouée à la taille, et qu'elle portait également des chaussons à l'effigie d'un hôtel. Son teint poudré, ses faux cils et ses vagues brunes étaient en revanche toujours aussi impeccables.

—Tu stresses trop, rétorqua-t-elle en lui envoyant un baiser, puis elle franchit la porte.

Zara se consola en se rappelant qu'elle lui avait fait préparer ses valises la veille, si bien que celles-ci attendaient devant l'entrée, prêtes à être chargées.

—Je vais juste me laver les dents. J'ai déjà pris ma douche ; je suis fraîche comme la rosée, promis. Et j'ai une histoire de dingue à te raconter. Je crois que je suis amoureuse…

Zara était déjà en mode multitâche, écoutant d'une oreille la vie romantique de sa sœur tout en poussant d'une main les valises vers le chauffeur du minivan.

—Du même type dont tu es tombée amoureuse la semaine dernière ?

—Non, c'est fini, avec lui. Il porte des chaussettes avec des petits animaux dessus.

Big up au chauffeur, qui capta cette information sans même ciller.

Zara chargea le minivan, apportant un soin tout particulier à la robe de leur grand-mère. Elle l'avait glissée dans une de ces housses pliables et avait prévu de l'amener en cabine. La simple idée de la savoir dans une valise qui pouvait être perdue lui tordait le ventre. Millie avait avoué éprouver la même chose concernant le sac qui contenait son maquillage.

—Je suis là ! Ça va comment, l'haleine ? lança celle-ci en réapparaissant devant elle avant de lui souffler dans les narines.

—Mentholée, confirma Zara, soulagée de voir que sa sœur avait également troqué la jupe rouge et les chaussons contre un legging crème, un crop-top assorti, des baskets blanches et un long gilet sexy couleur avoine.

Pour les simples mortels, le crème était un choix de couleur particulièrement osé pour voyager, mais Millie aimait sortir du lot. Zara ne put s'empêcher d'y comparer sa propre tenue : un jean, des bottines noires et un blazer bleu marine par-dessus un tee-shirt blanc. Parfaitement quelconque, à la limite du chiant. Il lui arrivait parfois d'être intimement convaincue que sa sœur et elle n'avaient pas partagé le même utérus. Ça semblait impossible.

Elle arrêta Millie à la portière du van.

—Passeport ?

—*Yes.*

—Portefeuille ?

—*Yes.*

—Téléphone ?

—*Yes.* J'ai également une sœur hypra reloue qui doit tout contrôler. Ça me donne droit à des points bonus ?

—Non, tu as juste le droit d'apprécier ta chance.

Millie grimpa d'abord, suivie de Zara.

—Attends, lança-t-elle en dressant une main. Où est Kev ? Il n'a pas eu envie de vider tes poumons en t'embrassant avec fougue et passion ?

Zara donna au chauffeur l'adresse de ses parents avant de répondre.

—Non, il fait du taï-chi au parc, ce matin. Ça équilibrerait son zen. Ou ses chakras. Ou… bref, je n'en sais rien du tout. J'ai arrêté de l'écouter à « taï-chi ».

—C'est vraiment incroyable, tu sais.

—Qu'est-ce qui est incroyable ? demanda Zara tout en parcourant mentalement sa checklist et en vérifiant sur son GPS qu'il n'y avait pas de bouchons pour rejoindre l'aéroport.

—Chaque fois que je me dis que ce type ne peut pas être plus barbant, il passe à un niveau supérieur. C'est sans fin, en fait !

Zara, dans une grande démonstration de maturité, la gratifia d'une pichenette sur la cuisse et d'un regard désapprobateur. Même si… quelque part, elle n'avait pas tout à fait tort. Kev n'était pas le comique de service, mais au moins, elle savait ce qu'elle avait, avec lui. Il était gentil.

Et la rassurait. Et chacun laissait l'autre être lui-même. Puis il y avait aussi le fait qu'elle ait passé quasiment toute sa vie d'adulte avec lui... Elle préférait largement cette stabilité à l'enchaînement discontinu de conquêtes de sa sœur. Elle ne la jugeait pas, bien sûr, mais elle se savait incapable de maintenir ce niveau d'efforts ou de dépenses. En un mois, Millie claquait en coiffeur plus que ce que leur coûtait leur loyer.

La tête de celle-ci vint se poser sur l'épaule de Zara, qui lui ébouriffa les cheveux.

— Tu es un cauchemar sur pattes, tu en es consciente ?

— C'est vrai. Mais tu m'aimes.

— Seulement parfois. Ah là là, je suis hyper excitée. J'ai tellement hâte de voir leur tête quand on leur annoncera où on va ! Ça promet d'être génial, et encore, ils ne sauront pas tout de suite que leurs anciens amis seront de la partie. Je garde ça pour notre arrivée, histoire de distiller les surprises... J'ai reparlé à Aiden hier soir ; il a réussi à convaincre ses deux parents, même si apparemment, la situation est un peu compliquée, parce qu'ils sont séparés. Je pense qu'il voit ça comme une occasion d'améliorer leurs relations. Ça doit être si dur d'être dans une position pareille... Je ne remercierai jamais assez le ciel d'avoir des parents encore heureux ensemble. Trente ans de mariage. C'est complètement fou, et...

Le ronflement de Millie lui arracha un sursaut. Génial. Ça faisait cinq minutes qu'elle parlait toute seule, comme une cruche.

Elle décida de s'occuper en vérifiant de nouveau le trafic. Toujours rien à signaler. Puis elle parcourut mentalement chaque détail de chacune de ses listes. Tout était OK. Et la boutique était entre les mains expertes et sûres de ses fidèles employées, Tilly et Tina. Elles pouvaient partir tranquilles.

Quand elles gagnèrent la maison de leurs parents, le van s'arrêta au niveau du trottoir. Zara tendit la main pour ouvrir la porte, laissant au passage tomber une tête, ce qui lui valut un « Aïeeee » dramatique de la part de la Belle au bois dormant.

—On part en vacances ! s'exclama Zara, les bras grands ouverts pour enlacer d'abord sa mère, puis son père.

C'était génial. Merveilleux. L'un des plus beaux jours de sa vie. Combien de fois avait-elle imaginé le déroulement de cette journée ? L'excitation, les surprises, les sourires radieux de ses parents quand ils apprendraient ce qu'elles leur avaient réservé… Maintenant qu'ils y étaient, elle avait l'impression d'être le cliché parfait d'une gamine au matin de Noël.

—Va t'installer dans le van, maman. On s'occupe des valises.

Son père l'aida à charger les affaires pendant que sa mère allait s'asseoir à côté de Millie. Quand ils furent tous à bord, sa sœur avait remplacé l'épaule de Zara par celle de sa mère et dormait de nouveau à poings fermés.

—Laisse-moi deviner… Elle a passé la nuit dehors et est arrivée dix minutes avant votre départ ?

—Tout à fait, sauf que c'était une minute, pas dix, confirma Zara en échangeant un sourire complice avec elle.

—C'est bien ce que je pensais. Si seulement je pouvais avoir la moitié de son énergie… Au moins, elle ne s'ennuie jamais.

Il s'agissait d'une remarque parfaitement désinvolte que Zara n'aurait en temps normal pas relevée, mais quelque chose dans le ton de sa mère la fit tiquer. Est-ce que tout allait bien ? À vrai dire, elle avait les yeux légèrement gonflés et elle avait l'air fatiguée, ce que ses épaules voûtées n'aidaient pas à cacher. Zara ne s'était pas attendue à voir sa mère sortir de chez elle en faisant la roue, mais elle ne donnait pas l'impression d'une personne s'apprêtant à partir pour un voyage tous frais payés avec sa famille. Même son père semblait enjoué, le regard rivé sur la fenêtre, fredonnant quelque chose d'entraînant bien qu'incompréhensible.

—Maman, tout va bien ?

Cette question eut pour effet de métamorphoser le langage corporel de sa mère, qui lui fit un grand sourire.

—Pardonne-moi, ma chérie. C'est juste un peu de fatigue. J'ai enchaîné les heures, cette semaine, pour que mes collègues puissent prendre un peu de repos.

Ah, voilà qui expliquait tout. Sa mère travaillait bien trop dur, et cela faisait des années que Zara lui conseillait de lever le pied, mais Brenda était têtue. Peut-être qu'avec la retraite anticipée de son père, le mois prochain, elle ralentirait enfin pour qu'ils puissent passer plus de temps ensemble ? Ils méritaient de profiter un peu plus de la vie. Et ce voyage était le point de départ idéal.

Le van était désormais sur l'autoroute, en direction de l'aéroport de Glasgow, et Zara ne voyait aucun bouchon à l'horizon. Parfait.

—Tu vas peut-être nous dire où on va, maintenant ? l'interrogea sa mère, et même si Zara brûlait d'envie de le faire, elle secoua la tête.

—Pas encore. Nous vous le dirons à l'aéroport, quand Millie sera réveillée. C'est un cadeau de notre part à toutes les deux, je ne peux pas vous l'annoncer sans elle.

Elle décida de ne pas mentionner le fait qu'elles dépensaient jusqu'au dernier centime de ce qu'elles avaient hérité de leur grand-mère, sachant pertinemment que sa mère ne serait pas d'accord. Comme Zara, elle avait toujours été mal à l'aise à l'idée qu'on se plie en quatre pour elle ou d'être le centre de l'attention, et il valait clairement mieux qu'elle ignore que l'argent de leur grand-mère – prévu pour ses petites-filles – avait été utilisé pour ce voyage. Mais Zara savait que ça en vaudrait largement la peine : elles voulaient montrer à leurs parents ce qu'ils signifiaient pour elles, et à quel point elles étaient fières et heureuses qu'ils atteignent une étape si importante de leur vie conjugale.

Le trafic ralentit sur le dernier kilomètre, mais ils avaient encore le temps. Zara barra cela de sa liste d'embûches potentielles.

—Allez, Millie, on est arrivés, souffla-t-elle en secouant la jambe de sa sœur avec son pied jusqu'à ce qu'elle se réveille.

—Il n'y a que moi qui ai envie de chanter du Elvis en me déboîtant les genoux ? lança Millie, et Zara lui jeta un regard assassin, craignant qu'elle ait vendu la mèche.

Par chance, leurs parents étaient trop occupés à sortir du van pour remarquer quoi que ce soit.

Ils empilèrent leurs valises sur deux chariots, payèrent le chauffeur puis, bouillonnant d'excitation, Zara les escorta jusqu'au terminal, en direction du bureau d'enregistrement de chez British Airways. Elle vit sa mère regarder la destination – Londres-Heathrow – sur l'écran, au loin, et son sourire effaça instantanément toute la fatigue de ses traits.

Waouh. Si elle était aussi contente en pensant seulement qu'ils allaient à Londres, qu'est-ce que ce serait quand elle découvrirait leur véritable destination !

Avant de rejoindre la queue, Zara s'arrêta au niveau d'une colonne, à une vingtaine de mètres de l'enregistrement. C'était maintenant ou jamais. Elle savait que l'agent d'escale mentionnerait leur transfert pour Las Vegas, alors le moment était venu de prendre les devants et de se délecter du bonheur de leurs parents.

Elle fit le signal subliminal à Millie, et les deux sœurs se lancèrent dans l'explication improvisée de leur cadeau.

—Maman, papa, vous savez que, en dehors de moi, nous ne sommes pas très démonstratifs dans cette famille, commença Millie, ce à quoi Zara leva les yeux au ciel – vous pouviez toujours compter sur sa sœur pour mettre les pieds dans le plat. Mais trente ans de mariage, c'est tout de même un sacré miracle, et ça mérite d'être fêté dignement.

Bon, elle venait de se rattraper, décida Zara avant de prendre le relais.

—Et nous sommes conscientes que vous avez fait tout un tas de sacrifices pour nous, au fil des ans. Vous auriez pu vous offrir une seconde maison rien qu'avec ce que vous ont coûté les cours de théâtre de Millie.

—Et même une troisième, si on y ajoute mes cours de danse. Mais je suis incroyable, sur le dancefloor, alors c'était de l'argent bien dépensé, intervint sa sœur.

Zara préféra ne pas relever.

—Puis vous nous avez aidées à ouvrir la boutique... Bref, nous n'en serions pas là aujourd'hui, sans vous.

—À travailler comme des acharnées et à puer le terreau, marmonna Millie.

Pourquoi donc ne pouvait-elle pas avoir une sœur normale ? Enfin, Zara ne l'aurait jamais admis tout haut, mais elle ne s'ennuyait jamais, avec celle-ci.

—Bref, reprit-elle d'une voix ferme, comme je disais, nous souhaiterions vous remercier pour votre amour, votre soutien et le soleil que vous apportez dans notre vie. Et pour ça, nous vous emmenons à…

—Londres ! lâcha sa mère, rayonnante, le bras dressé vers l'écran. Oh là là, les filles, c'est génial ! J'espérais tellement que ce soit là ! Je meurs d'impatience de faire le tour des galeries. On pourrait aller voir un spectacle aussi, et…

—Euh… je te rassure, tu vas aller voir un spectacle, maman, mais ce ne sera pas à Londres. Il s'agit d'un lieu un peu plus excitant que ça. Nous nous sommes dit que ce serait génial de vous ramener là où tout a commencé, alors nous partons à…

Pause, puis regards conspirateurs et sourires aveuglants, suivis d'une annonce suraiguë et parfaitement synchronisée :

—LAS VEGAS !

Zara se figea dans l'instant, les bras grands ouverts, tout sourire, incapable de saisir pourquoi sa mère la dévisageait comme si elle n'avait pas compris leur destination. Avaient-elles vraiment dit Las Vegas tout haut ? Elle en était certaine, oui, et pourtant, l'expression de leur mère virait davantage vers l'horreur. Avait-elle à ce point espéré aller à Londres qu'elle était déçue d'apprendre qu'ils se rendaient dans la capitale mondiale du divertissement ? Que se passait-il, bon sang ? Et pourquoi son corps et son visage refusaient-ils de bouger tant qu'elle n'aurait pas une quelconque réaction de ses parents ?

Quand celle-ci vint enfin, le moment se fit encore plus gênant. Elle était sûre d'avoir entendu sa mère murmurer « Oh, non », et son père, indécrottable taciturne, observait son épouse avec une expression qui dissimulait de l'incertitude, de l'angoisse et de l'horreur.

Ce fut Millie qui retrouva sa voix en premier.

—Bon, pour ne pas vous mentir, on s'attendait à une réaction un *chouia* plus enthousiaste que ça... On vient de vous annoncer qu'on vous emmenait à Vegas, ou on a sans le vouloir confessé un sombre secret qui va nécessiter des tests anonymes dans une clinique ? Je plaisante, papa.

Zara secoua la tête, cherchant à faire repartir ses synapses dans la bonne direction. Ça, ce n'était pas sur la liste. Ce moment était censé être fait de joie et d'excitation, pas de choc et de paralysie.

—Maman ? Ça vous fait plaisir, rassurez-moi ?

Il y eut une pause insupportable qui ne dura que quelques secondes, mais qui aurait pu être une semaine et demie, avant que sa mère finisse par *s'arracher* – et Zara était convaincue qu'il n'y avait pas de verbe plus adéquat – un sourire. Il y eut une autre pause avant qu'elle parvienne à ajouter des mots.

—Bien sûr que ça nous fait plaisir, mes chéries. Je suis juste sous le choc, mais merci beaucoup. C'est... c'est... merveilleux.

Pour la première fois de sa vie, à l'exception du père Noël, de la petite souris et du risque de voir son vagin tomber si on portait des minijupes quand les températures étaient négatives (ça, c'était pour Millie, lorsqu'elle avait quatorze ans), Zara était convaincue que sa mère lui mentait.

10

Brenda

C'était. Un. Cauchemar.

Las Vegas.

Le seul endroit sur Terre qu'elle se serait vraiment passé de revoir. Comment était-ce possible ? En vérité, elle n'avait pas à se poser la question. Son adorable, attentionnée et sentimentale Zara, et sa petite sauvage de Millie. Comment avait-elle pu ne pas envisager Vegas ? Maintenant qu'elle le savait, c'était tellement logique… Elle aurait seulement aimé le voir venir, pour mieux réagir. Les filles avaient paru choquées et profondément déçues par sa réaction. Comment leur en vouloir ?

Elle avait réussi par un quelconque miracle à afficher un sourire, à mettre un pied devant l'autre et à monter à bord de leur avion à destination de Londres. Patientant sur le tarmac de Glasgow, elle était mortifiée de l'admettre, mais elle avait prié pour que ce vol soit retardé, annulé, n'importe quoi pour que leur escapade ne puisse plus être envisageable, qu'ils prennent un hôtel à Londres et adoptent le plan qu'elle avait tant espéré, à savoir trouver un moyen de survivre à ces cinq jours avec Colin en enchaînant les spectacles et les sites touristiques.

Malheureusement, elle n'avait pas eu cette chance. Le vol était à l'heure, et ils avaient percé le ciel écossais comme s'ils avaient tout le temps du monde pour la seconde partie de leur voyage. Ils étaient actuellement en train d'achever leurs dix heures de vol en direction de Vegas, tous les quatre en brochette au premier rang de leur classe premium. S'il s'était agi de n'importe quel autre voyage, vers n'importe quelle autre destination, elle en aurait profité à fond. Les fauteuils très confortables. Les repas au top. Les hôtesses qui passaient régulièrement remplir leur verre de vin. Elle n'avait jamais volé en première de sa vie. Ils n'avaient clairement pas voyagé de la sorte, la dernière fois qu'ils étaient allés à Vegas. Non, à l'époque, ils avaient dû se contenter des sièges les moins chers de l'appareil. Tout au fond. Mais ils avaient été bien trop excités pour se soucier que le mur derrière eux vibrait chaque fois que quelqu'un tirait la chasse. Le simple souvenir de ce voyage éveilla en elle un tsunami d'émotions, et elle referma violemment la porte avant qu'il entre et prenne possession de son cerveau. Il n'y avait pas une seule cellule d'elle qui avait envie de revivre le moindre moment de son dernier passage à Vegas.

Sur l'écran devant elle, le GPS signalait qu'il leur restait une heure avant d'atteindre leur destination. Une heure. Les nœuds dans son ventre s'étaient resserrés. Plus qu'une heure pour trouver comment elle allait survivre à un voyage dans une ville qui avait célébré un mariage qui n'aurait jamais dû avoir lieu, avec un homme qu'elle prévoyait aujourd'hui de quitter, et tout ça sous les yeux de leurs deux filles, qui pensaient faire quelque chose de merveilleux pour eux. Brenda sentait son cœur s'emballer rien qu'en y songeant. Pourquoi ne pouvait-elle pas se contenter d'être heureuse ? Pourquoi cette vie ne lui suffisait-elle pas ? Si seulement elle arrivait à se satisfaire de ce qu'elle avait, alors personne ne serait blessé, et elle n'aurait pas à vivre avec la culpabilité d'avoir brisé sa famille. Mais… à quel prix ? Celui de passer le reste de son existence frustrée et malheureuse ? Comment parvenait-elle à maintenir ce bonheur éternel de façade quand elle était en train de s'arracher les cheveux pour savoir comment elle allait survivre à ces quelques jours ?

À sa droite, elle vit que Zara et Millie dormaient, alors elle donna un petit coup de coude à son mari, assis à sa gauche.

—Colin, je ne pense pas que je vais y arriver, murmura-t-elle.

Il mit en pause l'émission qu'il était en train de regarder – un documentaire lifestyle sur (*Achevez-moi maintenant* fut la première pensée qui vint à Brenda) les jardins historiques à travers le monde – et retira ses écouteurs.

—Tu as dit quelque chose ?

—Oui, que je ne crois pas pouvoir y arriver. Ce voyage. C'est horrible.

Il partagea sa douleur en prenant une gorgée de vin rouge, puis ajusta la position de ses jambes sur le repose-pied.

—Voyons, Brenda, tout va bien se passer. Je ne pense pas qu'il y ait de quoi te tracasser. Profitons de chaque journée, sans chercher plus loin.

Elle se demanda de quoi elle écoperait si elle étouffait son mari à dix kilomètres d'altitude avec un oreiller.

Il renfila ses écouteurs, et Brenda inspira un bon coup pour s'efforcer de fixer ses pensées sur quelque chose de moins homicide.

C'était exactement ce qu'elle n'avait pas envie qu'il se passe entre eux. Elle voulait partir tant qu'il n'y avait pas de rancœur, tant qu'ils étaient des amis qui pouvaient se dire adieu, sans reproches, mais ça commençait à être de plus en plus difficile. Et c'était sa faute à elle. Quand elle l'avait laissé la persuader de leur donner une seconde chance, quand il avait dit qu'il ferait des efforts, qu'il sortirait leur relation du déclin, elle aurait dû refuser et énoncer l'évidence : s'ils n'avaient pas réussi à construire quelque chose de merveilleux en trente ans, il y avait peu de chances qu'ils y parviennent maintenant.

Certes, il avait essayé, les deux premiers jours. Ils étaient même allés au cinéma le dimanche soir, après un délicieux dîner dans un charmant restaurant italien de Byres Road. Sur le chemin du retour, ils s'étaient tenu la main et, une fois rentrés – ce devait être l'effet du vin –, elle l'avait embrassé. Dans la cuisine. Sans préambule. Un baiser spontané. Alors, elle l'avait pris par la main, l'avait guidé à l'étage, et pour la première fois depuis des mois, ils avaient même – attention, roulement de tambour – fait l'amour. Et ça avait été... plutôt très moyen, et l'affaire de dix minutes. Peut-être quinze, si on comptait le temps qu'il avait fallu à Colin pour se déshabiller et plier méticuleusement ses vêtements au préalable. Ensuite, il avait lancé un triomphal « Tu vois ! Je savais bien qu'on pouvait remonter en selle ! » puis il s'était endormi.

Chaque minute de cette nuit, et chaque minute depuis, son affection pour lui n'avait fait que s'éroder, et même si elle s'en voulait terriblement de ressentir ça, elle semblait incapable de faire autrement.

Les lumières de la cabine s'animèrent soudain, aussitôt suivies d'une annonce micro.

« Mesdames et messieurs, nous allons entamer notre ultime service avant d'atterrir à Las Vegas dans approximativement cinquante minutes... » Puis ils dirent quelque chose à propos du petit déjeuner, ce que Brenda rata, car

Zara venait de se réveiller et lui souriait désormais de toutes ses dents, le visage plein d'espoir.

—Alors, c'est bon, tu as eu le temps d'intégrer ? Désolée pour le choc. En toute honnêteté, tu m'as fait la peur de ma vie, toi aussi. J'ai cru un instant que tu étais horrifiée et qu'on allait devoir te courir après dans l'aéroport…

Brenda n'avait jamais été très bonne comédienne (à l'exception de dimanche dernier, quand elle avait joué le rôle – qu'elle espérait convaincant – de cette femme se contentant parfaitement de dix minutes de missionnaire passées dans le plus grand silence), mais le bonheur de sa fille en dépendait, alors elle décida de réveiller la Meryl Streep qui sommeillait en elle.

—Je suis teeeeellement désolée, ma chérie. C'est juste que… Enfin, tu sais que je ne suis pas douée pour gérer les surprises, et celle-ci est énorme. Ça m'a coupé le sifflet. Mais je suis très contente, et ton père aussi. C'est la chose la plus adorable qu'on ait jamais faite pour nous.

Zara s'allongea sur Millie pour déposer un baiser sur la joue de sa mère.

—Avec plaisir. Vous le méritez.

—Beurk, vous avez fini de vous lécher la tronche, toutes les deux ? Ils vont servir le petit déjeuner ; je n'ai pas envie de rendre mes saucisses, grommela sa sœur.

—Il y a tellement de réparties qui me traversent l'esprit à cet instant, mais chacune d'elles est vraiment immature, et maman serait horrifiée, alors je vais me contenter de me taire, répliqua Zara, ce qui arracha un ricanement à Brenda.

S'ils avaient réussi une chose, c'était de faire en sorte que leurs deux filles s'aiment. Elles n'auraient pas pu être plus différentes, et pourtant, elles parvenaient à ignorer les défauts de l'autre et à se concentrer uniquement sur le positif. Peut-être ne faisaient-elles que répéter ce qu'elles avaient toujours vu ? Après tout, n'était-ce pas ce qu'avait fait Brenda durant toutes ces années de mariage ? Ignorer les problèmes ? C'était une attitude qui fonctionnait parfaitement bien pour des frères et sœurs, mais beaucoup moins si on voulait un mariage épanouissant qui vous procure une existence entière de bonheur.

Le petit déjeuner fut servi, et Brenda ne savait toujours pas ce qui l'attendait, à part cette angoissante promesse :

—Nous vous avons prévu tellement de surprises, maman ! Vous allez passer un moment incroyable…

—C'est déjà le cas. Le simple fait d'être avec vous deux est un cadeau. Vous savez à quel point je vous aime, n'est-ce pas ?

Ce fut Millie qui répondit :

—Maman, il va vraiment falloir que tu arrêtes avec ce genre de déclaration. On croirait que l'avion va s'écraser et que tu veux à tout prix transmettre des messages d'amour. Pour votre info, si on s'écrase, je vous aime aussi, mais vous me trouverez dans le cockpit avec le pilote qui a fait la dernière annonce. Je n'ai jamais entendu une voix aussi sexy.

C'était finalement une bonne chose que Colin ait ses écouteurs, et s'il se demandait pourquoi elles étaient toutes les trois hilares, il ne leur posa pas la question.

—Tu sais, Millie, quand je serai grande, je veux être comme toi, plaisanta Brenda tout en se rendant compte qu'il y avait une part de vérité dans ses mots.

Elle ne pouvait nier les traits de sa personnalité qu'elle avait transmis à Zara, ni sa fierté vis-à-vis de toutes les autres adorables facettes qui faisaient de son aînée une si belle âme. Mais Millie ? Peut-être la transmission s'était-elle faite à l'envers, avec elle. Sa témérité. Son ouverture d'esprit. Sa détermination sans faille à jouir de la vie. C'était le genre de personne que Brenda voulait être.

—Oh, magnifique, commenta Zara en riant. C'est vrai qu'un cauchemar irresponsable et qui n'a honte de rien ne suffit pas, dans la famille.

—J'argumenterais bien, mais elle a raison, concéda Millie en vidant sa tasse de café.

L'équipage récupéra leurs plateaux, et quand tout le monde fut passé aux toilettes pour se rafraîchir, le capitaine sexy annonça qu'il restait dix minutes avant l'atterrissage. Les boules de nerfs de Brenda firent un nouveau triple axel dans ses cavités abdominales. Las Vegas. Elle était de retour à Las Vegas. De retour à Las Vegas. Son cerveau tournait en boucle. Las Vegas.

L'avion atterrit dans un bruit sourd, et plusieurs personnes autour se mirent à applaudir. Brenda ne se joignit pas à eux. Au lieu de cela, elle rendossa sa cape de Meryl Streep.

—Combien de temps restons-nous, ma chérie ? demanda-t-elle à Zara, sachant que son aînée avait forcément tout en mémoire.

Il devait également y avoir une feuille plastifiée dans son bagage cabine. Ça, ça venait de Colin. Il n'allait jamais nulle part sans l'emploi du temps précis conservé dans un dossier waterproof. Brenda avait pris une semaine de congé, comme on le lui avait demandé, mais elle voulait juste savoir quel jour ils partiraient, afin de pouvoir se préparer au mieux à contenir sa joie quand le moment viendrait.

—Nous partons samedi, le lendemain de votre anniversaire. Je suis consciente que ça paraît fou de faire tous ces kilomètres pour seulement cinq jours, mais au moins, on s'en souviendra.

Ça, c'était certain.

Millie en profita pour glisser quelques paroles pleines de sagesse.

—Et le meilleur moyen de lutter contre le décalage horaire est de rester réveillé, alors on pourrait peut-être te débaucher un peu, maman ? Le jour : on traîne. La nuit : on danse et on boit.

Brenda aurait en temps normal bien ri, étant donné qu'elle ne buvait que très peu. D'ailleurs, elle n'avait pas eu la gueule de bois depuis ses vingt ans, à l'exception de cette nuit de garde où les jeunes infirmières des urgences leur avaient fait découvrir, à Bernadette et elle, les shots à la pomme. La dernière chose dont Brenda se souvenait était d'avoir demandé si ça rentrait dans les cinq fruits et légumes recommandés par jour. Cela étant dit, à cet instant, boire semblait un plan tout à fait pertinent pour survivre à ces cinq longues journées.

Ils rassemblèrent leurs affaires, attendirent patiemment que la queue de passagers avance, puis finirent par les suivre le long de l'allée centrale.

—Au revoir. Et bienvenue à Las Vegas ! annonça gaiement l'hôtesse.

—Merci, répondit Brenda, parce que même dans la plus grande tourmente, elle restait quelqu'un de poli.

Dès qu'elle posa le pied dans l'aérogare, elle sentit ses mains se mettre à trembler, alors elle s'empressa de les plonger dans les poches de son gilet.

—C'est génial ! s'enflamma Millie en passant le bras sous celui de sa mère – celle-ci priait pour qu'elle ne perçoive pas ses tremblements. Ça doit avoir changé, depuis la dernière fois, non ?

Brenda balaya des yeux les murs blancs du bâtiment ; elle ne reconnaissait rien.

—Complètement, répondit Meryl Streep avec un grand sourire.

—Je ne te l'ai jamais demandé : quand vous êtes venus, la dernière fois, vous aviez l'intention de vous marier, papa et toi ? Ou ça s'est fait sur un coup de tête ?

Même Meryl ne pouvait rien faire, là. Des réponses conflictuelles faisaient des ricochets dans son cerveau, sans qu'elle parvienne à en saisir une seule. C'était trop pour elle. Les souvenirs. Leur union brisée. Même le fait de se rendre, là, maintenant, dans un lieu où elle n'avait pas envie d'aller, aussi bien physiquement qu'émotionnellement. Oui, elle souhaitait plus d'excitation dans sa vie, mais pas ce genre-là, parce que c'était l'équivalent d'un couloir de la mort marital, et elle se faisait l'impression d'une morte qui avançait tout droit dans ce couloir.

Cette ville détenait tant de secrets, tellement de choses qu'elle aurait aimé ne jamais vivre.

Elle s'en voulait. Elle en voulait à Colin.

Et plus que tout, elle en voulait viscéralement aux deux personnes qui avaient atterri à Vegas avec eux, en 1993.

11

Aiden

Le message fit tinter son téléphone au moment où il quittait son appartement. Il regarda l'écran, sa première pensée étant toujours la même : Layla ? Évidemment, ce n'était pas elle. En dehors du message où elle avait demandé à récupérer ses affaires, il n'avait pas eu une seule nouvelle depuis qu'elle l'avait planté à leur mariage. Et non, ça ne piquait pas moins. Même si cette aventure à Vegas était une distraction agréable, comme l'avaient été les quelques échanges téléphoniques qu'il avait eus avec Zara et sa sœur, Millie. D'ailleurs, ils avaient parlé toute une heure *via* FaceTime, deux soirs plus tôt, en grande partie parce que Millie l'avait inondé d'anecdotes sur la vie sociale à Glasgow. Il était déjà invité à venir alors qu'il ne les avait pas encore rencontrées en vrai.

Ils avaient discuté de toutes les façons possibles d'organiser les retrouvailles, et avaient conclu que garder cela secret pour tout le monde rendrait le moment encore plus particulier. En espérant que d'ici là, sa mère se serait remise du fait que son père était là aussi – et si ce n'était pas le cas, que le fait de revoir les parents de Zara après toutes ces années lui ferait plaisir et qu'elle se réjouirait enfin de ce voyage. Retrouver de vieux amis… ce serait forcément un moment intense, aussi bien pour elle que pour son père.

Il brûlait d'impatience. Et bien sûr, Aiden avait également une petite idée derrière la tête : peut-être cette expérience permettrait-elle à ses parents de se rappeler pourquoi ils s'étaient un jour autant appréciés. Oui, cette réunion pouvait être le catalyseur d'une nouvelle amitié.

C'est sûrement pour ça qu'il sourit en voyant que c'était Zara qui lui avait écrit.

L'aigle a décollé. Enfin, dans une petite dizaine de minutes, quoi. Je suis nulle en code secret... Maman était tellement choquée que j'ai cru qu'elle allait défaillir. Et elle ne sait pas encore le meilleur ! J'ai tellement hâte de découvrir la tête de nos mères quand elles se reverront après trente ans. Et de nos pères, aussi. Ça promet d'être dingue ! Je vous souhaite un bon vol. Et à très vite ! (Ça fait tout bizarre de dire ça !) Zx.

Il se faisait tout doucement à l'habitude des deux sœurs de mettre un x à la fin de chacun de leurs SMS. C'était plutôt mignon[1].

Il répondit aussitôt :

Je pars justement pour l'aéroport. On se voit de l'autre côté. A.

Il s'empressa de modifier : « Ax ».

Il glissa son téléphone dans sa poche et entra dans l'ascenseur tout en s'assurant mentalement de ne rien avoir oublié. Son père avait passé la semaine à Hilton-Head ; il irait à l'aéroport de Charleston de son côté. Aiden avait prévu de récupérer sa mère sur le chemin, mais elle l'avait appelé pour lui annoncer qu'une visite impromp-

1. Le X que les Britanniques ont l'habitude d'ajouter à la fin de leurs messages équivaut un à « bisou », en France.

tue s'était calée dans son planning, alors elle le rejoindrait dès qu'elle aurait terminé. Pour tout dire, c'était sûrement mieux comme ça, car s'il lui avait confié que son père serait de la partie sur le chemin de l'aéroport, elle aurait très probablement fait stopper la voiture pour sortir en plein milieu de l'autoroute, qu'elle y risque sa vie ou non.

Chaque fois qu'il était pris d'un pincement de culpabilité vis-à-vis de cette situation, il se rappelait trois choses. La première : tout avait commencé par l'idée de réunir ses parents avec de vieux amis pour une occasion particulière. La deuxième : leur relation actuelle ne pouvait pas être pire, alors il n'y avait rien à perdre. La troisième : c'était l'un des avocats spécialisés en divorce de la ville les plus respectés et accomplis ; il devait bien être capable de négocier une espèce de trêve entre ses parents.

Oh, et il y avait une quatrième chose. Il avait une bonne assurance santé, alors si l'un ou même ses deux parents essayaient de le tuer pour avoir osé faire ça, il avait de quoi s'en sortir.

—Prêt, mon pote ? lança Trevon quand il gagna sa luxueuse voiture postée devant la porte de son immeuble.

Son ami lui avait proposé de le déposer à l'aéroport et de venir le récupérer. Aiden n'avait pas cherché à discuter. Cela voulait dire qu'il pourrait boire une bière sur le vol du retour et rester en mode vacances un peu plus longtemps. Ou faire barrage au chaos si ses parents étaient toujours en guerre à ce moment-là. Et puis, Trevon avait une sublime Maserati, et l'amour d'enfance d'Aiden pour les belles voitures ne l'avait jamais quitté, si bien qu'il aurait été prêt à trouver n'importe quelle excuse pour faire un tour dans ce bolide.

L'aéroport était situé à une petite vingtaine de kilomètres du centre-ville de Charleston, et il y avait peu de circulation, alors il ne leur fallut que vingt minutes pour y arriver.

—Tu sais, j'ai presque envie de venir pour pouvoir te sauver les fesses quand ta mère découvrira que ton père est du voyage.

—Tu penses que c'est une mauvaise idée ?

Merde. Il avait passé des jours à se convaincre que c'était une bonne chose, mais Trevon laissait entendre une autre opinion.

—C'est une idée *horrible*, mec ! Ta mère le déteste !

Bon, il ne faisait pas que laisser entendre.

Aiden tenta tant bien que mal de plaider sa cause :

—Mais tu ne penses pas qu'elle pourrait passer au-dessus s'ils arrivent à tout mettre à plat ? lança-t-il en espérant que son meilleur ami allait abonder dans son sens.

De toute évidence, Trevon n'avait pas capté le message.

—Absolument pas. Elle va être tellement furieuse que c'est moi qui risque d'être invité chez elle à ta place pour Noël. Et tu peux dire au revoir à Thanksgiving, aussi.

—Je suis content que ma douleur t'amuse. Merci pour le boost de confiance et les paroles de sagesse, mon pote.

—Avec plaisir. Et, tu sais… je suis formé pour les premiers secours, alors n'hésite pas à m'appeler si ça part en cacahuète à l'aéroport.

Trevon ricanait toujours quand ils se garèrent sur la zone d'arrêt minute du terminal.

—Merci, dit Aiden en l'étreignant. Tu es un vrai trouduc, mais mon trouduc préféré.

—Tout pareil. Si ton plan ne fonctionne pas, sache que j'ai été ravi de te connaître.

Aiden secoua la tête en riant, puis il sortit de la voiture et récupéra ses valises dans le coffre. Il fit signe à Trevon quand celui-ci repartit, et entra dans l'aéroport.

Il n'y avait pas beaucoup de monde dans la queue, si bien qu'il ne lui fallut qu'une demi-heure pour enregistrer son bagage en soute, puis il rejoignit le petit coin café de la salle des départs.

La zone était à moitié pleine, principalement de gens en costume ou de la génération Z, dont au moins trois appareils électroniques étaient branchés dans la myriade de prises qui couraient sur les comptoirs. Il venait de se trouver une petite table agrémentée de quatre tabourets hauts quand il reçut un message de sa mère.

Je viens d'arriver ! Tu es où ?

Il balaya le terminal des yeux et la repéra près de la porte.

Regarde à gauche.

Il l'observa lire son message, suivre ses instructions, puis sourire en le voyant lui faire signe. Alors qu'elle avançait vers lui, il songea, non pas pour la première fois, qu'elle était superbe. Elle travaillait dur à la salle – parfois avec Trevon, parfois en suivant des cours de spinning, de boxe, de CrossFit ou autre. Elle prenait soin d'elle et était toujours élégante, exactement comme aujourd'hui. Un jean effet déchiré, des bottines grises en daim à talons hauts, une veste blanche, et son balayage blond tombant en vagues sur ses épaules tandis qu'elle tirait une valise couleur crème. Elle était entrée dans la cinquantaine, mais elle aurait largement pu passer pour une toute jeune quarantenaire. Aiden ne connaissait que les grandes lignes de ce qui avait poussé ses parents à divorcer, mais ce n'était pas joli. Il avait beau adorer son père, il savait que celui-ci était doté d'une capacité de concentration quasi inexistante, d'un ego fragile et de mains baladeuses. Sa mère, elle, était drôle, intelligente, elle incarnait la décence, et n'importe quel homme aurait été chanceux de l'avoir. Son père s'était comporté comme le dernier des idiots en la laissant partir. Peut-être que ce voyage…

Aiden se força à ne pas aller plus loin. Hors de question de fantasmer une issue romantique – d'autant moins après ce qu'il venait de vivre. Il se contenterait parfaitement d'un cessez-le-feu entre ses parents ; le reste serait du bonus.

— Salut, mon fils, sourit-elle en l'embrassant, puis elle grimpa sur le tabouret à côté de lui.

— Comment ça s'est passé, pour la maison ? demanda-t-il, percevant une certaine excitation chez sa mère.

— Super bien. J'ai un acheteur. Qui peut payer comptant. Il avait d'autres options en tête, alors il ne me reste plus qu'à croiser les doigts. Ce serait la plus grosse vente de ma carrière, tu imagines ?

— Je croise les doigts aussi, répondit-il en dressant la main pour illustrer son propos. Tu veux boire un truc ? On a pas mal de temps avant de devoir passer la sécurité, et il n'y a personne. J'aimerais te parler de quelque chose avant qu'on y aille.

— Euh… oui, bien sûr, dit-elle d'une voix hésitante qui trahissait sa suspicion. Un gin-tonic, s'il te plaît.

Le barman apparut au même moment et posa deux sous-verres face à eux.

— Qu'est-ce que je peux vous servir ?

— Un gin-tonic et une bière, s'il vous plaît.

Les boissons arrivèrent deux minutes plus tard. Sa mère but la première.

— Ah, j'avais besoin de ça, dit-elle en reposant son verre. Je suis tellement heureuse de faire ça avec toi, mais c'est plus fort que moi : il faut que je sache. Alors, dis-moi, où est-ce qu'on va, et de quoi tu veux me parler ?

Il n'était pas question de gâcher la surprise concernant les parents de Zara, mais il fallait qu'il lui annonce d'une manière ou d'une autre que son père serait avec eux. Il hésita un moment à attendre que celui-ci arrive pour leur confier ensemble la destination, mais décida finalement qu'un choc après l'autre serait plus raisonnable.

—Qu'est-ce que tu dirais, si je t'annonçais qu'on part pour Vegas ? lança-t-il, plein d'un enthousiasme qu'il espérait la voir partager.

Pas de chance.

Son travail lui avait appris à lire en chacun de ses clients, et à cet instant précis, il était en train de lire toute une palette d'émotions sur le visage de sa mère. La confusion. La déception. Et quelque chose d'autre qu'il n'arrivait pas à nommer. Peut-être de la désapprobation ? Ou de l'alarme ? Quoi qu'il en soit, fidèle à elle-même, elle ne vocalisa rien de tout ça.

—Je dirais que peu importe l'endroit, je suis sûre de passer un bon moment vu que nous serons ensemble, répondit-elle à la place.

OK. Pas génial, mais il allait devoir s'en contenter.

—Tu y es déjà allée ? Je ne t'ai jamais entendue en parler.

Bien sûr, après tous ses échanges avec Zara et Millie, il connaissait déjà la réponse à cette question, mais il ne voulait pas, en le lui avouant, gâcher son autre surprise.

—Une fois, oui. Il y a longtemps.

—Et ça t'a plu ?

—C'était… différent.

Merde. Décidément, elle était tout sauf fan de l'idée. Un léger frisson de crainte commençait à prendre possession de son corps. Peut-être s'était-il lourdement planté. Peut-être y avait-il une raison pour qu'elle n'ait jamais parlé de Vegas ni exprimé le moindre désir d'y retourner. Peut-être Trevon avait-il raison : c'était la pire idée qui soit. Et il ne lui avait pas encore annoncé que son père serait là… *Vas-y. Dis-le. C'est tout simple.* Ou alors… peut-être valait-il mieux y aller avec un peu plus de subtilité, continuer de discuter et éviter le désastre au maximum.

—Différent comment ?

—Oh, c'était il y a si longtemps, tu sais… Durant cette époque bénie où je n'avais pas à me teindre les cheveux pour cacher tout ce gris. C'était la première fois que j'allais en Amérique, et c'était censé n'être que des vacances, mais je ne suis jamais repartie.

—Ah oui ? C'est fou, commenta-t-il.

Cette information tenait de l'inédit, et pour la première fois, Aiden se rendit compte qu'il ne savait rien de ce qui avait fait venir ses parents dans ce pays. Tout ce qu'il savait, c'était qu'ils avaient à peine vingt ans à l'époque, et il s'était imaginé qu'ils avaient quitté l'Écosse pour le travail, car il se souvenait les avoir entendus dire que là-bas, son père était DJ et que sa mère bossait dans une discothèque. Quoi qu'il en soit, si leur destination d'origine avait été Vegas, comment avaient-ils atterri en Caroline du Sud ? Pourquoi n'étaient-ils pas restés à Vegas, qui débordait d'opportunités dans les domaines de l'hôtellerie et du tourisme, pour les jeunes ? Pourquoi étaient-ils restés aux États-Unis, alors que leurs amis, les parents de Zara, étaient rentrés chez eux ? Et pourquoi ne les avait-il jamais interrogés à ce sujet avant ? Il se rendit compte qu'il aurait dû connaître la réponse à toutes ces questions, mais ce n'était pas forcément le moment idéal pour creuser dans l'histoire familiale. Pas quand il n'avait pas encore trouvé le moyen de lui parler de leur compagnon de voyage. Chaque chose en son temps. Il devait s'assurer qu'elle grimpe dans cet avion avant de lui révéler la légère turbulence qu'il allait ajouter à cet événement.

—Alors, ça te convient ? Je n'y suis pour ma part jamais allé ; je suis super content de découvrir ça avec toi, dit-il.

Elle prit une gorgée de son verre, puis le gratifia d'un sourire radieux.

—Comment pourrais-je ne pas me réjouir d'un moment avec toi ? Bien sûr que je suis partante.

Il vit ses épaules s'affaisser, comme si elle cherchait à se détendre, et il sut que tout se passerait bien. Tout du moins, jusqu'à ce qu'elle reprenne la parole...

—Je vais pouvoir visiter cet endroit comme il faut, ce coup-ci. La dernière fois que j'y suis allée, c'était avec ton père et, sans vouloir lui cracher dessus... je suis heureuse d'être en meilleure compagnie, cette fois.

Et merde. Il devait le lui dire, et maintenant, parce que quand son père arriverait, il allait falloir lui expliquer deux ou trois trucs, à lui aussi. Mieux valait les gérer séparément, et donc s'y mettre tout de suite. Il pouvait attendre qu'ils aient chacun de leur côté passé la sécurité, mais il n'avait pas envie de les piéger. S'ils acceptaient tous les deux de venir après avoir découvert le pot aux roses, ce devait être leur choix, et avec les meilleures intentions qui soient – pas parce que la loi leur interdisait de franchir un portique de sécurité en marche arrière pour rejoindre la liberté du monde extérieur.

—Pour tout te dire, maman, c'était l'autre chose dont je voulais te parler, justement. J'ai eu cette idée un peu dingue...

—Aiden ? le coupa une grosse voix, derrière lui.

Deux choses se déroulèrent alors en parfaite synchronicité : son père lui planta la main dans le dos pour le saluer, et sa mère devint livide.

—Qu'est-ce que… parvint-elle seulement à sortir avant que le regard de son père passe à la droite d'Aiden et qu'il comprenne que la blonde assise à côté de lui était son ex-femme.

Ses deux parents restèrent figés un long moment, à se dévisager, puis leurs regards menaçants passèrent lentement sur lui.

—Aiden… ? commença sa mère, mais de toute évidence pas assez vite pour son père, qui la coupa.

—Tu veux bien nous dire ce que c'est que ce bordel ?!

12

Eileen

Pour une fois, elle était du même côté que son ex-mari, et ce n'était pas du tout un endroit confortable. Eileen ne se souvenait pas en avoir autant voulu à son fils depuis le jour où il avait explosé sa voiture, ado. Et même là, il avait eu l'excuse de la jeunesse et de l'immaturité. C'était quoi, son excuse, maintenant ?

—OK, laissez-moi vous expliquer, d'accord ? dit-il en dressant les deux mains dans un geste défensif.

—Tu étais au courant ? lança-t-elle à Grande Gueule qui, une fois n'est pas coutume, était sans voix et donnait véritablement l'impression de ne rien avoir à faire avec cette situation.

—Pas du tout, répondit-il avec son accent écossais de leurs débuts, avant qu'il devienne Gary Transatlantique et adopte cette patate chaude américaine et sa ribambelle de midinettes – il n'était pas exactement sur le territoire de DiCaprio, mais il marchait sur ses pas.

Eileen le crut et reporta son regard assassin sur Aiden.

—Tu as intérêt à avoir une bonne raison, mon fils, le prévint-elle d'une voix qu'elle n'avait pas utilisée contre lui depuis quelque part entre la puberté et l'obtention de son diplôme.

—J'en ai une, je vous jure, répliqua-t-il, puis il prit une grosse gorgée de bière pour se donner des forces. Voilà : à mon mariage… d'ailleurs, c'est trop tard, pour jouer la carte compassion du mec plaqué à l'autel qui n'a plus le goût à la vie ?

—Très clairement, cracha Eileen, attendant toujours qu'on lui fournisse une excuse censée expliquer pourquoi elle se retrouvait dans cette situation.

—C'est ce que je pensais. Bien, donc à mon mariage, avant le passage désertion/cœur brisé et compagnie, ça m'a agacé de voir que vous étiez incapables de vous entendre.

—Il y a de bonnes raisons à cela, s'entendit-elle dire, et elle n'en était pas fière, mais c'était la vérité.

La Grande Gueule ne l'avait toujours pas ouverte. Et, c'était elle, ou il faisait soudain très chaud, ici ? Si se retrouver nez à nez avec son ex-mari lui provoquait une crise cardiaque, elle risquait d'être encore plus furieuse que ce qu'elle était déjà. Elle venait à peine d'intégrer le fait qu'elle allait partir pour Vegas, et donc remettre les pieds dans cette ville trente ans après la dernière fois, et voilà qu'on lui demandait d'y aller avec son enflure d'ex ? Hors de question. Elle aimait son fils, mais là, c'était beaucoup trop.

—Je n'en doute pas, maman. Je sais que chacun de vous a ses raisons. Mais le truc, c'est qu'elles n'ont rien à voir avec moi…

—Exactement ! confirma-t-elle, avant de se rendre compte qu'il n'avait pas terminé.

—Et pourtant, c'est toujours moi qui en subis les conséquences.

Oh.

Il poursuivit sur sa lancée :

—C'est un putain de cauchemar. Mon mariage était censé être le plus beau jour de ma vie jusqu'à ce que… enfin… vous voyez, quoi, le moment où elle n'est jamais venue. Et tout ce qui m'inquiétait, à ce moment-là, c'était de savoir si vous alliez vous disputer, ou vous ignorer toute la journée, ou juste haïr chaque foutue minute parce que vous étiez au même endroit au même moment. C'est insupportable, je vous assure.

Eileen éprouva un minuscule élan de culpabilité. Elle voyait ce qu'il voulait dire, et elle n'avait pas pris conscience que ça l'affectait à ce point. Ils avaient divorcé lorsqu'il était parti faire ses études supérieures, si bien qu'il n'avait jamais vécu avec eux en tant que deux célibataires, ou plutôt – ce qui était plus exact – deux factions en guerre. Il avait simplement continué sa vie en divisant son temps, ses anniversaires, ses Noëls, et tout cela sans jamais se plaindre, à tel point qu'elle avait jusqu'ici ignoré que leur aversion réciproque l'ennuyait.

—Et le truc, c'est que… poursuivit-il, et Eileen vit l'avocat, le professionnel aiguisé qui savait s'exprimer et prendre le dessus – rien d'étonnant à ce que ça fonctionne aussi bien pour lui. Ça m'a fait réfléchir à l'avenir, et au fait que si nous ne changeons rien, alors, ce sera toujours comme ça.

Le bar commençait à bien se remplir, et elle était douloureusement consciente que le couple de la table d'à côté écoutait leur conversation, suspendu à leurs lèvres.

—À quoi ça va ressembler, hein ? Si j'arrive un jour à trouver une fille qui se pointe le jour où elle est censée m'épouser…

Aïe.

—Et si nous avons des enfants, alors, à quoi ça va ressembler ? Au moindre événement familial, il faudra bien faire attention à ce que vous ne soyez pas dans la même pièce pour ne pas vous entretuer ? *Désolé, chéri, tu ne peux pas avoir papy* et *mamy pour tes cinq ans, parce que tes petits copains risquent d'être en plein sur le chemin de leur mépris passif-agressif ?* Personnellement, il est hors de question que je dise ça un jour, alors il va falloir que vous trouviez une solution, tous les deux.

Eileen s'obstinait à regarder droit devant, mais dans sa vision périphérique, elle voyait Gary lui jeter des coups d'œil, ce visage beaucoup trop charmant trahissant une évidente incertitude. Si seulement il était moins beau, la vie de cet homme aurait été tellement différente… Il n'aurait jamais obtenu toute cette attention qui le suivait où qu'il aille, s'il n'avait pas dégagé cette aura « papa bien mûr, mais tout de même incroyablement sexy, de comédie romantique ».

Cette pensée fut toutefois vite repoussée par l'argument pertinent et superbement amené par son fils. Une vague de culpabilité la fit rougir avec une intensité qu'elle n'avait pas éprouvée depuis la ménopause. Ou peut-être avait-elle tout simplement vidé son gin-tonic un peu trop rapidement ? Non, c'était bien la culpabilité. Et un peu de honte, par-dessus le marché.

—Je dois continuer ? Parce que je n'en étais qu'au cinquième anniversaire de mon gosse imaginaire. J'en ai tout un tas d'autres en réserve, avec, en supplément, les premiers jours d'école, les bals de promo et les remises de diplôme.

Eileen soupira.

—Non, je t'en supplie, arrête. Nous t'entendons. Et je ne sais pas pour ton père…

—Il est là, la coupa Aiden en le désignant. Tu peux l'inclure dans la conversation.

—Un pas après l'autre, mon fils. N'en demande pas trop d'un coup. (Il n'avait certes pas tort, mais elle n'allait pas céder si facilement.) Ce que je voulais dire, c'est que je ne sais pas pour ton père, mais pour ma part, je te demande pardon. Je dois avouer que je n'avais pas vraiment considéré les choses de ton point de vue, parce que tu étais déjà adulte quand nous nous sommes séparés et que tu n'as jamais montré que ça te dérangeait.

Eileen le soupçonnait d'exagérer le trait, mais au bout du compte, il avait raison. Par ailleurs, le fait qu'il laisse entendre que le seul adulte, dans cette conversation, était celui à qui elle avait donné naissance avait quelque chose de légèrement gênant.

—Mais je comprends ce que tu veux dire. Même si ça me peine beaucoup. Même s'il aurait pu y avoir de meilleurs moyens de gérer ça. Du genre, un simple café dans un Starbucks. Ou une balade au parc. (Hors de question qu'elle passe l'éponge si facilement.) Cinq jours à Vegas, on pourrait voir ça comme un chouia excessif, tu ne trouves pas ?

—On va à Vegas ? Merde, si tu me l'avais dit, j'aurais pris d'autres costumes !

Voilà quelle fut la réponse de son intellectuel d'ex-mari.

—Si ça peut vous rassurer, on sera au *Bellagio*. Et oui, je sais que je cherche à vous amadouer avec cette information.

Mais ça ne fonctionnait pas. Eileen avait vraiment besoin d'un autre gin-tonic. Vegas. Rien n'allait, dans tout ça. Leur histoire avec cet endroit. Tout ce qu'il s'y était passé. Les effets que cela avait eus sur leur relation et…

Non. Interdiction d'aller par-là. Ce qu'il fallait retenir, c'était qu'Aiden n'aurait pas pu choisir pire endroit sur Terre pour réunir ses parents. D'autant plus que l'un d'eux passerait probablement ces cinq jours à flamber son argent et à essayer de retrouver sa jeunesse avec des femmes qui n'avaient pas encore eu la joie de connaître les bouffées de chaleur ou les vergetures… S'entendre penser ça lui donna envie de se gifler. L'heure était venue de se ressaisir. *Ça suffit, Eileen. Tu vaux mieux que ça.*

—C'est d'accord, dit-elle alors.

Le couple d'à côté décida de mettre un terme à son indiscrétion quand son approbation déclencha un poing brandi en l'air et un « *Yes !* » silencieux qu'elle préféra ignorer.

—C'est d'accord ? répéta Aiden d'un air méfiant.

—Oui, c'est d'accord. Je viens, et je ferai un effort, parce que tu as raison. La vie est longue, nous sommes une famille, et ce n'est pas ta faute si ton père est un crétin.

Son fils secoua la tête, mais elle voyait bien qu'il s'efforçait de ne pas sourire. Ce qui n'était pas le cas de Gary.

—Et ce n'est pas sa faute si sa mère est une pétasse prétentieuse, répliqua-t-il histoire de rétablir l'équilibre.

Aiden plongea dans sa bière.

—J'y ai cru pendant cinq petites secondes… soupira-t-il.

Son exaspération était évidente, si bien qu'Eileen décida de faire un geste de conciliation.

—Pardon. Je te demande de présenter mes excuses à mes futurs petits-enfants imaginaires pour ce relâchement momentané. Je ferai en sorte que ça ne se reproduise plus. Comme je l'ai dit, je viendrai à Vegas et je ferai un effort. Et ton père aussi. N'est-ce pas, Gary ?

Pour la première fois depuis leur arrivée, elle laissa son regard se poser sur son ex-mari et déchiffra son expression. À sa grande surprise, elle y vit ce qui ressemblait à de la joie sincère. Même si c'était sûrement à l'idée d'aller à Vegas. Il était du genre à se laisser facilement influencer par toute entreprise hédoniste.

— Oui, ça me va. On fera en sorte que ça se passe bien.

Puis il croisa son regard, et ils conclurent un accord tacite. Ce n'était pas d'eux qu'il s'agissait, mais de leur fils et de son bonheur, alors il était temps de mettre le passé de côté et de régler leurs problèmes, tout du moins en surface.

— Marché conclu ? lança Gary en lui tendant la main.

Eileen hésita, décontenancée par ce geste. La première fois qu'elle avait touché cet homme, elle avait ressenti une attirance irrésistible, presque viscérale, une électricité qui avait embrasé chaque cellule de son corps. La dernière fois qu'elle l'avait touché, elle n'avait éprouvé rien d'autre que de la douleur et du dégoût, en lui mettant la gifle du siècle pour avoir osé lui briser le cœur.

Prenant conscience que c'était l'un de ces moments où il fallait soit s'opposer, soit la boucler, et que son fils l'observait, elle se força à lui serrer la main. Cette fois, elle se sentit… confuse. En colère. Piégée. Mais aussi autre chose. Pleine d'espoir ? Soulagée ? Cela faisait si longtemps qu'elle ne s'était pas autorisé un quelconque échange émotionnel avec son ex qu'elle ne savait pas vraiment quoi penser de ces sensations.

— C'est mal, si j'ai envie de commander du champagne et de fêter ce moment ? plaisanta Aiden, mais Eileen distinguait très nettement le soulagement dans sa voix, et elle en était heureuse.

Il avait de toute évidence beaucoup réfléchi à ce moment, ses intentions étaient bonnes, et il avait besoin d'améliorer cette situation pour tous les trois, alors il était hors de question qu'elle gâche tout.

—Je ne suis pas contre, mais allons d'abord enregistrer nos bagages avant que je change d'avis, répondit-elle avec un grand sourire.

Elle avait besoin de marcher, de réfléchir, d'intégrer ce qu'il venait de se produire et de consolider ses ressources pour gérer au mieux la situation. Elle avait passé ces dix dernières années à haïr Gary, et c'était une zone de confort, pour elle. Cela lui avait permis de verrouiller ses émotions, de cadenasser toute partie d'elle qui aurait pu être vulnérable. Et voilà qu'Aiden lui demandait de faire sauter le cadenas et de laisser entrer son père, ne serait-ce qu'un petit peu. Le problème, c'était qu'elle ne savait pas comment faire ça ni jusqu'où elle devait ouvrir la porte.

Ils quittèrent leurs tabourets et prirent leurs valises. À sa grande surprise, comme les innombrables voyages qu'ils avaient faits avant celui-ci, Gary récupéra automatiquement celle d'Eileen.

—Hé ! lança-t-elle en le forçant à s'arrêter. Je peux me débrouiller toute seule. (Elle s'en voulut aussitôt et fit de son mieux pour se rattraper.) Mais tu peux acheter le champagne dès que nous aurons passé la sécurité.

Elle accessoirisa cela d'un sourire et entendit un soupir de soulagement quitter les lèvres d'Aiden.

Alors qu'ils avançaient vers l'enregistrement, Eileen tirant sa propre valise, elle lui donna un petit coup d'épaule.

—Bien joué, mon fils. Mais promets-moi une chose…

Il passa son bras sur son épaule.

—Tout ce que tu veux, *maw*.

—Promets-moi qu'il n'y aura pas d'autres surprises.

—Seulement des bonnes, *maw*. Seulement des bonnes.

Elle aurait été incapable de savoir pourquoi, mais quelque chose lui disait que ce n'était pas vrai.

13

Zara

Las Vegas. Sin City[1]. Zara avait passé ces trente minutes de route chaotiques, affreusement bruyantes et incroyablement lentes, les yeux écarquillés, s'abreuvant des sons (klaxons, musique, moteurs) et des images d'une ville qui ne ressemblait à rien de ce qu'elle avait vu jusqu'ici. C'était comme vivre une expérience hors du corps, sauf qu'à cet instant, ce corps se trouvait dans le décor d'*Ocean's Eleven* et en était plus que ravi.

Le sourire lumineux et les yeux brillants de Millie ne laissaient place à aucun doute : Zara était convaincue que sa sœur attendait de voir débarquer George Clooney et Brad Pitt à tout moment.

En revanche, son père et sa mère étaient… elle avait du mal à trouver le mot juste. Déçus ? Mal à l'aise ? En particulier sa mère. Zara la connaissait suffisamment pour discerner cela sous le vernis de son sourire figé et de son enthousiasme feint. Sauf qu'elle était incapable de comprendre. Peut-être était-elle encore fatiguée. Oui, ça devait être ça.

La limousine les déposa à l'arrière du *Planet Hollywood*, et ils s'enregistrèrent auprès d'une machine interactive

---

1. Sobriquet donné à la ville signifiant « ville du péché ».

dans un accueil bondé d'une foule qui formait comme l'étrange croisement de Primark et de Prada le premier jour des soldes de janvier – avec plus de paillettes et des cheveux plus gonflés.

Après trois faux départs et l'intime conviction qu'ils seraient à tout jamais perdus, à errer entre les tables de casino et les restaurants du rez-de-chaussée du *Planet Hollywood* jusqu'à la fin des temps, ils trouvèrent enfin les ascenseurs et gagnèrent leurs chambres au trente-quatrième étage de l'hôtel. Zara et Millie accompagnèrent d'abord leurs parents à leur suite.

—Canon ! commenta Millie en découvrant l'énorme lit king size, avec sa tête grise capitonnée ainsi que le tableau à la fibre punk accroché juste au-dessus.

Une porte coulissante qui faisait penser à celles des granges donnait sur une immense salle de bains toute de marbre blanc, avec une douche qui disposait de plus de boutons que la voiture de Zara. Il y avait également un magnifique panier de fruits accompagné d'une carte les félicitant pour leur anniversaire de mariage, comme elle l'avait demandé. Mais ce fut quand elle tira les rideaux qu'ils eurent tous le souffle coupé. Les fontaines du *Bellagio* bouillonnaient juste sous leurs yeux, et c'était un spectacle saisissant. Dans ce moment de grâce, Zara vit une larme couler sur la joue de sa mère, et elle se pencha vers elle pour l'enlacer. Enfin ! Des larmes de bonheur !

—Alors, c'est différent de la première fois, maman ? demanda Millie.

—Complètement. La dernière fois, nous étions si… jeunes. Nous avions pris un hôtel légèrement excentré. Je serais incapable de me rappeler où.

Zara décida de la tester un peu.

—Et vous n'étiez que tous les deux ?

La photo qu'elle avait trouvée tout au fond de la vieille boîte avait été l'unique indice montrant qu'ils n'étaient pas seuls, et cela parce qu'aussi loin que remontaient ses souvenirs, elle n'avait jamais entendu ses parents parler de leur mariage ou de leur séjour à Vegas, sauf pour dire que c'était là qu'ils s'étaient mariés. Fin de l'histoire.

Ce fut son père qui se chargea de répondre.

—Non, nous étions accompagnés de… hum, de deux amis.

—Ah bon ? Qui ça ? Et qu'est-ce qu'ils sont devenus ? intervint Millie de manière un peu trop insistante, mais Zara était curieuse de connaître leur réponse.

—Oh, c'étaient juste deux vieux copains de l'époque, dit-il avec un haussement d'épaules. Je ne sais pas du tout ce qu'ils sont devenus. Ça fait si longtemps.

Zara relâcha son souffle. L'espace d'un horrible moment, elle avait craint de l'entendre annoncer qu'ils avaient coupé les ponts après une grosse dispute. Elle aurait peut-être dû y penser avant, mais en dehors d'une brève discussion avec Millie, cela ne lui avait pas traversé l'esprit, sûrement parce que dans ses souvenirs, elle n'avait jamais vu ses parents se fâcher avec qui que ce soit.

—Bon, on vous laisse prendre une bonne douche, et on fait pareil de notre côté, ça vous va ?

Elle jeta un coup d'œil à sa montre. Évidemment, son corps était perdu, vu qu'il avait quitté Glasgow un million d'heures plus tôt, mais qu'avec les huit heures de décalage, c'était le milieu d'après-midi à Vegas.

—On se retrouve ici à dix-sept heures ? Ça nous laisse deux petites heures, si tu veux faire une sieste, papa.

—Je ne suis pas contre, en effet. On se fait un petit somme, Brenda ?

—Pourquoi pas, répondit sa mère avant d'enlacer ses filles tour à tour. Et merci beaucoup à toutes les deux. C'est un cadeau incroyable, et nous avons énormément de chance de vous avoir, ajouta-t-elle, comme elle l'avait déjà dit dans l'avion.

Zara l'étreignit et décida d'arrêter de se faire du souci. C'était ridicule. Évidemment que sa mère était heureuse. Ce n'était pas parce qu'elle ne bondissait pas d'excitation comme un kangourou que quelque chose clochait. Il fallait qu'elle fasse preuve de positivisme. C'était génial. Incroyable. Formidable.

Cela ne faisait que dix secondes qu'elles étaient dans leur propre chambre quand sa détermination faiblit.

—Tu crois que maman va bien ?

Millie s'était déjà jetée sur son lit et roulait sur le côté pour attraper le téléphone sur la table de chevet. Elle dressa une main pour faire taire sa sœur.

—Oui, bonjour, c'est la chambre 34056. Pourrions-nous avoir une bouteille de prosecco, s'il vous plaît ? Et du gâteau. Vous avez quoi, exactement ? (Petite pause.) Parfait ! On va vous en prendre deux parts. Merci. (Elle reposa le combiné et se planta sur un coude pour réfléchir à la question de Zara.) Tu sais que je suis généralement un abysse émotionnel, et que, pour que je voie un problème, il faudrait qu'il soit affiché sur un panneau publicitaire juste devant ma fenêtre...

Assise sur l'autre lit, Zara ne put s'empêcher de sourire – c'était si vrai...

—Mais même moi, je vois qu'il y a quelque chose de pas normal. Enfin, c'est maman... C'est la personne la plus discrète que nous connaissons, et elle déteste être le centre de l'attention. Un peu comme moi, ajouta-t-elle avec sa moue parfaitement contourée tout en lissant ses faux cils avant de retirer ses bottines Prada qui lui avaient coûté un mois de salaire. Il va juste lui falloir un peu de temps pour s'y faire, et tout ira bien. J'en suis sûre. À tous les coups, dans la chambre d'à côté, c'est en train de s'envoyer en l'air pour essayer de retrouver sa jeunesse.

— C'est une image mentale dont je pourrais franchement me passer, mais merci, Mills.

De temps en temps, l'optimisme sans borne de sa sœur et son aversion pour toute sorte d'inquiétude s'avéraient pratiques ; quant à sa capacité à balayer les problèmes, c'était une véritable masterclass en positivité émotionnelle.

Millie était déjà passée à autre chose et avait attrapé la télécommande pour allumer la télé. En quelques secondes, elle avait trouvé son bonheur avec *The Real Housewives of Beverly Hills* – Zara l'avait officiellement perdue.

Elle vérifia son téléphone. Un message d'Aiden l'attendait, maintenant qu'elle était connectée au wifi. Mince, elle avait oublié de désactiver l'itinérance.

J'espère que ça a été, le vol. Nous nous apprêtons à décoller, ici. Mes deux parents sont là. Ça a été délicat un petit moment, mais j'ai fait marcher à fond la culpabilité pour les convaincre. Je t'écris quand on arrive. Ax.

Un frisson d'excitation remonta de son ventre pour étirer ses lèvres en un grand sourire. Oui, ça allait être génial. Complètement dingue. Il était temps de se débarrasser une bonne fois pour toutes de ses doutes et de se concentrer sur le moment incroyable qu'ils s'apprêtaient à vivre.

Elle quitta son lit, récupéra sa valise et commença à la vider. Millie la laisserait telle quelle, mais Zara aimait que ce soit organisé. La première chose qu'elle fit fut d'ouvrir la housse, de sortir la robe de leur grand-mère et de la suspendre au portant de la chambre, adressant son habituel « J'aimerais que tu sois là, mamy » silencieux au ciel, au cas où Ada serait en train de la regarder. Zara avait décidé d'y croire. Sa grand-mère était le genre de femme à se pencher à la fenêtre pour ne pas rater une miette du moindre événement, alors Zara doutait qu'elle rate une occasion pareille.

On sonna à la porte, et elle alla ouvrir à l'employé de l'hôtel, chargé de vin et de gâteaux. Elle signa la note puis sortit un billet de dix dollars de sa poche arrière pour le lui tendre, espérant que cela suffirait. Elle était de ces gens qui donnaient des pourboires énormes de peur qu'on pense qu'ils n'avaient pas apprécié le service. L'employé ne sembla pas s'offenser et ferma la porte derrière lui sans la claquer ; ce devait être bon signe.

Elle versa deux verres de vin et en tendit un à Millie, qui parvint à le prendre sans même lever les yeux de l'écran. À la télé, les *housewives* se crêpaient le chignon à coups d'ultrasons à cause d'un quelconque affront. Millie, captivée, murmura alors :

—Ça t'arrive de vouloir une vie comme ça ?

Zara grimpa sur le lit, à côté de sa sœur.

—Comme quoi ?

—Comme ça, dit Millie en désignant l'écran.

—Quoi, à me disputer avec toutes mes copines et à dépenser des sommes obscènes en vêtements et en sacs à main, tout ça en ayant du mal à montrer la moindre expression parce que ma tronche est chargée à bloc de botox ?

—Exactement, répondit sa sœur avec une révérence presque religieuse.

Zara fourra une cuillerée de cheese-cake red velvet dans sa bouche, puis dut attendre d'avoir tout avalé pour pouvoir parler et… bonté divine, ce gâteau était sublime.

—Désolée, mais je ne peux pas imaginer pire. Ne me dis pas que tu préférerais ça à notre vie d'aujourd'hui ?

Millie haussa les épaules en esquissant une espèce de grimace.

—Millie ! Tu plaisantes ?!

—Pas cette vie-ci exactement, mais… tu ne t'es jamais dit qu'il y avait peut-être plus grand que ce qu'on a ? Je veux dire, notre vie est géniale, mais je ne me vois pas faire des compositions le restant de mes jours.

Si Clooney et Pitt étaient sortis à cet instant de leur salle de bains, Zara n'aurait pas été plus surprise. Elle n'avait jamais songé une seule seconde que Millie ne voudrait pas toujours faire ce qu'elles faisaient aujourd'hui. Elles avaient une existence géniale. Un travail super. Étaient financièrement à l'aise. Et elles avaient tout ça *ensemble.* Zara n'y avait jamais vraiment réfléchi, mais elle était partie du principe qu'elles feraient toujours ça – peut-être agrandir, peut-être ouvrir une boutique ou deux supplémentaires. Mais de toute évidence, ce n'était pas la vision de Millie.

—Oh, non… se lamenta celle-ci, et Zara vit qu'elle avait enfin décroché de l'écran et était en train de la dévisager. Je ne t'en avais jamais parlé, n'est-ce pas ?

Zara reposa sa cuillère, l'appétit soudain coupé.

—Non. Je… je ne savais pas que tu envisageais même de faire autre chose. Tu as des projets ? Il y a quelque chose dont tu aimerais me parler, peut-être ?

Sa voix était légèrement plus aiguë que la normale, mais elle était incapable de la contrôler.

—Non, bien sûr que non ! s'empressa de la rassurer Millie.

Cela permit au moins de relancer son système cardiovasculaire, et elle put de nouveau respirer jusqu'à ce que sa sœur ajoute un timide :

—Enfin… peut-être ?

Zara la fixa, bouche bée, jusqu'à ce que Millie finisse par tout déballer.

—Je ne veux pas dire que j'ai envie de partir maintenant. C'est juste que… Écoute, ce travail te convient, à toi. Tu aimes l'ennui…

—Millie !

—Ce n'est pas comme ça que je souhaitais le dire, désolée ! Tu… tu n'aimes pas le changement, voilà. L'aventure. Les trucs un peu fous. Moi, si. J'apprécie ce que nous faisons pour l'instant, mais je n'ai pas envie de faire ça pour toujours.

Zara fit de son mieux pour intégrer cette information.

—Tu veux donc dire qu'à un moment donné, tu auras peut-être envie d'essayer autre chose ? Mais pas dans un futur immédiat ?

—Non, non. Dans un futur très lointain, d'accord ? Nous n'y sommes pas du tout du tout.

Bon, elle n'était donc pas en train de lui annoncer qu'elle la quittait. Énorme soulagement. Mais… Zara était incapable de passer à autre chose. Il fallait qu'elle sache.

—Alors, quand, à peu près ? C'est quand, ton futur très lointain ?

—Tout dépend, répondit Millie avec un haussement d'épaules.

—De quoi ?

—De si tu veux que je mente ou que je sois honnête.

Oh ! Putain.

—Honnête.

Millie fit une mimique navrée et sortit les mots comme si elle annonçait la pire nouvelle de l'univers. Ce qui était tout à fait le cas.

—Peut-être l'année prochaine ?

Zara était incapable de parler. Par chance, le tintement de son téléphone lui épargna de devoir trouver un moyen de formuler des mots.

Aiden.

On vient d'atterrir. On arrive à l'hôtel. C'est quoi, le plan ?

14

Brenda

Elle vécut le départ des filles quasiment comme un soulagement et, pour la première fois depuis que le minivan les avait récupérés devant chez eux le matin, Brenda s'autorisa à respirer. Las putain de Vegas. Elle n'aurait jamais imaginé que les filles avaient prévu ça, et dans le cas contraire, elle les aurait arrêtées. Quel gâchis d'argent ! Pire encore, elle se faisait l'impression d'être une escroc. Elle posa les yeux sur le lit king size, sachant pertinemment que ça aurait dû être un moment de célébration, et peut-être même de débauche dans Sin City. Mais elle n'avait envie ni de l'un ni de l'autre.

Elle s'assit au bord du lit.

—Colin, il faut qu'on leur dise. On ne peut pas continuer à faire ça.

—À faire quoi ? l'interrogea-t-il tout en passant une lingette antibactérienne sur chaque objet de la chambre.

Il avait toujours fait ça. Dès qu'ils posaient les pieds dans une chambre d'hôtel, il sortait les lingettes et se mettait à tout astiquer, les protégeant ainsi d'une mort certaine. Une fois, il avait passé une heure à désinfecter une chambre d'hôtel à Blackpool, tout ça pour que l'accueil les appelle en leur annonçant qu'ils s'étaient trompés de chambre, et il avait dû tout recommencer.

Ce n'était pas une obsession – cela lui était parfaitement égal, à la maison. Non, c'était juste une habitude. Comme le fait qu'il boive un scotch après le dîner la plupart des soirs, fumait la pipe dans son cabanon de jardin ou écoutait exclusivement Radio 2. Tout cela ne l'avait jamais autant irritée qu'à cet instant. Même si l'ange infirmière sur son épaule lui disait que c'était un pas courageux dans l'éternelle guerre contre la bactérie, le petit ange épouse sur son autre épaule voulait mettre le feu à ces satanées lingettes.

—Les laisser penser que tout va bien, répondit-elle avec une pointe d'exaspération. Que *nous* allons bien. Les filles nous ont emmenés jusqu'ici pour célébrer notre anniversaire de mariage. Ça ne te paraît pas… indécent, toi ? Je ne parle pas seulement de l'argent qu'elles ont dû dépenser, mais aussi de tous les efforts que ça a dû leur demander.

Il s'arrêta enfin d'astiquer.

—En toute honnêteté, Brenda, non. Ça me paraît gentil. Attentionné. Quelque chose qu'on fait pour ceux qu'on aime.

Voilà qu'il la faisait se sentir encore plus mal. Elle voyait bien qu'il essayait de la manipuler, et elle savait qu'elle aurait dû l'ignorer, mais pour une fois, ses émotions prirent le dessus.

—Je le sais bien, ça, voyons ! Et je suis d'accord, mais ce n'est pas la question. Tu as oublié notre conversation d'il y a deux semaines ? Colin, nous sommes ici pour faire semblant de fêter un mariage qui est en train de s'effondrer.

Elle espérait que les murs de la chambre n'étaient pas trop fins, parce qu'elle serait mortifiée, si les filles entendaient ça.

Colin referma méticuleusement son paquet de lingettes.

—Je croyais qu'on se donnait une chance ? Qu'on reprenait les choses en main ? Quand même, la semaine dernière, nous avons…

Brenda ferma les yeux.

—Je t'en supplie, ne dis pas « fait l'amour ».

—Ce n'est pas ce que j'allais dire, répliqua-t-il. (Elle poussa un soupir de soulagement, jusqu'à ce qu'il ajoute :) J'allais dire « fait l'amour comme jamais ».

Puis il agrémenta cela d'un clin d'œil, et Brenda se demanda combien de temps elle devrait se taper la tête contre le mur pour sombrer dans l'inconscience.

En somme, l'optimisme implacable de Colin l'épuisait. Elle n'avait pas envie de se battre. Cela allait à l'encontre de chaque cellule de son âme profondément non conflictuelle, et cette simple pensée lui donnait des sueurs froides.

Elle prit alors sur elle et poursuivit d'un ton plus conciliateur :

—Colin, nous ne devrions pas être ici. J'ai le sentiment d'être malhonnête. Et, inutile de tourner autour du pot, cette ville ne détient pas les meilleurs souvenirs de notre vie.

Elle n'avait pas besoin d'expliciter. Ils savaient tous les deux ce qu'il s'était passé ici, et ils avaient tous les deux choisi de ne jamais en reparler.

Colin poussa un soupir si lourd que ses épaules s'affaissèrent.

—Ce qui est malhonnête, c'est de faire comme si nous n'avions pas eu de mariage heureux toutes ces années.

—Je n'ai jamais dit ça ! se défendit-elle – pourquoi refusait-il de l'écouter ? Nous avons été heureux. Je l'admets, Colin, mais les gens changent. Ils évoluent. Et nous n'avons pas évolué dans la même direction.

—Mais tu es la seule à penser ça, argumenta-t-il.

Même ça, il le faisait avec calme. Des disputes passives-agressives. Voilà à quoi ils en étaient réduits, aujourd'hui. Brenda ignorait qui elle détestait le plus pour ça : elle ou lui.

Cette discussion était vaine. Elle partit dans la salle de bains, verrouilla la porte, ouvrit les robinets de la baignoire puis s'assit sur les toilettes pour appeler Bernadette en FaceTime. Il était quasiment onze heures du soir à la maison, mais Brenda et Bernadette partageaient les mêmes horaires, si bien qu'elle savait que son amie ne serait rentrée que depuis peu, et qu'elle serait douchée, en pyjama et allongée dans son canapé avec un café à la main. Si elles avaient eu une journée particulièrement difficile, elles échangeaient souvent une fois de retour chez elles, peu importait l'heure. C'était leur manière à elles de digérer. De décompresser. De se soutenir l'une l'autre. Il ne s'agissait pas d'une situation de vie ou de mort, mais Brenda avait bien besoin d'entendre la voix douce de son amie, là, tout de suite. Elle fut soulagée quand Bernadette répondit à la seconde sonnerie :

—J'espérais que tu m'appelles ! Alors, c'était bien, Londres ? Tu es dans une suite du Savoy tellement luxueuse que je risque d'en baver de jalousie ?

—Ce n'est pas Londres.

—Attends, laisse-moi deviner… Il semblerait que cette salle de bains soit en marbre, donc on reste dans du haut de gamme. Paris ? Monaco ?

—Je suis en train de me faire couler un bain, et la pièce sera inondée avant que tu aies deviné, alors je vais te donner la réponse. C'est Vegas. Je suis à Las putain de Vegas.

La mâchoire de Bernadette se décrocha.

—Et ce n'est pas une bonne chose ? demanda-t-elle d'une voix faiblarde, percevant le mécontentement de Brenda, et réagissant donc avec une surprise et une confusion tout à fait légitimes.

Oui, Brenda comprenait. Pour la plupart des gens, ce serait le rêve absolu. Ou tout du moins une aventure incroyable. Mais ces gens n'étaient pas déjà venus ici. Maintenant qu'elle faisait face aux sourcils dressés par la perplexité de son amie, elle se rendit compte qu'elle ne lui avait jamais confié ce qu'il s'était passé ici. Une fois de plus, ce fameux dicton « Ce qu'il se passe à Vegas reste à Vegas » n'aurait pas pu être plus adapté.

Elle brûlait d'envie de lui raconter toute l'histoire, mais non seulement l'eau serait glaciale quand elle aurait terminé, mais elle ne voulait pas que Colin l'entende. La situation était assez compliquée comme ça.

—C'est là que nous nous sommes mariés…

—Mais non ! Comment ça se fait que je ne sois pas au courant ?

—C'est une longue histoire, soupira Brenda. Et que je n'ai aucunement envie de raconter. Mais les filles savaient, et maintenant, elles sont tout excitées parce qu'elles pensent avoir fait quelque chose de merveilleux en nous emmenant ici pour fêter notre anniversaire de mariage.

—Miiince, siffla Bernadette, qui avait enfin saisi. Tu ne le leur as toujours pas dit ?

—Je ne peux pas. C'est suffisamment compliqué avec Colin, à qui je l'ai répété plusieurs fois et qui refuse de m'écouter… Ou de l'accepter. Je ne sais pas. Je viens à l'instant d'aborder le sujet, et il m'a rétorqué qu'on avait fait l'amour comme jamais la semaine dernière.

—Sérieusement ? C'est le cas ?

—Non ! J'ai gardé ma chemise de nuit et mes chaussons ! Comment est-ce que ça pourrait être génial ?! Mes mules ont à peine trembloté.

—Oh, Brenda, je… je… C'est… Je veux dire… c'est…

Brenda crut d'abord que le wifi était douteux, puis elle comprit que le bégaiement soudain de son amie était dû à son envie irrépressible d'éclater de rire.

Envie particulièrement contagieuse. Un instant plus tard, Brenda était pliée en deux, hilare. Des larmes s'étaient mises à pleuvoir sur ses joues, elle avait du mal à respirer, et il y eut même des fois où elle ignorait si elle était en train de rire ou de pleurer. De rire. Oui, elle riait bien. Mais avec une petite pointe d'hystérie, tout de même.

Elle entendit tout juste le coup à la porte.

—Tout va bien, Brenda ?

Il ne lui en fallut pas davantage pour dégriser.

—Oui, oui. Je suis au téléphone avec Bernadette. Elle me racontait une blague.

Elles repartirent aussitôt en fou rire.

—Ah, Bernadette, si tu savais à quel point j'avais besoin de ça… parvint-elle à dire quand elle retrouva la parole.

—Moi aussi, ma belle. Malgré ces rires, j'ai beaucoup de peine pour toi. Faire mine que tout va bien n'a rien de facile.

Et son amie le savait mieux que personne. Elle était restée mariée à un enfoiré de manipulateur pendant plusieurs dizaines d'années, tout en faisant croire au monde entier qu'elle était heureuse. Il lui avait fallu un sacré cran. Et encore plus pour claquer la porte il y a quelques années.

—Tu sais que tu peux m'appeler quand tu veux si tu as juste besoin de discuter, ou de te défouler.

—Merci. Je n'hésiterai pas.

—Bien. Alors, qu'est-ce que tu prévois de faire pour le reste de ce voyage ?

Brenda ferma les robinets et plongea les orteils dans l'eau. La température était parfaite.

—Je vais faire mine de m'éclater et en profiter un maximum. Je crois que les filles ont prévu de faire un peu de tourisme, et un ou deux spectacles aussi. J'ai vu un bus à impériale sur le chemin ; je tenterai peut-être ça pour tuer le temps. Enfin, avec cette chaleur, c'est probablement ce tour qui me tuera, mais ce sera peut-être une bonne chose. Morte par impériale.

—Contente de t'entendre faire preuve d'un peu de bon sens, répliqua Bernadette sur le même ton railleur.

—Tout à fait. Il n'y a que ça de vrai : prendre les choses comme elles viennent.

—Je pense que c'est le meilleur plan, vraiment. Mais je peux te demander une chose, Brenda ?

—Bien sûr. Je t'écoute.

—Si ces mules se mettent à trembloter, je pourrai être la première à l'apprendre ?

—Je raccroche, ricana Brenda en coupant l'appel.

Une fois déshabillée, elle grimpa dans la baignoire et posa la tête contre la surface blanche et froide, laissant les souvenirs qui l'avaient rongée toute la journée lui envahir l'esprit. Elle avait vingt-cinq ans, la dernière fois qu'elle était venue ici. Et Colin n'avait pas été tout à fait honnête quand il avait dit de l'autre couple qu'il s'agissait juste de vieux amis avec qui ils avaient perdu contact. Ils avaient été tellement plus.

Eileen Smith. Gary Gregg.

Tous les quatre étaient inséparables. Unis envers et contre tout. Ils s'étaient rencontrés quelques années plus tôt, alors qu'ils travaillaient tous au *Beat House*, une boîte de nuit du centre de Glasgow. Gary était le DJ, Eileen était à l'accueil, où elle faisait payer les gens, et Colin et Brenda travaillaient tous les deux derrière le bar. C'était à la base un petit boulot pour compléter leurs bourses pendant que

Colin étudiait à Glasgow pour devenir comptable et que Brenda entamait sa deuxième année d'école d'infirmière. Mais même une fois diplômés et lancés dans la vie active, ils l'avaient conservé pour mettre de côté.

Brenda ferma les yeux, et elle vit un cliché d'eux quatre aux débuts de leur petite clique. Gary avait deux ou trois ans de plus qu'eux, et il était si grand et si charmant que la moitié des filles du *Beat House* le dévoraient du regard pendant qu'il passait à fond la caisse le dernier Simple Minds ou Duran Duran. Et Gary le savait, bien sûr. Il adorait être au centre de l'attention. Il s'en délectait et se trémoussait derrière sa platine, avec sa veste blanche et sa chemise coincée dans son jean décoloré, ses cheveux noirs bougeant à peine parce qu'il arborait une espèce de frange solidifiée par une demi-bouteille de laque avant qu'il grimpe sur scène, tous les soirs.

Colin était plus petit, mais il avait ses fans, lui aussi. Il portait des lunettes rondes à la John Lennon, et passait, à juste titre, pour l'intello de la bande. Il était gentil, également. S'il y avait une crise – et il y en avait au moins une par soir, au club –, Colin était ce type qui savait garder son sang-froid et qui se pliait en quatre pour s'assurer que tout le monde allait bien. Et il voyait les choses. Quand Brenda fit sa première permanente, celle qui faisait la taille d'un ballon de plage, il lui avait dit qu'elle était super, et qu'elle serait prise à coup sûr si les Bananarama décidaient d'engager un quatrième membre.

Eileen avait été la dernière à rejoindre le groupe, mais c'était comme si elle avait toujours été là. Brenda l'avait adorée au premier regard. Cette grande blonde sublime, qui ignorait comme elle était belle et finissait donc chaque fois avec des hommes qui ne lui correspondaient pas.

Ils avaient composé une joyeuse bande, tous les quatre. Comment appelaient-ils ce qu'ils formaient, déjà ? Une « framille. » Oui, c'est ça, une framille qui s'était serré les coudes les quelques années qui avaient suivi, une clique qui riait, qui se soutenait, qui s'était juré une amitié éternelle… jusqu'à ce que ce ne soit plus le cas. Ça faisait encore mal.

La dernière fois qu'elle avait vu Eileen Smith, ça avait été ici, dans cette ville, dans un hôtel pas très éloigné. Dans l'horreur de ce moment, Brenda lui avait dit qu'elle ne voulait plus jamais la voir tant qu'elle était en vie.

De retour dans le présent, Brenda sentit sa poitrine se comprimer et son front se plisser, et elle se rendit compte que ce sentiment n'avait pas changé.

15

Aiden

L'enregistrement au *Bellagio* se déroula sans complications, et Aiden avait passé le plus gros du temps à contempler l'accueil, émerveillé par le spectacle qui s'étalait sous ses yeux. Une sculpture en verre multicolore pendait du centre du plafond, dominant un sol et des murs en marbre rehaussés de décorations en or. Cet endroit ressemblait à un trip sous acide pour des gens prêts à dépenser des fortunes.

S'il avait voyagé seul, il aurait certainement opté pour un hôtel comme l'*Aria* ou le *Cosmopolitan*, un peu moins ostentatoire que ce monument au cœur de Vegas, mais il connaissait ses parents. Son père aimait tout ce qui brillait, et sa mère, le chic avec une bonne dose de glamour. Cet endroit leur convenait donc à l'un comme à l'autre, et rattrapait peut-être les subterfuges dont Aiden avait dû user pour les faire venir tous les deux ici. Par ailleurs, il avait réussi à se faire entièrement rembourser de sa lune de miel aux Bahamas, et il était prêt à dépenser cet argent, et même un peu plus, pour qu'ils séjournent tous les trois dans ce lieu iconique. Peut-être – avant même de se rendre compte du véritable objectif de ce voyage – sa mère lui pardonnerait-elle, si elle voyait les efforts qu'il avait fournis pour rendre cette occasion unique. Mais il ne misait pas gros là-dessus. Elle avait été parfaitement agréable durant les cinq heures de vol, mais elle était également silencieuse, et son regard trahissait une certaine colère contenue.

Plus ou moins au milieu du vol, alors qu'ils se trouvaient quelque part au-dessus de l'Oklahoma et que son père était parti aux toilettes, il en avait profité pour se pencher vers elle.

—Sur une échelle de un à dix, tu m'en veux à quel point ?

Elle avait soupiré, et il avait lu de la résignation sur ses traits.

—Même si je t'aime, je dirais un bon gros huit. Cette histoire va te coûter un cadeau sensationnel pour la fête des mères, l'année prochaine.

Le fait qu'elle plaisante encore lui avait donné de l'espoir, et le faisait aussi se sentir affreusement coupable.

—Je sais, et je suis désolé. Je te jure que j'ai fait ça avec les meilleures intentions du monde. Peut-être que ça ne sera pas si terrible, avait-il répondu. Ce serait peut-être même l'occasion pour vous deux de construire une amitié.

—Je comprends, oui. C'est juste que j'avais hâte de voyager rien qu'avec toi. Ça fait des années qu'on ne l'a pas fait. Il va me falloir un petit moment pour m'adapter au changement de plan, mais ça ira, ne t'inquiète pas.

Il avait passé les deux heures et demie suivantes à se sentir plus petit que le paquet de bretzels qui accompagnait sa bière. Ça n'avait pas aidé quand son père s'était rassis de l'autre côté et lui avait susurré :

—Bien joué, champion. Si ta mère va se pieuter tôt ce soir, je suis partant pour visiter deux ou trois clubs.

Cet homme était décidément irrécupérable.

La peur qu'il dise une autre stupidité avait fait paraître le vol deux fois plus long que la réalité, si bien qu'il fut pris d'un profond soulagement quand il eut terminé leur enregistrement et partit en direction des chambres.

Comme il l'avait demandé, ils étaient tous les trois au neuvième étage, avec vue sur les fontaines. Aiden et son père partageraient une suite avec deux lits doubles et un coin salon, tandis que sa mère serait dans la suite d'à côté.

—Je vais prendre une petite douche, déclara celle-ci une fois devant leurs portes.

—Tu veux de la compagnie, Eileen ? lança son père, qui se trouvait visiblement très drôle.

Ce à quoi elle répliqua calmement :

—Pas même si je me noyais et que tu étais le seul à pouvoir me sauver.

Aiden était certain d'avoir senti son âme se recroqueviller sur elle-même et réclamer une mort rapide.

—Qu'est-ce que tu fais ?! attaqua-t-il son père quand ils furent dans leur chambre. Tu cherches à provoquer maman, ou tu as juste perdu la tête ?

Avant d'avoir droit à une réponse, on sonna à la porte, et il laissa entrer le concierge, qui avait monté leurs bagages.

Son père gagna le minibar, sortit deux bières et lui en jeta une.

Aiden donna un pourboire au concierge puis revint à sa question d'origine.

—Alors ?

—Je sais, je sais… se défendit son père en levant les deux mains. J'entends ces trucs quitter ma bouche, et j'ai envie de me foutre mon poing dans la tronche, je t'assure.

Aiden s'assit sur le fauteuil en velours orange près de la fenêtre, et posa ses jambes sur le repose-pied assorti.

—Alors, pourquoi tu le fais ? Parce qu'honnêtement, papa, ça ne fait pas rire maman, et rien ne s'améliorera si tu continues à sortir des conneries pareilles.

Il se sentait mal de lui parler comme ça, mais c'était justifié. Si sa mère décidait d'abandonner et de rentrer plus tôt parce qu'elle était incapable de supporter les âneries de son père, alors tout ça n'aurait servi à rien.

—Je pense… commença son père avant de marquer une pause, et Aiden crut qu'il allait sortir une théorie profonde d'introspection. Je cherche juste à la faire rire.

—Ah bon ? Parce que je doute qu'elle soit en train de se rouler par terre, à côté, si tu veux mon avis.

Son père s'allongea sur son lit, un bras calé derrière la tête, sa bière roulant sur son ventre tendu. Aiden n'avait aucune envie d'hériter de son sens de l'humour, ou de sa connaissance de soi, mais il n'était pas contre ses abdos.

—Elle me trouvait drôle, tu sais. À l'époque. Avant le divorce. Et je t'en prie, inutile de me rappeler que tout ça, c'est à cause de moi. Je le sais bien.

—Qu'est-ce que c'est, « tout ça » ? Qu'est-ce qu'il s'est passé, au juste ? Vous ne m'avez jamais rien dit, et j'imagine que je n'avais pas envie de remuer le couteau dans la plaie en vous posant la question…

C'était plus fort que lui : il *devait* comprendre les détails de leur séparation. Certes, il savait qu'il y avait des allégations d'infidélité, mais rien n'avait été confirmé, et il n'avait jamais appris la raison ultime du divorce de ses parents. Ils s'étaient simplement pointés à sa fac avant les vacances de printemps, l'avaient fait s'asseoir et lui avaient annoncé qu'ils mettaient un terme à leur mariage. Avaient parlé de désaccords inconciliables. Quand il avait cherché à creuser, sa mère avait juste déclaré qu'ils avaient pris des chemins différents et n'avait jamais rien ajouté.

Il respectait le fait qu'elle ne veuille pas casser du sucre sur le dos de son père, ou le forcer à prendre parti, mais en même temps, connaître les détails l'aiderait à mieux négocier la résolution de la guerre froide que ces deux-là se menaient. Malheureusement, son père n'avait pas plus envie de se plonger là-dedans.

—On a vécu une période compliquée, je n'ai pas su gérer, j'ai fait quelque chose que je n'aurais pas dû, et c'est tout ce que je dirai. Mais c'était il y a quasiment dix ans, et j'en paie encore le prix. Je dois sûrement m'imaginer qu'en refaisant ce qui l'amusait à l'époque, il y aurait peut-être une chance…

Waouh. Quoi ? Aiden s'enfonça dans son fauteuil.

—Une chance de quoi, papa ? Tu es en train de me dire que tu voudrais te remettre avec maman ?

Bordel, ça ne pouvait pas être vrai. Son père avait adopté à bras-le-corps la vie de célibataire. Il y avait eu les vacances, les belles voitures, la longue queue de petites copines de vingt ans de moins que lui. Il n'avait jamais, au grand jamais laissé entendre qu'il regrettait son divorce. Plutôt le contraire, à vrai dire. À le voir, c'était la meilleure chose qui lui soit jamais arrivée.

—Non ! répliqua celui-ci en haussant les épaules. Enfin… non. Je ne pense pas. Bon, peut-être. Parfois. Oui. Mais je m'en sors comme une merde.

—Ça, je ne te le fais pas dire. Et Mitzy ?

—Oh, elle est géniale, c'est sûr, mais entre nous… Tu penses qu'elle serait avec moi si je n'avais rien sur mon compte en banque ? Je ne suis pas naïf, fiston.

—Alors pourquoi tu restes avec elle ? Pourquoi ne pas chercher quelqu'un qui t'aime toi, et non ton style de vie ?

—Elle me fait rester jeune, et même si ça peut sonner superficiel, j'aime avoir une beauté à mon bras. Avec

Mitzy, je peux être sûr qu'on va nous remarquer, et si je ne suis pas avec ta mère... (Il termina sa phrase avec un nouveau haussement d'épaules.) Écoute, fiston, je ne sais pas ce que je fais, d'accord ? Il y a cette idée fausse selon laquelle à mon âge, on a tout compris à la vie. Ce sont des conneries, crois-moi. Ta mère a décidé de m'ignorer dès qu'on a divorcé, alors oui, comme un couillon, je cherche sûrement depuis le début à attirer son attention. Les blagues. Les femmes...

—C'était pour la rendre jalouse ?

—Non, pas au début. C'était uniquement pour prendre du bon temps, voir ce que j'avais raté. Mais laisse-moi te dire que c'est un sacré bordel. Tu sais les efforts que ça demande, d'enchaîner les rencontres ? Bien sûr, au début c'est marrant, mais après, c'est du sérieux. Parfois, il m'arrive d'avoir juste envie d'être de nouveau marié, et posé et... peut-être de m'autoriser deux ou trois soirs sans avoir à aller à la salle de sport pour forcer ce vieux corps à rester en forme.

—Tu n'es pas vieux. Tu as deux ans de moins que Brad Pitt.

—Ouais, et il aurait dû rester avec Jennifer Aniston. Regarde la merde qu'il a faite. Il y a une leçon à tirer de tout ça. J'aurais juste aimé l'avoir apprise.

Aiden n'avait jamais sérieusement envisagé la possibilité que ses parents se remettent ensemble – un cessez-le-feu avait été le maximum qu'il avait espéré. Mais peut-être... Non, hors de question de mettre la barre aussi haut, et il n'interviendrait pas. À l'exception d'un ou deux conseils non sollicités.

—Tu sais, papa, si tu souhaites vraiment te réconcilier avec maman, la première chose à faire, c'est de laisser tomber toutes les autres femmes, les blagues nulles et les grands gestes, et d'être simplement cohérent, d'être toi.

—Être chiant ?

—Ce n'est pas du tout ce que j'ai dit.

—Oui, mais c'est ce que j'ai entendu, fiston. Écoute, on va voir comment se passent ces quelques jours. Je me contenterai d'être moi et d'espérer qu'elle se rende compte que la vie avec moi pourrait de nouveau être amusante. Et si elle ne le voit pas… eh bien, tant pis pour elle.

Aiden soupira. Il n'apprendrait décidément jamais de ses erreurs. Il n'y avait aucun espoir.

—Tu sais, papa, pour un type intelligent, tu le caches vachement bien.

Son père sortit une autre canette du minibar.

—Et oui, fiston, mais c'est pour ça que la bière existe.

Aiden attrapa la Bud jetée dans sa direction et secoua la tête en riant. Il était inutile de tenter de changer cet homme. Il était comme ça, et qu'Aiden l'approuve ou non, s'il voulait son père dans sa vie, il devait l'accepter tel qu'il était et se contenter d'essayer d'arrondir les angles. Mais s'il avait un jour un fils, celui-ci n'approcherait pas papy Gary et ses points de vue branlants sur l'existence.

Son père attrapa la télécommande et lança un match de foot, mettant un terme à ce qui était sûrement l'échange le plus ouvert, le plus honnête et le plus émotionnel qu'ils aient jamais eu. Gary n'aimait pas la profondeur, les sentiments. Il ne savait que vivre l'instant présent et prévoir le prochain bon moment.

Aiden soupira. Super. Sa mère était partie s'enfermer dans sa chambre, et son père regardait le football. Ça fonctionnait du tonnerre. Il espérait vraiment que Zara avait un plan pour les réunir très bientôt, parce que sinon, ça promettait d'être les quelques jours les plus longs et les plus stressants de sa vie. Et il s'était fait planter le jour de son mariage, c'était dire.

Son père concentré sur la télé, Aiden prit le temps de regarder ses messages. Il en avait justement reçu un de Trevon.

Alors, ta mère t'a défoncé ?

Il tapa rapidement une réponse.

Pas encore, mais ce n'est pas gagné pour autant. Si j'arrête de te répondre, viens identifier mon corps.

Il l'envoya, puis vérifia WhatsApp, ses e-mails… Non, rien de Layla. Il se demanda ce qu'elle penserait de tout ça. Elle n'avait pas eu l'occasion d'être particulièrement proche de sa mère, mais elles semblaient s'apprécier, toutes les deux, et elle n'avait rencontré son père que deux ou trois fois. Ce qui était franchement bizarre, à bien y réfléchir… Se marier avec quelqu'un qui connaissait à peine ses parents. D'un autre côté… ils n'étaient ensemble que depuis dix mois, et il avait tendance à aller aux événements sportifs avec son père, ou à passer voir sa mère seul, alors ce n'était pas une grosse surprise. Layla n'était pas très à l'aise avec les rassemblements familiaux. C'était quelque chose qu'il avait espéré voir évoluer.

Aiden sentit sa mâchoire commencer à se crisper. Où était-elle ? Était-elle assise quelque part, à cet instant, en train de penser à lui ? Allait-elle un jour lui expliquer pourquoi elle l'avait jeté, pourquoi elle s'était dégonflée ? Y aurait-il une chance qu'ils se remettent d'une chose pareille ? Et était-ce pathétique qu'une part de lui veuille encore d'elle, soit prête à l'écouter et à essayer de lui pardonner ?

— *Yessss !* Ah, le foot anglais… Il y a des chances que je passe la soirée là, fiston, plaisanta son père, enfin détendu maintenant qu'il avait trouvé une chaîne avec son sport préféré.

Sa mère disait de lui qu'il était prêt à regarder tout ce qui impliquait de taper, lancer, attraper ou courir après une balle, mais Aiden et elle n'étaient pas loin derrière. Cela étant dit, son père aimait lui rappeler que le jour le plus triste de sa vie avait été celui où Aiden avait choisi de se concentrer sur le basket plutôt que sur le foot. Sa mère, elle, prétendait que c'était le plus beau de la sienne. Même si elle aimait tous les sports, elle préférait largement l'idée de passer les prochaines années assise dans les gradins d'un gymnase plutôt que dehors, sous le soleil, en plein été.

Il s'apprêtait à reposer son téléphone et à regarder le match avec son père quand un nouveau message tinta. Zara.

Bienvenue à Vegas ! Comment ça se passe de ton côté ? Ici, ça va – enfin, j'ai l'impression. Mais mes parents sont KO – le décalage horaire –, alors je pense qu'on ferait mieux d'attendre demain pour leur faire la surprise. Ma sœur et moi, on va boire un coup tout à l'heure. Tu veux qu'on se retrouve pour fomenter notre plan ? Zx

Ce n'était pas une mauvaise idée. Sa mère n'aurait pas envie de traîner, ce soir, et il était hors de question qu'il visite les boîtes de Vegas avec son père. Tout ce qu'il s'apprêtait à faire ces prochains jours devait suivre un seul objectif : rendre ses deux parents heureux, sans en privilégier un, faire quoi que ce soit qui en agace un ou le fasse carrément se sentir exclu. C'était sûrement ça qu'on éprouvait quand on était parent. À cet instant, il avait l'impression d'avoir deux enfants auprès de qui il devait s'efforcer de ne montrer aucun favoritisme, même si l'un d'eux lui en voulait à mort et qu'il avait envie de mettre l'autre sur pause.

Mais tout serait différent, demain. Dès qu'ils retrouveraient leurs anciens amis, Aiden espérait que toutes ces rancœurs entre son père et sa mère disparaîtraient et qu'ils profiteraient enfin de chaque minute du reste de ce voyage.

Il se mit à taper une réponse.

Tout va bien ici. OK pour réunir nos vieux demain. Et carrément partant pour un verre ce soir. Dis-moi où et quand. Hâte de vous voir en vrai, toutes les deux. Ax.

16

Eileen

Ces quelques jours promettaient d'être les plus longs de sa vie. Eileen laissait la puissance des jets d'eau marteler son corps tout en se demandant encore ce qu'elle fichait là. Elle avait l'impression d'être dans l'une de ces émissions de téléréalité où on l'aurait éjectée sur une île avec son ex, et que sa seule chance de survie serait de se bouffer le bras.

Le pire, dans tout ça, c'était de savoir qu'elle ne vivrait pas le voyage entre mère et fils qu'Aiden lui avait promis. Elle avait été tellement impatiente, si décidée à lui faire oublier le désastre de son mariage en créant de nouveaux souvenirs… Combien d'autres occasions auraient-ils ? Même s'il arrivait à tout arranger avec Layla – scénario qu'Eileen ne soutenait aucunement –, il y avait peu de chances qu'ils invitent belle-maman pour une petite escapade glamour. Non, ça avait été son unique occasion de passer du temps seule avec son fils. Et elle s'était évaporée. Avait été sabotée par cet abruti auquel elle avait un jour été mariée.

Et évidemment, il avait fallu qu'Aiden choisisse Vegas. La seule ville qu'elle se serait volontiers passée de revisiter. Elle tourna la tête à droite, surprit son reflet dans le miroir et se demanda ce qu'elle dirait à la jeune femme de vingt-cinq ans qui avait été là toutes ces années plus tôt. En dehors de « Barre-toi tout de suite et ne te retourne pas, parce que tu t'apprêtes à faire la plus grosse erreur de ta vie. »

Parfois, elle voyait toujours cette jeune femme en elle. Ses cheveux blonds arboraient exactement la même teinte, mais celle-ci était aujourd'hui le résultat de passages réguliers chez le coiffeur pour mieux masquer le gris. Elle faisait également le même poids, ce pour quoi elle devait remercier Trevon, qui ne faisait preuve d'aucune pitié quand ils travaillaient ensemble. Ses seins étaient plus bas et ses fesses plus plates, mais avec un bon soutien-gorge et un jean moulant, elle pouvait remonter le temps – ce tout en chantant par cœur n'importe quel morceau de Cher, bien sûr. Être adolescente dans les années quatre-vingt avait eu beaucoup d'avantages, mais le monument qu'était Cher trônait définitivement dans le top dix, quelque part entre les épaulettes, le Malibu ananas et les joies de recevoir son premier walkman.

La vision du Malibu ananas fut comme un portail temporel qui la ramena aussitôt en arrière. C'était la boisson préférée de Brenda. Eileen avait pour sa part un penchant pour la vodka orange, avec un occasionnel vermouth limonade, pour varier un peu. Quand elles travaillaient au *Beat House*, Brenda amenait en douce des verres à Eileen, dans sa cabine, à l'entrée, et celle-ci les vidait avant que les portes ferment et qu'elle soit redéployée aux vestiaires pour aider ses collègues à rendre les manteaux, à la fin de la nuit. Après plusieurs des généreuses doses de Brenda, c'était un miracle que personne ne se soit jamais plaint d'être rentré chez lui avec le mauvais vêtement.

Brenda. Depuis combien de temps n'avait-elle pas pensé à elle ? Après leur dernier passage ici, Eileen l'avait sortie de force de sa tête, avait claqué et verrouillé le coffre de tous les souvenirs liés à elle et refusé de le rouvrir. À cette heure, elle était probablement assise dans son salon, en Écosse, entourée de ses petits-enfants, et jouissant de sa merveilleuse vie. Elle était sûrement toujours infirmière, car dès sa première année de travail, Brenda avait adoré ça, et tout le monde avait compris que c'était ce qui correspondait parfaitement à sa personnalité. Oui, Brenda était sans aucun doute heureuse. Comblée. Elle avait dû trouver le moyen de surmonter ces débuts houleux dans la vie et de réussir brillamment. Eileen espérait que c'était le cas, car *peut-être* cela prouverait qu'ils avaient tous pris les bonnes décisions à l'époque, même si ça n'avait pas été le sentiment général.

Elle sortit de la baignoire, se sécha, puis détacha ses cheveux, laissant ses vagues blondes tomber sur ses épaules. Sans même réfléchir, elle ouvrit sa bouteille de lotion Chanel n° 5 et s'en étala partout sur le corps. Gary lui avait offert cette crème chaque année pour Noël, car il savait que c'était sa préférée. Elle n'avait jamais présagé que son amour pour Chanel durerait plus longtemps que celui pour son mari.

Le corps hydraté, les dents lavées et le visage maquillé, elle enfila un jean et une chemise noire, puis glissa ses pieds dans des bottines noires Louboutin. C'était désormais une autre femme qui l'observait dans le miroir. Celle-ci était accomplie. Sexy. Confiante. Eileen ignorait si cela faisait d'elle une habilleuse particulièrement douée ou une impostrice.

Bien, il était temps d'y aller. Elle pouvait le faire.

Reste calme. Ne réponds pas à ses provocations. Ignore-le s'il se comporte comme un abruti. N'oublie pas pourquoi tu es là. Reste calme. Ne réponds pas à ses provocations. Ignore-le s'il se comporte comme un abruti. N'oublie pas pourquoi tu es là. Reste calme. Ne réponds pas à ses provocations...

Elle avait beau se répéter ce mantra en boucle, elle n'était pas sûre de tenir bon.

Et en effet, elle craqua dès l'instant où Gary siffla quand il ouvrit la porte et lança :

—T'es plutôt pas mal pour une vieille !

—Et toi, c'est incroyable que tu aies atteint cet âge sans gagner une once de sagesse ou de classe.

Ding, ding. Un point partout. Premier round terminé.

Eileen serra les dents et se rappela pourquoi ils étaient là. Pour Aiden. C'était important, à ses yeux, qu'ils s'entendent bien. *Fais en sorte que ça fonctionne, Eileen. Concentre-toi sur les points positifs.* Pour l'instant, le seul qui lui paraissait évident était le fait que son ex était canon. Chemise couleur charbon et pantalon noir, ses cheveux poivre et sel peignés en arrière pour mieux faire ressortir ses yeux d'un bleu perçant, et juste assez de barbe pour être sexy, mais pas négligé.

Elle retint son souffle et attendit de voir si son corps réagissait. C'était le problème, avec Gary Gregg. Vers la fin de leur mariage, lorsque l'impasse était plus que claire, son cerveau avait beau lui dire que c'était un enfoiré, son corps le trouvait toujours insupportablement attirant. Quand il se tourna pour rejoindre le fauteuil près de la fenêtre, elle le balaya de la tête aux pieds, et attendit une réponse interne de la part de ses zones érogènes. Non, rien du tout. De toute évidence, sa libido avait oublié de monter dans l'avion, à Charleston.

—Salut, maman. Tu es superbe ! lança Aiden en sortant de la salle de bains.

—Merci, mon fils. Alors, c'est quoi, la suite ?

Il s'assit au bord du lit et enfila ses chaussures noires. Avec son jean et son tee-shirt noirs également, la plupart des gens auraient du mal à deviner qu'il était avocat. Si Eileen le croisait dans la rue vêtu ainsi, elle opterait pour chanteur de country, ou petit frère de Tim McGraw[1]. Si seulement il avait continué les cours de guitare qu'elle lui avait offerts pour son dixième anniversaire.

—Je me suis dit qu'on pourrait descendre au *Jasmine* ? C'est le restaurant chinois de l'hôtel. Je n'en ai entendu que du bien, et je sais que tu adores manger asiatique.

Eileen ne pouvait pas contester. Elle avait grandi en Écosse et le petit plaisir du samedi soir avait toujours consisté en un passage au chinois du coin, où ils prenaient à emporter. Curry poulet. Riz collant. Rouleaux de printemps. C'était encore l'époque où ils ne faisaient pas de livraison, et de toute façon, sa mère n'aurait jamais voulu gâcher de l'argent en payant un supplément pour que quelqu'un leur apporte leur repas.

Une vague de tristesse inattendue effleura son cœur. Elle avait grandi juste avec sa mère, alors quand une anomalie cardiaque non diagnostiquée l'avait emportée beaucoup trop tôt, peu de temps avant qu'Eileen vienne à Vegas, elle se souvenait avoir été incapable d'expliquer comment elle se sentait. Aujourd'hui, elle savait que le bon mot était « sans repère ». Son ventre se nouait chaque fois qu'elle se disait qu'elle avait déjà vécu dix années de plus que sa mère, partie avant d'avoir pu aimer de nouveau, vivre l'aventure ou encore voyager pour connaître un lieu ne serait-ce qu'aussi beau que le hall d'entrée qu'Eileen traversait à cet instant.

Quand ils gagnèrent le restaurant, elle vit qu'il y avait du monde, mais pas au point d'étouffer. On les installa tout

1. Chanteur de country américain.

de suite, et bien sûr, ce couillon de Gary commanda une bouteille de champagne. C'était décidément plus fort que lui. Quand l'univers avait composé son code génétique, quelqu'un s'était laissé distraire et avait mis double dose d'hédonisme et de bling-bling.

Une fois le champagne servi, Gary proposa un toast.

—À nous. À notre premier dîner ensemble depuis… quoi, dix ans ?

—Et merci d'être venus, ajouta Aiden. Vous n'êtes pas trop mal, comme parents, en définitive…

Eileen leva son verre en riant, se rappelant une fois de plus qu'elle faisait ça pour son fils. Par ailleurs, tous ces posts Instagram de développement personnel disaient toujours que le lâcher-prise et le pardon étaient la clef pour mener une existence plus heureuse. Peut-être était-il temps de se débarrasser de toute cette rancœur et d'être plus douce.

—À nous, répéta-t-elle.

Si quelqu'un les avait observés d'une autre table, à cet instant, il aurait sans aucun doute vu une famille épanouie venue passer du bon temps à Vegas. Ou peut-être fêter un anniversaire. De mariage, qui sait ? Ou alors… Stop. Son cerveau fit machine arrière et vérifia cette pensée qui venait de s'insinuer sans rien demander.

—Tout va bien, maman ? Tu as l'air ailleurs.

Elle revint brutalement à la réalité.

—Oui, oui, c'est juste… balbutia-t-elle, troublée. Je viens de capter quel jour nous étions. Le 16 mai.

Au vu de l'expression parfaitement nonchalante de Gary, elle devina qu'il ne se souvenait pas. Devait-elle être surprise ? Après tout, c'était l'homme qui avait oublié leur anniversaire de mariage au cours d'au moins dix de leurs vingt années ensemble. D'ailleurs, le jour de leur dixième anniversaire de mariage, il était rentré tard, après une virée paintball improvisée avec ses potes, et n'avait pas compris pourquoi elle ne lui avait pas décroché un mot pendant une journée et demie.

—La dernière fois que nous sommes venus ici, nous avons atterri un 16 mai.

Gary réagit enfin, son curseur placé quelque part entre l'émerveillement et la perplexité.

—Ah bon ? Comment ça se fait que tu te souviennes de ça ?

—Parce que c'était précisément six mois après la mort de ma mère. Ça m'est toujours resté. Et ça fait donc…

—Exactement trente ans, termina-t-il pour elle.

Elle n'aurait pas été plus surprise s'il avait parlé en cantonais. Il se souvenait de la date de la mort de sa mère. Personne d'autre dans ce monde n'aurait pu le savoir. Pour Eileen, qui n'avait pas d'autre famille et aucun ami de sa jeunesse, ce fut comme un coup au cœur. Quelqu'un la connaissait. Elle, tout entière. Son histoire. Elle était seule, totalement indépendante et menant ses propres combats depuis si longtemps qu'elle avait oublié ce que cela faisait d'avoir quelqu'un qui savait d'où vous veniez.

Et ce soir, ça avait de l'importance pour elle. Elle aurait été incapable de dire pourquoi. Mais c'était comme si un boulet venait de percuter le mur qu'elle avait érigé depuis leur divorce, juste assez pour faire tomber quelques briques, pour laisser passer un rai de lumière et étourdir temporairement sa rancœur et sa colère.

Suffisamment de briques étaient tombées pour qu'elle se détende, ce qui leur permit de passer les quelques heures suivantes à se régaler, à discuter de tout un tas de sujets parfaitement neutres, à rire et à se réjouir tout simplement de ce bon moment. C'était… génial. Familier. Presque un soulagement. Détester quelqu'un autant qu'elle avait haï Gary était épuisant, si bien que c'était agréable de suspendre les hostilités, ne serait-ce que pour un bref moment. Elle ne savait pas ce qu'il y avait dans ce champagne, mais elle allait en remonter une bouteille dans sa chambre. En revanche, les souvenirs de ces dix dernières années n'étant pas tout à fait effacés, elle la mettrait bien évidemment sur la note de Gary.

—Bon, veuillez m'excuser, messieurs, mais je vais aller me coucher, annonça-t-elle, et elle éprouva un mini-frisson de plaisir en voyant le front de son ex-mari trahir une pointe de déception.

—Oui, je crois que je vais faire pareil, commenta-t-il.

Encore une surprise. Elle aurait parié son dernier billet de cinq dollars qu'il sortirait une grosse partie de la nuit pour s'amuser comme un homme de la moitié de son âge.

—Et toi, fiston ? Tu montes aussi ?

—Non, pas encore, répondit Aiden. Je vais sûrement aller marcher. M'aérer la tête. Faire un peu d'exercice.

Cela faisait si longtemps qu'elle ne l'avait pas vu qu'elle faillit bien le rater. Le léger rougissement de ses joues. Le regard détourné presque imperceptible. Deux choses qui, quand il était plus jeune, laissaient entendre qu'il ne disait pas tout à fait la vérité.

Ils étaient à Vegas. Son ex-mari était là. Son fils cachait quelque chose, et elle repris ses esprits.

Elle ignorait totalement ce qu'Aiden mijotait, mais elle avait le désagréable pressentiment qu'elle allait bientôt le découvrir. Et si c'était de la même teneur que sa dernière surprise, elle préférait en toute honnêteté qu'il garde cela pour lui.

17

Zara

— J'ai vraiment besoin d'un verre, annonça Zara en gonflant les joues pour donner un effet dramatique qui ne lui ressemblait pas.

—Moi, j'ai besoin de toute une bouteille, renchérit Millie, poussant l'effet un cran plus haut, ce qui lui ressemblait tout à fait.

Zara était tellement perturbée qu'elle ne remarqua même pas la beauté du fauteuil rembourré couloir ivoire dans lequel elle venait de se laisser tomber, au *Chandelier Bar* du *Cosmopolitan Hotel.* Ce bar était apparu de nombreuses fois quand elle avait fait des recherches sur les meilleurs coins de la ville, et vu qu'il était situé juste en face du *Planet Hollywood* et à côté du *Bellagio*, il lui était paru comme l'endroit idéal pour retrouver Aiden.

Une serveuse qui aurait tout aussi bien pu sortir d'un défilé de mode se matérialisa à leurs côtés pour prendre leur commande, suspendant momentanément leur conversation.

Zara n'eut même pas à regarder le menu, étant donné qu'il n'y avait que deux options, la concernant : un gin-tonic ou un verre de prosecco. Ses goûts en matière d'alcool n'allaient pas plus loin. Ce soir, les circonstances la poussèrent à réduire son choix au plus fort.

—Je vais prendre un gin-tonic, s'il vous plaît.

—Et moi, un Whisky Business, dit Millie en lisant le menu.

—C'est quoi, ce truc ? l'interrogea Zara, curieuse.

L'accent traînant de la serveuse rendit sa réponse juste parfaite.

—Un doigt de bourbon amer, de l'Amaro Meletti – une liqueur aux notes de caramel et de chocolat –, et du sirop Old Time Rock'n'Roll.

—Waouh ! s'exclama Zara. Avec un truc pareil, soit je sombre, soit je termine à l'hôpital pour un lavage d'estomac. Oubliez le gin et donnez-moi la même chose, s'il vous plaît.

—J'ignore qui vous êtes, mais je vous aime beaucoup plus que ma sœur habituelle, décida Millie.

Zara fit une fausse mine méprisante et s'enfonça dans son fauteuil pour soupirer et tenter de ramener les battements de son cœur à un rythme normal, ce qui n'avait rien d'évident dans la robe étriquée que Millie avait tenu à lui prêter ce soir. Elle était rouge vif, n'était pas timide sur le décolleté, la moulait comme de la glue des hanches au bas des fesses, et la faisait marcher comme Robocop parce qu'elle lui serrait les jambes jusqu'à mi-mollet. Zara ne comprenait pas comment Millie parvenait à porter des fringues pareilles toute une nuit. Elle ne l'avait pour sa part enfilée qu'après le dîner, et son système cardiovasculaire était en pleine protestation.

Par chance, elle avait un sujet de choix pour oublier cet affolant manque d'oxygène.

—C'est moi, ou cette soirée était la plus bizarre qu'on ait jamais vécue ? lança-t-elle, même si elle connaissait déjà la réponse de Millie.

—Carrément. Et pourtant, j'ai un jour dîné avec un type qui portait un masque SM et qui m'a confié que son mot de sécurité était « mayonnaise aillée ».

—Ça fait deux mots, fit remarquer Zara.

—Exactement ! Chelou, non ? confirma Millie avec un sourire espiègle.

La serveuse réapparut avec leurs verres, et Zara en vida une bonne phalange cul sec.

Millie la dévisagea, sidérée.

—Ouais, je vous préfère définitivement à mon autre sœur, qui s'appelle Zara, elle aussi.

—Ne me juge pas. Je ne sais plus quoi penser de tout ça. Je… je ne sais même pas par quoi commencer.

—Le gilet. Commençons par le gilet, suggéra Millie. Et oui, je sais que c'est superficiel, alors tu peux me juger comme tu veux.

Zara aurait normalement gratifié sa sœur du discours « ne pas juger les gens parce qu'on ignore ce qu'ils traversent », mais ça n'avait pas vraiment de sens ici, étant donné que la seule chose que ses parents traversaient était un voyage tous frais payés à Las Vegas. Et pourtant, sa mère avait célébré cela en se pointant au restaurant affublée d'un gilet qu'elle aurait porté pour sortir promener le chien. S'ils avaient un chien, cela va sans dire. Leur golden retriever adoré était mort il y avait plus ou moins cinq ans. Peut-être leur mère avait-elle conservé précieusement ce gilet…

—Bon, pour sa défense, on ne lui avait pas dit où on allait avant de partir de chez nous, ce matin. Punaise, c'était seulement ce matin ? J'ai l'impression que ça fait déjà une semaine. Mais le truc, c'est qu'elle savait qu'on se rendait dans un endroit sympa, et je lui avais suggéré de prendre quelques tenues chics. On dirait qu'elle n'en a rien à faire.

—Ça l'aurait tuée de mettre un peu de rouge à lèvres, franchement ? Ou un coup de fard à joues, je ne sais pas, moi !

Zara décida d'ignorer cela, résistant naturellement à toute critique basée sur l'apparence d'une femme, même si Millie avait raison. C'était toutefois de loin l'élément le moins étrange de cette soirée. Ce sentiment était dû à ses deux parents, pour leur performance en tant que couple qui ne pouvait clairement plus se blairer. Quand était-ce arrivé ? Certes, cela faisait deux petits mois qu'ils ne s'étaient pas retrouvés tous ensemble pour un dîner familial, mais le changement était si palpable que seules trois explications lui venaient à l'esprit. Soit ils faisaient mine que tout allait bien avant, soit ils s'étaient disputés aujourd'hui, soit…

—Tu crois que maman aurait découvert que papa est un tueur en série, ou un truc du genre ? lança Millie en ajustant le col de sa mini-robe rose aux épaules dénudées.

—Ça n'est pas ce qui m'est de prime abord venu en tête, mais tu tiens peut-être quelque chose. J'ai le sentiment que… commença Zara avant de chercher les bons mots. Jusqu'ici, ça ne se passe pas du tout comme je l'aurais imaginé. Je m'attendais sincèrement à ce que maman soit folle de joie. Je pensais qu'on allait la souffler, mais je ne l'ai jamais vue aussi blasée. C'est moi qui surréagis ? Et oui, je saisis l'ironie de cette question, étant donné que tu es incapable de *sous*-réagir depuis l'école primaire.

Malgré ses interrogations, Zara savait qu'elle ne se montait pas la tête. Sa mère s'était vraiment pointée à *P.F. Chang's*, le restaurant asiatique du rez-de-chaussée du *Planet Hollywood*, en pantalon et en gilet. Elle s'était vraiment forcée pour s'arracher un sourire. Ses yeux étaient rouges et elle avait joué avec sa nourriture sans manger plus que deux ou trois bouchées. Elle avait à peine parlé, même si Millie et Zara avaient tenté d'amorcer une bonne dizaine de conversations différentes. Et pour la première fois de sa vie, tout du moins dans les souvenirs de ses filles, elle n'avait pas jeté un seul regard à leur père, de leur arrivée jusqu'au moment où elle avait déclaré être fatiguée et était remontée se coucher, laissant leur père avaler la fin de son bœuf au brocoli et lui emboîter le pas dix minutes plus tard. C'était étrange. Leurs parents ne se disputaient jamais. Ils ne se comportaient jamais bizarrement. S'il arrivait à leur mère d'être agacée par leur père, elle ne le montrait jamais. Elle était toujours… maman. Heureuse. Calme. Fiable. Maman.

Zara n'eut pas le temps de creuser plus longuement, car elle entendit soudain un « Oh putain, c'est lui ? » de sa sœur, lâché tout bas.

Elle leva les yeux et nota que les pouvoirs d'observation de Millie tapaient, comme d'habitude, en plein dans le mille.

C'était en effet Aiden Gregg, et la pointe de surprise dans la voix de sa sœur était justifiée. Ils avaient échangé deux ou trois fois sur FaceTime, si bien qu'elles savaient toutes les deux à quoi il ressemblait – brun, yeux verts, ce petit côté américain bon chic bon genre, ce qui devait être une influence environnementale, car ses deux parents étaient écossais. Toutefois, le voir en chair et en os, c'était autre chose. Pour commencer, Zara ne s'était pas rendu compte qu'il était si grand. Il dépassait le mètre quatre-vingts. Et ses épaules étaient d'une largeur ! Il portait un jean noir et un tee-shirt noir au col en V tout simples, mais il affichait une démarche qui débordait de confiance et, maintenant qu'il les avait vues, un sourire qu'il était bien trop facile d'admirer.

Sentiment de toute évidence partagé par la serveuse, qui était de nouveau à leurs côtés pour prendre sa commande. Ils avaient déjà échangé quelques politesses quand elle fut de retour avec son whisky-Coca ainsi que deux nouveaux cocktails pour Zara et Millie. Zara ne se souvenait plus de ce qu'il contenait, mais c'était clairement très fort, parce qu'elle commençait déjà à avoir la tête qui tournait.

—On ne te remerciera jamais assez d'avoir fait ça, dit-elle à Aiden tout en levant son verre et en parvenant Dieu sait comment à rater sa bouche.

Waouh. Ce cocktail était encore plus fort que ce qu'elle pensait. Quelques gouttes tombèrent sur ses genoux ; elle les chassa d'un geste discret en espérant ne pas s'être fait repérer.

—Ce n'est pas grand-chose, je vous assure. À vrai dire, c'est moi qui devrais vous remercier. Ce soir, c'est la première fois depuis la fac que j'ai réussi à manger avec mes deux parents. J'ai choisi le restaurant chinois, histoire qu'il n'y ait pas de couteau pointu à table, mais à mon grand étonnement, ça s'est plutôt très bien passé.

—Nous aussi, on a mangé chinois, mais ce n'était pas un franc succès, commenta Zara avant de se taire, horrifiée d'avoir admis cela à un parfait étranger, alors elle s'empressa de trouver une excuse. Je pense juste que c'est le décalage horaire qui les a flingués… Bon, revenons-en à tes parents. Ils ne sont donc pas restés amis, après le divorce ?

—Si seulement… dit-il en secouant la tête. Je ne pourrais pas avoir pire publicité pour mon métier. Je passe mes journées à répéter à mes clients qu'ils devraient faire en sorte d'avancer de manière positive, et avec courtoisie, pendant que mes parents ne peuvent pas se voir en peinture. Je vous jure, j'ai eu l'impression de vivre un vrai miracle, ce soir.

Zara envisagea une nouvelle fois de s'épancher sur le fait qu'elles avaient pour leur part vécu l'expérience opposée, mais elle ne se sentait pas suffisamment à l'aise pour parler de la vie privée de ses parents devant quelqu'un qu'elle connaissait à peine, même quelqu'un qui avait parcouru des milliers de kilomètres pour les rencontrer. Ils passèrent donc les heures suivantes à échanger des anecdotes, à comparer leurs enfances si différentes.

—Je n'arrive pas à croire que tu n'aies pas de doudoune ! lança Zara à un moment donné. Tu ne peux pas revendiquer un quelconque héritage écossais, peu importe ce que dit ton ADN.

Chaque fois qu'il riait, elle voyait la perfection de son sourire immaculé. Cet homme avait de toute évidence fréquenté un cabinet d'orthodontiste, un jour dans sa vie.

—Tes parents t'ont déjà parlé des nôtres, ou du moment qu'ils ont passé ensemble ici ? l'interrogea-t-elle alors.

—Non, jamais. Mais bon, c'était il y a si longtemps... Mon père est revenu pour quelques conférences, mais je ne savais même pas que ma mère avait déjà mis les pieds à Vegas. Je n'y avais pas fait attention avant, mais toute cette histoire m'a fait prendre conscience que je ne l'ai jamais vraiment entendue parler de son passé. Je sais qu'elle n'a plus de famille en Écosse, mais je n'ai jamais pensé à l'interroger sur d'éventuels amis.

—Notre mère a gardé tout ça pour elle aussi. Je n'arrive pas à l'imaginer ici, et encore moins s'y marier. Elle est plus du genre « service matinal dans une petite église de campagne », tu vois ? J'ai parfois du mal à me dire que nous avons des gènes en commun, sourit Millie en se penchant sur sa chaise.

Zara percevait les signes. Sa sœur coinçait ses cheveux derrière ses oreilles sans jamais lâcher Aiden du regard, intervenant toujours de manière à le faire rire. Oui, elle avait craqué. Ce pauvre garçon ne savait pas ce qui l'attendait, mais Zara n'avait aucune envie de tenir la chandelle plus longtemps. Elle avait besoin de dormir, et peut-être Kev répondrait-il, cette fois, quand elle l'appellerait. Et non, il était hors de question qu'elle compare l'existence de Millie, flirtant dans un hôtel cinq étoiles de Vegas avec un homme absolument sublime, qui était intéressant, charmant et d'excellente compagnie, au fait que Kev avait porté le même jean usé ces quinze derniers jours et qu'ils avaient passé une heure, ce week-end, à se demander s'il fallait risquer de réchauffer au micro-ondes un plat de poulet périmé d'un jour, ou s'il valait mieux choisir l'option grand luxe et mettre une margherita dans le four.

Elle fit ce combo étirement-sourire que les gens exécutaient quand ils s'apprêtaient à lever l'ancre.

—Désolée, mais la petite nature que je suis va vous abandonner. Je passe payer au comptoir et…

—Non, c'est moi qui invite. J'insiste, intervint Aiden.

Zara hésita un instant.

—Bon, d'accord, mais demain, c'est nous qui payons le déjeuner, et je ne veux pas t'entendre discuter : le manque de sommeil peut faire de moi une vraie harpie, et sache que tu n'obtiendras pas gain de cause.

Aiden éclata de rire.

—Je n'ai pas envie de m'y frotter, en effet. Laisse-nous au moins te ramener à ton hôtel.

Zara déclina une seconde fois, avec douceur, mais avec fermeté.

—Il est juste en face, et entre nous, ce n'est pas pire que Sauchiehall Street un samedi soir. Oh, tu ne sais sûrement pas ce que c'est, ni où… Quelle nunuche ! C'est l'une des artères principales de Glasgow, et elle est tout le temps bondée – ce qui est juste une manière de parler.

Mais qu'est-ce qui lui prenait ? Ces satanés cocktails lui faisaient dire n'importe quoi.

Par chance, Aiden ne remarqua pas que ses joues venaient d'emprunter la couleur de sa robe, car il se levait déjà pour lui souhaiter bonne nuit.

Zara étreignit sa sœur, et quand elle fut assez proche pour que seule Millie puisse l'entendre, elle murmura :

—Je t'en prie.

La façon dont sa sœur lui pressa la main voulait tout dire. Millie était à fond.

Zara tendit alors les bras à Aiden. Elle n'était pas du genre à être tactile avec des gens qu'elle venait tout juste de rencontrer, mais cette fois, cela lui parut parfaitement normal.

—Bon, on se retrouve demain midi au restaurant *Lago* du *Bellagio*. Je suis tout excitée ! J'ai tellement hâte de voir leur réaction… Ce sera la surprise du siècle !

Cette pensée, aidée par l'effervescence de tous ces cocktails, lui fit traverser la rue avec un immense sourire aux lèvres.

Ce voyage n'avait jusqu'ici pas provoqué le bonheur et l'excitation qu'elle avait espérés, mais demain, tout serait différent. Ses parents allaient revoir leurs anciens amis, et rien ne viendrait gâcher ce moment.

Seul le coup de klaxon d'un taxi l'alerta qu'elle était peut-être en train de rêvasser.

18

Brenda

17 mai – deux jours avant l'anniversaire

— Room service !

La voix derrière la porte tira Brenda du sommeil, et il lui fallut une petite minute pour voir à travers le brouillard et se souvenir d'où elle était. Vegas. Oui, c'était bien ça. Hier, elle s'était réveillée dans sa maison mitoyenne de Glasgow, et aujourd'hui, elle se réveillait à l'autre bout du monde. C'était la chose la plus inattendue qui lui était arrivée dans sa vie. Ou du moins, depuis la dernière fois qu'elle avait mis les pieds ici.

Son subconscient partageait de toute évidence cet avis, car elle avait passé la nuit entière à s'agiter, hantée par un rêve qui lui avait paru si réel qu'à un moment donné, elle s'était réveillée le cœur cavalant. C'était il y avait trente ans. Elle était ici, dans cette ville. Excitée. Heureuse. Colin était là, lui aussi. Et Gary, et Eileen. Ils étaient dans une boîte de nuit, à quelques pas du Strip[1]. Ils avaient été séparés, et Brenda cherchait frénétiquement son amie. Elle ne la trouvait pas. La panique prit le dessus. Elle songea qu'Eileen s'était peut-être sentie mal et était retournée à l'hôtel. Brenda repartit en courant pour s'assurer que son

1. Artère principale de Vegas.

amie allait bien… Et c'était là qu'elle s'était réveillée, le cœur lui martelant les côtes, et transpirant tellement qu'elle avait dû lancer l'air conditionné.

Évidemment, Colin avait grogné : il aurait à tous les coups le nez pris, le lendemain. Au vu des ronflements qui parvenaient à Brenda, de l'autre côté du lit, il ne semblait pas s'être trompé. Elle aurait voulu le secouer, le faire rouler sur le flanc, mais elle avait peur que cela le réveille de nouveau, et qu'elle soit confrontée à la possibilité de devoir lui parler. Ce n'était pas un risque qu'elle avait envie de prendre. Pas encore. Pas quand il semblait tout bonnement incapable d'entendre ce qu'elle disait.

Un coup sourd à la porte et un nouveau « Room service ! » lui rappelèrent ce qui l'avait tirée du sommeil.

Brenda s'arracha des couvertures et gagna la porte, s'efforçant de ne pas crier quand elle se cogna l'orteil contre le pied du lit. Il aurait été judicieux d'allumer avant de bouger… Les épais rideaux plongeaient la pièce dans l'obscurité la plus totale. Elle ne songea même pas à se demander qui avait appelé le room service.

Elle avait à peine ouvert la porte que Zara et Millie plongèrent à l'intérieur. Millie alluma, et Brenda vit que Zara était chargée d'un plateau rempli de tasses de café et de pâtisseries.

—Bonjour, maman ! gazouilla celle-ci en parvenant au passage à déposer un baiser sur sa joue. C'est l'heure de se lever. On a des projets, aujourd'hui ! Tout un tas de projets !

Même si elle n'avait qu'une seule envie : retourner au lit et se cacher sous les couvertures – de préférence sans le mari qui ronfle à côté –, Brenda ne put se retenir de rire. Elle aimait passionnément ses filles, et leur enthousiasme était contagieux.

Des projets. Voilà un mot qu'elle aimait. Plus ils s'occuperaient, plus vite le temps passerait, et moins elle aurait à vivre de moments de gêne auprès de son mari, ou de désespoir seule, à se demander ce qu'elle ferait de sa vie une fois rentrée.

Millie gagna la fenêtre et ouvrit les rideaux en grand, laissant la lumière du jour inonder la chambre. Dans le lit, Colin poussa un grognement, tandis que Brenda se retrouvait momentanément aveuglée.

—Il est quelle heure ?

—Dix heures, maman ! Il est temps de s'activer. Ou au moins de prendre un café et un donut. Celui au sirop d'érable est pour moi. J'ai besoin de soigner ma gueule de bois.

Maintenant que sa vision se faisait plus nette, Brenda vit que Millie s'était laissée tomber dans le fauteuil, près de la fenêtre, arborant toujours le maquillage de la veille, et que ses cheveux étaient proches en taille et en forme des boules topiaires qu'elle avait achetées chez *B&M* pour encadrer sa porte d'entrée.

Elle saisit la tasse de café que Zara lui tendait et rejoignit Millie pour s'installer sur le fauteuil jumeau, de l'autre côté de la petite table bistro qui se dressait entre elles. Colin parvint enfin à ouvrir un œil et se redressa péniblement, pour être récompensé par un grand cappuccino et un chausson aux pommes.

—Bonjour, mes chéries, croassa-t-il. Désolé, j'ai le nez un peu pris, ce matin.

Évidemment, il fallait qu'il fasse une réflexion au sujet de l'air conditionné… Ou peut-être n'était-ce qu'un simple constat, mais pourquoi tout ce qu'il faisait et disait l'agaçait à ce point, maintenant ? Elle n'en pouvait plus.

Cette pensée invoqua aussitôt une vague de remords. Pourquoi était-elle si mauvaise avec lui ? Cela ne lui ressemblait pas. C'était comme hier. Sa manière de se comporter au restaurant… ce n'était pas elle. Nouveau pincement de regret. Elle avait été horrible. Elle avait à peine touché à son assiette. Cette situation était tellement… trop pour elle, qu'elle avait l'impression d'étouffer, et elle n'avait pas eu la force de prendre sur elle. Mais il fallait que ça change. Ce matin, elle était profondément agacée par ses jérémiades. Ses inquiétudes. Cette façon dont son cerveau tournait en boucle. Aujourd'hui, elle allait se ressaisir. Le sourire aux lèvres. La positive attitude. Rien ne viendrait gâcher ce moment passé avec ses filles.

Colin but une gorgée de café puis se leva pour aller à la salle de bains.

—Je vais prendre une petite douche, histoire de me réveiller.

À la maison, il serait déjà dans le jardin, à tailler, arroser, ou simplement à contempler son royaume, prévoyant la prochaine tâche.

Fidèle à son habitude, Millie décida de ne pas tourner plus longtemps autour du pot.

—Bon, maman, d'abord : est-ce que ça va ? Vous vous êtes disputés, papa et toi ? Tu étais toute triste, hier soir, et ma gueule de bois ne supporte pas ce suspense émotionnel.

—Je vais bien, ma chérie, et je suis vraiment désolée pour hier soir. Le décalage horaire, la fatigue… je n'étais pas moi-même. Je me sens beaucoup mieux aujourd'hui. Alors, je vous écoute : qu'est-ce que vous attendez de moi ?

Zara prit cela pour la permission d'ouvrir son sac à dos et de poser tout un tas d'articles de toilette sur le bureau.

—Session pomponnage. Voilà ce qui est prévu ce matin. Ensuite, on vous embarque pour un déjeuner spécial. On a à peu près une heure pour se préparer. Tu veux te doucher avant qu'on se lance ?

—Non, ça ira : j'ai pris un long bain hier soir avant d'aller dîner, puis un autre quand nous sommes rentrés.

Elle n'ajouta pas qu'elle avait opté pour ce deuxième bain uniquement afin que Colin s'endorme avant elle, ou qu'elle en avait pris un troisième en plein milieu de la nuit, entre deux rêves agités.

—Bien, je suis tout à vous, alors. Faites ce que vous avez à faire.

Le pouce de Zara se balada sur son téléphone, et Michael Bublé fut soudain dans la pièce avec elles. Oooh, c'était le chanteur préféré de Brenda. Le son de sa voix, l'effet apaisant du petit déjeuner, les bavardages de ses filles… En quelques minutes seulement, elle s'était détendue et commençait même à sérieusement apprécier ce moment. Elle ferma les yeux tandis que Zara pulvérisait ses cheveux d'une espèce d'huile à la noix de coco, puis les rouvrit quand elle la sentit y enrouler de gros bigoudis. Pendant ce temps, Millie se récurait le visage avec des lingettes démaquillantes.

—Vous êtes restées tard au restaurant, ou vous êtes sorties ? les interrogea-t-elle, curieuse d'entendre ce qu'elles avaient fait.

Deux jeunes femmes, dans une ville étrangère – elles méritaient bien de s'amuser un peu. Ses filles échangèrent un regard que Brenda connaissait bien. C'était celui qui signifiait « Réponds à la question, mais ne lui dis pas tout, parce qu'on va avoir des problèmes. » Elles le maîtrisaient depuis qu'elles étaient toutes petites, quand il fallait éviter de se faire gronder pour les deux tartines de confiture qui traînaient dans le panier du chien.

—On est allées au bar du *Cosmopolitan Hotel*, en face. Il est magnifique, maman. Tu vas adorer. Ce lieu est clairement sur la liste des choses à voir, répondit Zara, trop occupée à enrouler une nouvelle mèche de ses cheveux pour la regarder dans les yeux.

La gueule de bois et l'attitude fuyante de Millie, ainsi que la ferveur de Zara, étaient les signes définitifs que l'une ou l'autre – ou les deux – lui cachait quelque chose, mais elle décida de ne pas paraître méfiante.

—Super. Vous avez rencontré des gens sympas ?

Un nouveau regard conspirateur traversa la pièce. Donc, elle avait visé juste.

—Je sais exactement ce qu'il s'est passé, déclara-t-elle alors en riant.

À côté d'elle, Zara se figea, et Millie arrêta de se tartiner le visage de crème.

—Ah bon ?

—Tout à fait. Vous êtes allées boire un verre innocent entre frangines, puis toi, Millie, tu as repéré un type charmant et tu as disparu en boîte, pendant que toi, Zara, tu es rentrée à l'hôtel pour appeler Kev.

Son aînée éclata aussitôt de rire.

—Tu es décidément trop forte, maman.

Elles échangèrent un autre regard, mais cette fois, c'était un regard que Brenda ne connaissait pas. Il allait falloir qu'elle potasse un peu.

—Tu as presque raison, admit Millie, qui était passée à l'anticernes pour masquer les traces noires sous ses yeux. Sauf qu'il n'y a pas eu de boîte de nuit. J'ai juste rencontré un type de Caroline du Sud, et on a discuté une heure ou deux avant qu'il me raccompagne comme un parfait gentleman jusqu'à l'accueil de l'hôtel, puis il est rentré dormir dans le sien.

—Il a l'air charmant, commenta Brenda. Et tu vas le revoir ?

Millie et Zara hochèrent toutes les deux la tête, mais ce fut Millie qui répondit :

—Quelque chose me dit que oui.

Brenda nota son sourire niais et ses yeux brillants : cela ne faisait aucun doute, sa fille avait craqué. Elle était contente pour elle. Non pas qu'elle pense qu'il était temps pour Millie de se poser, mais sa benjamine aimait brûler la chandelle par les deux bouts.

—Et tu as presque raison pour Kev, reprit Zara. Je l'ai en effet appelé, mais nous n'avons pas vraiment discuté, parce qu'il venait de se réveiller et qu'il n'est pas du matin. J'essaierai de le rappeler plus tard.

Brenda se garda de tout commentaire, comme elle le faisait depuis des années concernant ces deux-là. Kev était un gentil garçon, c'était certain. Mais parfois, elle avait peur que Zara se réveille un matin en se demandant pourquoi elle avait passé toute sa vie avec un seul homme, qui n'était, par ailleurs, pas le plus intéressant. Cela ressemblait tellement à la relation qu'elle avait avec Colin que Brenda avait la peur latente d'être responsable de cette situation. Avait-elle appris à ses filles qu'un mariage réussi se devait d'être fadasse ? Était-ce ce que recherchait Zara et ce que fuyait Millie ?

Elle n'eut pas le temps d'y réfléchir davantage, car derrière elle, Colin sortit de la salle de bains vêtu d'un peignoir blanc duveteux.

—Je peux recevoir mes ordres, s'il vous plaît ? J'ai besoin du dress code et du délai, dit-il en entrant à son tour dans la danse.

Elle avait beau s'en plaindre beaucoup en ce moment, Brenda ne pouvait lui reprocher sa bonne humeur générale et son cœur de père aimant. Il avait toujours été le roc silencieux de leur duo, la laissant gérer l'éducation de leurs filles en première ligne, mais il était là quand c'était important, il les aimait, et elles savaient qu'elles pourraient toujours compter sur lui. Et Brenda voyait bien que cet amour lui était rendu fois mille.

—Je te trouve très bien comme ça, papa, commenta Millie en le scannant du regard. Moi, j'opte pour le peignoir !

—Je pensais exactement la même chose, répliqua-t-il en ricanant.

—Ou alors, on part sur du *smart casual*, quelque chose d'élégant pour un déjeuner dans un hôtel chic, suggéra Zara.

—Bon, j'imagine que le peignoir finirait par être un peu trop chaud, avec un temps pareil, concéda Colin, puis il attrapa quelques affaires dans l'armoire et repartit dans la salle de bains se changer.

Brenda entendit le bruit de son rasoir électrique, et quelques instants plus tard, il réapparut vêtu d'un élégant chino bleu marine et d'un polo blanc. Après le jardinage, son deuxième amour était le golf, si bien qu'il s'habillait toujours comme s'il s'apprêtait à entamer une partie.

—Waouh, matez-moi un peu ce canon ! le taquina Millie.

Elle n'avait déjà plus rien à voir avec la femme qui était entrée ici une heure plus tôt. Son maquillage fatigué avait disparu, remplacé par un visage plus naturel qui lui avait demandé autant de temps à composer, mais lui donnait un air plus tonique, plus jeune, et la faisait ressembler davantage à sa sœur qui, comme aujourd'hui, portait rarement plus qu'une touche de mascara et un peu de gloss.

—Tu es très beau, papa, confirma Zara, qui eut droit à un sourire timide de sa part.

—Merci, les filles. Je vais juste descendre prendre un peu l'air. Je vous attends devant l'entrée, d'accord ?

Vingt minutes plus tard, Brenda, Zara et Millie le retrouvèrent dehors. S'il remarqua le changement physique de sa femme, il ne fit aucun commentaire, mais Brenda s'en fichait bien. Zara avait fait des merveilles. Son carré tout bouclé, qui passait la majorité de sa vie tiré en un chignon pour le travail, était noué en une demie-queue pour laisser le reste tomber de chaque côté de son visage. Ses paupières étaient recouvertes d'un léger gris fumé – juste de quoi les faire ressortir, avec ses lèvres dénuées de tout maquillage. Et sans qu'elle sache quel miracle avait été accompli, elle avait l'impression d'avoir des pommettes pour la première fois depuis ses vingt ans. Les filles avaient également choisi sa tenue – une simple robe droite bleu pâle qu'elles avaient accessoirisée de l'une des longues chaînes en or de Millie et de petits anneaux dorés eux aussi. Pour une femme qui passait le plus gros de son temps en blouse ou en pantalon large, à se sentir mal fagotée, fatiguée et tout sauf attirante, c'était une véritable révélation. Cela faisait des années qu'elle ne s'était pas trouvée aussi jolie.

Une petite voix dans sa tête intervint pour exprimer son regret de ne pas avoir perdu les dix kilos que le gavage émotionnel de ces derniers mois avait ajoutés sur ses hanches. Elle bloqua aussitôt cette pensée. Pas aujourd'hui. Aujourd'hui, pour la première fois depuis elle ignorait quand, elle se sentirait bien dans sa peau.

—Dites-moi que nous n'avons pas à aller loin, parce que cette chaleur risque de faire couler mon maquillage en un rien de temps, et je n'ai pas envie de voir ton talent gâché, Zara.

—Non, non, ce n'est pas loin. Nous avons juste à traverser la rue, à vrai dire.

Brenda sentit son excitation accroître. Le *Bellagio.* Cet hôtel était stupéfiant, et la dernière fois qu'elle était venue ici, elle se souvenait s'être tenue tout près, le regard vissé sur la façade, convaincue qu'un jour, elle aurait les moyens de s'y offrir un cocktail. Ce jour était enfin arrivé, et en bonus, elle était là avec ses deux merveilleuses filles. Le bonheur absolu.

Ils traversèrent, puis montèrent deux par deux – Millie et Colin devant, Zara et Brenda derrière – la légère pente menant à l'entrée, et pénétrèrent dans l'hôtel sans avoir, par chance, trop eu le temps de transpirer.

Brenda ne savait plus où diriger le regard tandis que Zara demandait de l'aide au concierge, avant de les guider vers un restaurant superbement opulent. Il était sublime. Somptueux. Décadent. Oh, qu'elle avait hâte de tout raconter à Bernadette !

—Nous avons réservé une table au nom de Zara Jones.

Le maître d'hôtel balaya son écran des yeux.

—Oui, suivez-moi, je vous en prie. Vos invités sont déjà là.

Brenda tiqua légèrement. Leurs invités ? Finalement, peut-être rencontreraient-ils le coup de cœur de Millie plus tôt que prévu ?

Ses filles étaient désormais devant, et Colin à ses côtés. Brenda observait toujours les lieux, s'abreuvant de chaque détail, admirant les énormes fenêtres qui donnaient sur les fontaines et sur le Strip, jusqu'à ce que plusieurs choses se passent en même temps.

Le maître d'hôtel s'arrêta à une table calée dans un coin.

Les fossettes de Millie explosèrent alors qu'elle annonçait :

—Maman, papa, je vous présente Aiden.

Puis Zara ajouta, toute mielleuse :

—Et je pense que vous connaissez déjà ses parents.

Là, pile après cette accumulation d'événements, Brenda sentit son ventre se nouer et son cœur s'arrêter quand elle se rendit compte qu'elle était nez à nez avec Gary Gregg et Eileen Smith – les deux seuls individus sur la planète qu'elle détestait viscéralement.

19

Aiden

Les yeux d'Aiden observaient ce qu'il se passait, mais son cerveau avait du mal à enregistrer. C'était presque comme une répétition émotionnelle de son « mariage ». L'anticipation. La joie. La conviction absolue que vous faisiez quelque chose de merveilleux qui réjouirait votre famille et rendrait tout le monde heureux… pour que tout se transforme finalement en un affreux enchaînement de développements inattendus.

Il voyait bien que Zara et Millie les observaient avec la même confusion, en particulier quand, comme lui, elles virent le regard noir de leur mère passer de Gary à Eileen, sa mâchoire tomber, et ses poings… Bon sang, ses poings étaient tout serrés. Et elle n'avait pas l'air d'être le genre de femme à serrer les poings de colère par simple habitude.

Sa mère à lui la dévisageait également, mais il y avait quelque chose dans son expression qu'il était incapable de reconnaître. De l'horreur ? De la consternation ? Non, c'était autre chose. De la gêne ? Mais pourquoi ?

Quant aux hommes, le père de Zara donnait l'impression qu'il aurait préféré être n'importe où sauf ici, et son père à lui avait gonflé le torse, comme il le faisait chaque fois qu'il sentait une situation désagréable pointer le bout de son nez et qu'il se préparait à l'offensive. On aurait dit la rencontre de deux gangs rivaux, mais avec moins d'armes et plus de serviettes estampillées *Bellagio* pour essuyer le sang.

Que se passait-il ? C'était censé être des retrouvailles joyeuses entre quatre vieux amis. Qu'avaient-ils raté ?

Zara fut la première à retrouver sa voix, agissant comme n'importe qui l'aurait fait face à une situation qui ne se déroulait pas comme prévu. Aiden s'apprêtait à faire la même chose, mais elle le devança, ses mots exsudant d'incertitude et de questions tacites.

—Maman ? Papa ? Les parents d'Aiden sont…

—Je sais qui ils sont, lui assura sa mère. Bonjour, Gary. Eileen.

Merde. Elle avait l'apparence d'une gentille et jolie cinquantenaire bien dans sa peau, mais l'attitude d'une harpie.

Un serveur en costume approcha, perçut immédiatement la tension ambiante et poursuivit son chemin. L'atmosphère était si glaciale qu'Aiden regrettait presque de ne pas pouvoir le suivre.

—Bonjour, Brenda.

C'était sa mère à lui, cette fois, et elle avait l'air agacée. Mais ce n'était pas l'agacement de « ton père s'est encore pointé avec une jeunette ». C'était beaucoup plus fort que ça. Viscéral. C'était également la première fois que son père restait silencieux plus de trente secondes. Aiden avait été convaincu qu'il aurait déjà donné de grandes tapes dans le dos de ses amis, étreint tout le monde et commandé une bouteille de champagne. Mais non, il se contentait de fixer la mère de Zara, attendant que la prochaine phrase fuse, sans grand empressement toutefois.

Aiden croisa le regard de Zara, vit sa propre confusion se refléter dans son expression et décida que c'était à son tour d'essayer de comprendre. Pour la énième fois depuis plusieurs semaines, il se retrouvait dans une situation à laquelle sa formation et son expérience auraient dû le préparer, et pourtant, il ne savait pas du tout comment aborder le sujet. Il opta pour une approche prudente, histoire de tâter le terrain, de s'assurer qu'il recevait les bons signaux.

— Bon… On ne peut pas dire que c'est comme ça qu'on imaginait la chose…

Sa mère fit alors pivoter son regard assassin vers lui. Aïe. Y avait-il la moindre chance qu'une intervention divine frappe dans les cinq prochaines secondes pour leur faire oublier à tous cette situation catastrophique ? Pluie de météorites, invasion d'aliens… même le déclenchement de l'alarme incendie lui irait.

— Comment ça, « on » ? Tu es derrière tout ça, Aiden ? Comment connais-tu ces gens ? Je ne comprends pas.

Zara décida de venir à sa rescousse. Il s'était attendu à ce que ce soit Millie, étant donné qu'elle paraissait plus téméraire, plus fonceuse. Durant tous les appels vidéo qu'ils avaient échangés ces quinze derniers jours, Zara avait été drôle, attentionnée, chaleureuse, mais quand il les avait rencontrées hier, il s'était rendu compte que Millie était la plus fofolle des deux, la plus loquace, celle qui aimait danser jusqu'aux aurores. Elle lui rappelait son père. Cherchant toujours à faire la fête. À deux heures du matin, elle avait tenté de le traîner en boîte de nuit, et il passait un si bon moment qu'il avait failli céder. Il ne regrettait pas, finalement. Sans un tant soit peu de sommeil réparateur, il n'aurait pas survécu à cette situation.

Zara agissait donc toujours comme témoin de la défense.

—Euh… non, c'est moi qui ai prévu tout ça. J'ai embarqué Aiden, mais, comme il vient de le dire, nous ne nous attendions pas à…

—Tu t'attendais à quoi, Zara ? lui demanda sa mère d'un ton très calme.

Aiden nota que Millie restait en retrait, se contentant d'intégrer ce qui était en train de se passer.

—Je pensais… commença la jeune femme.

—*Nous*, intervint alors Millie. Nous pensions…

Aiden vit Zara inspirer un bon coup, jeter un regard reconnaissant à sa sœur puis, poussée par le besoin de s'expliquer, reprendre.

—Bien, tout d'abord, monsieur et madame Gregg, je suis Zara, et voici ma sœur, Millie. Nous sommes les filles de Colin et Brenda, et malgré l'étrangeté de ce moment, je suis ravie de faire votre connaissance.

—Ah, M. et Mme Gregg… donc vous vous êtes mariés. Quelle surprise… marmonna la mère de Zara.

Ses deux filles tournèrent brusquement la tête vers elle, incapables de masquer leur stupéfaction. Cette remarque ne lui ressemblait de toute évidence pas du tout.

—Brenda, laisse Zara nous dire… commença le père de celle-ci, mais il fut coupé par le regard noir de sa femme qui, Dieu merci, avait au moins desserré les poings.

Aiden, lui, évitait à tout prix de croiser le regard de sa mère, de peur d'y lire la menace d'être radié définitivement de la famille.

—Comme je l'ai dit, reprit Zara, tout ça est de mon initiative.

—*Notre* initiative, dit Millie en lui donnant un coup de coude solidaire.

—Oui, la nôtre. À Millie et moi. Aiden n'a absolument rien à voir avec ça, à part avoir accepté de suivre ce que nous pensions être une chouette surprise pour nos parents. Dans deux jours, ce sera leur trentième anniversaire de mariage, et je… *nous* pensions que ce serait génial de les ramener là où ils se sont unis.

—Vous vous êtes mariés *ici* ? Quand on est venus tous ensemble ? C'est une blague ?! Tu n'as pas perdu de temps, on dirait, Colin !

C'étaient les premiers mots que son père prononçait, mais Aiden n'y voyait pas plus clair que ces dix dernières minutes.

—C'est l'hôpital qui se fout de la charité, Gary, répliqua le père de Zara, et celle-ci ouvrit les yeux encore plus grand.

Le serveur tenta une seconde approche, se rendit compte que la situation ne s'était pas améliorée, et disparut de nouveau.

Que se passait-il, bon sang ? Ces gens se lançaient-ils des piques juste pour le plaisir ? Était-ce une caméra cachée ?

Zara continuait de creuser, comme si elle était en train de sombrer dans des sables mouvants et espérait finir par dire quelque chose qui pousserait quelqu'un à lui jeter une corde et à la sortir de là. Aiden, lui, était armé du gilet de sauvetage, mais il ignorait quel était le meilleur moment pour le lui lancer.

—Je vais reprendre depuis le début, annonça Zara, comme si cela allait changer quoi que ce soit à la situation – au moins cela leur permettrait-il de prendre le temps de comprendre ce qu'il se passait, peut-être. Il y a quelques mois, ma grand-mère est morte, et je regardais de vieilles photos chez elle, quand je suis tombée sur une qui avait été prise ici, en 1993.

La mère de Zara lâcha un hoquet de stupeur, mais elle ne dit rien, laissant sa fille poursuivre :

—Je pensais… à tort, de toute évidence… que vous étiez venus ensemble et que mes parents s'étaient mariés sur une espèce de coup de tête. Vos noms étaient notés sur la photo – même si c'était votre nom de jeune fille, madame Gregg, si bien que je n'ai pas fait le lien tout de suite, parce que j'ignorais que vous étiez mariés, tous les deux, jusqu'à ce qu'Aiden place cette pièce du puzzle. Je pensais même que vous aviez été la demoiselle d'honneur de ma mère, et vous, monsieur Gregg, le témoin. Comme je l'ai dit, je commence à saisir que je me suis peut-être trompée.

—J'en ai bien peur, répliqua la mère d'Aiden, avant d'ajouter d'une voix plus douce : mais je peux comprendre que tu aies pensé cela. Nous n'étions pas en couple, à l'époque.

—Tu es sûre ? aboya la mère de Zara, mais aucune réponse ne fut donnée de l'autre côté de la tranchée.

L'heure était venue pour Aiden d'intervenir et d'assumer sa part de responsabilités.

—Après être tombée sur cette photo, Zara m'a retrouvé *via* Facebook. Elle a d'abord cherché à te contacter toi, papa…

—Je ne sais pas utiliser ce truc. Je ne m'en sers jamais.

—Il est plus branché Snapchat. Comme toutes ces filles deux fois plus jeunes que lui, attaqua sa mère, et Aiden soupira – elle était incapable de prendre sur elle, quand il s'agissait de son père.

—Quoi qu'il en soit, Zara m'a retrouvé et m'a envoyé la photo. C'était juste après toute cette histoire, avec mon mariage…

—Ton mariage ? Qu'est-ce qu'il s'est passé ? Je croyais que tu étais célibataire ? lâcha Millie.

—C'est une autre longue histoire. On va d'abord s'occuper de celle-ci, répondit-il avec un haussement d'épaules triste. Bref, c'était à ce moment-là, et je me suis dit que ce ne serait pas si mal de se changer les idées et de faire quelque chose de sympa. Zara, Millie et moi avons beaucoup échangé pour organiser ce que nous imaginions être des retrouvailles sensationnelles. Désolé, papa et maman, ce que je vous ai raconté à l'aéroport n'était pas tout à fait vrai. Je ne cherchais pas seulement à essayer de recréer une amitié entre mes parents divorcés…

—Ah, donc vous êtes divorcés, intervint le père de Zara avec une pointe de triomphe. Nous, nous sommes toujours mariés. Et ça fait trente ans.

Bon, il allait falloir que cette compétition s'arrête, et vite.

Aiden continua, bien qu'il ait l'impression d'avoir mis les pieds dans les mêmes sables mouvants que Zara :

—Comme Zara et Millie, je pensais que vous étiez de vieux amis qui avaient simplement fini par perdre contact, et que ce serait chouette de vous réunir. Quelque chose me dit que ce n'est pas le cas.

—Clairement pas, rétorqua son père. Et, fiston, la prochaine fois que tu envisages de me faire une surprise, fais-moi plaisir : demande-moi avant.

—C'est noté.

Un silence atroce tomba sur l'assemblée ; Aiden se demanda s'il ne valait pas mieux mettre un terme à ce supplice, faire sortir ses parents de là et prendre ses jambes à son cou, mais il avait tant de peine pour Zara qu'il attendit qu'elle reprenne les rênes.

—Je vous présente mes excuses à tous. Il y a de toute évidence un passif entre vous dont nous n'avons pas connaissance.

—Ce n'est rien, ma chérie, souffla son père, et Aiden vit le soulagement traverser les traits de Zara.

Ces quelques mots suffirent à changer l'opinion qu'Aiden avait de lui. Au vu de la friction entre les deux pères, il avait instinctivement pris le parti du sien, sans toutefois savoir trop pourquoi – ce n'était pas comme si Gary avait une longue histoire de choix raisonnables et de bonnes décisions à son actif. Peut-être la culpabilité était-elle partagée à cinquante-cinquante ? Les choses seraient évidemment plus simples à comprendre si l'un des quatre protagonistes se décidait à expliquer ce qu'il s'était passé entre eux.

Millie partageait visiblement le même raisonnement que lui, car elle fit enfin signe au serveur soulagé.

—Nous pouvons avoir quelque chose à boire, s'il vous plaît ? La même chose pour eux, et mettez trois gin-tonics et une bière – n'importe quelle sorte – pour nous. (Le serveur s'apprêtait à s'éloigner avec grâce quand elle ajouta :) Et vous avez des gâteaux apéro ? Des bretzels ? Des chips ? N'importe quoi fera l'affaire. Ma gueule de bois va me tuer, et je ne peux pas vivre cette épreuve le ventre vide.

—Je vais vous apporter un assortiment de pains.

—*Yes !!!* Vous êtes un dieu, et je veux porter vos bébés !

Aiden avait le sentiment que ce n'était pas le genre d'échange habituel entre une cliente et un serveur, dans ce restaurant haut de gamme. C'est sûrement pour cette raison que ledit serveur s'éloigna en souriant.

La perspective de bientôt pouvoir se remplir le ventre avait dû redonner de l'énergie à Millie, car elle endossa soudain le rôle d'enquêtrice en chef.

—Bien, de toute évidence, nous nous sommes royalement plantés. Et si nous nous asseyions, inspirions un bon coup et essayions d'arranger tout ça ? Nous vous avons expliqué comment est née cette idée, et que nous n'avions que de bonnes intentions – sans parler de ce que ça nous a coûté. (Elle observa ses parents tour à tour.) Alors… et je te demande de pardonner mon langage, maman, mais l'un de vous quatre peut-il enfin nous expliquer ce bordel ?

20

Eileen

Sentant une pression sur sa poitrine, Eileen se demanda si c'était le signe d'une crise cardiaque. S'il y avait bien deux personnes qu'elle pensait ne jamais revoir tant qu'elle était sur cette Terre, c'étaient Brenda et Colin. Et que ces retrouvailles aient lieu devant Aiden ne faisait que les rendre plus embarrassantes. Les pires moments de sa vie lui étaient mis sous le nez, face à celui qui comptait le plus pour elle.

Elle songea à se lever et à partir, mais à quoi cela servirait-il ? La vérité sortirait, d'une manière ou d'une autre. Autant rester pour assister au spectacle, même si elle avait le rôle du clown qui faisait n'importe quoi à la fin.

L'espace d'un instant, elle se demanda si Brenda partirait, mais ce ne fut pas le cas – elle pensait sûrement la même chose qu'elle : la boîte était ouverte, et Pandore s'apprêtait à tout vider.

La Brenda qui lui faisait face n'était pas celle qu'elle avait fréquentée dans les années quatre-vingt-dix. Cette femme était… forte. Dans le contrôle. À l'époque, elles n'étaient que deux filles qui ne pensaient à rien de plus qu'à prendre du bon temps et à faire durer leur salaire du *Beat House* d'une semaine à l'autre. Même quand Brenda avait commencé à travailler en tant qu'infirmière, Eileen en tant que secrétaire en intérim et Colin en tant que comptable pour la mairie, ils avaient tous eu besoin de ce boulot en extra pour compléter leurs revenus.

Colin… elle le reconnaissait à peine. Dans la vingtaine, il dégageait un charme à la Michael J. Fox, avec ses petites lunettes rondes et son éloquence. Aujourd'hui, il était cinquantenaire, et seuls lui restaient son air doux et son côté geek.

C'était Gary qui avait proposé ce premier voyage à Vegas. Ils étaient inséparables, tous les quatre, si bien que lorsqu'il avait remporté un tournoi de DJ organisé par une grosse marque de vodka, le prix étant un voyage transatlantique pour deux, avec set prévu dans un club de Vegas, ils s'étaient tous cotisés pour acheter deux autres billets afin de pouvoir y aller tous ensemble.

Oui, Gary n'était pas n'importe qui, à l'époque. Une petite célébrité locale, en quelque sorte. Il jouait dans plusieurs clubs du centre de Glasgow, mais consacrait tous ses vendredis et samedis soir au *Beat House* ; son colocataire, Colin, travaillant là-bas aussi. Quand les lieux fermaient au petit matin, ils se rendaient tous les quatre dans l'un de ces cafés ouverts vingt-quatre heures sur vingt-quatre, puis rentraient chez les garçons, où ils s'enfermaient dans les deux chambres pour n'en émerger qu'à midi, prêts à remettre ça. C'était une époque en or. Et c'était ce qui avait permis à Eileen de ne pas sombrer dans la folie, après la mort soudaine et brutale de sa mère, à l'âge de quarante-deux ans. Qui avait été là pour elle ? Brenda. Colin. Et d'une certaine manière, Gary, mais ses priorités restaient toujours lui-même, son travail et la fête. À croire que rien n'avait changé.

—Alors ?

C'était de nouveau la fille de Brenda, la plus jeune et la plus rebelle, de toute évidence, leur rappelant qu'ils attendaient toujours qu'on leur raconte toute l'histoire. Eileen n'avait pas envie d'être la narratrice, mais peut-être était-ce le prix à payer pour ce qu'elle avait fait…

Elle inspira un bon coup puis expira, cherchant à calmer les nerfs qui faisaient trembler ses mains, même si elle les avait glissées sous ses cuisses afin que le reste du groupe ne voie rien.

—Cette photo a été prise le jour de notre arrivée. Hier, ça a fait pile trente ans. Je m'en suis rendu compte hier soir. Aucun de nous n'avait de quoi s'offrir ce genre de vacances, mais nous sommes venus parce que Gary avait gagné un voyage, avec deux billets, et nous nous étions cotisés pour pouvoir y aller tous les quatre.

—Donc, vous étiez bien amis ? intervint Zara, comme pour se raccrocher à ce brin d'espoir.

—Oui, répondit Gary. Et j'étais bien DJ. Un bon DJ. (Eileen ne put s'empêcher de lever les yeux au ciel.) J'ai gagné ces billets lors d'une compétition nationale. Première place. Le prix était un voyage ici pour jouer dans un des clubs du coin. Je ne sais même pas s'il existe encore aujourd'hui, mais à l'époque, c'était un sacré truc, appuya-t-il, au cas où quelqu'un n'aurait pas encore saisi son ancien statut de superstar.

Cela faisait trente ans, et il s'imaginait toujours être l'équivalent de sa génération de Fat Boy Slim mixé avec Calvin Harris.

Durant le vol, Brenda et Eileen n'avaient pas tenu en place. C'était la première fois qu'elles quittaient leur pays, et pour Vegas ! Même le couple plein aux as de la rue d'Eileen, celui qui avait gagné dix mille livres avec les *Premium Bonds*[1], n'était pas encore allé là-bas.

Dès leur arrivée, ils avaient déposé leurs valises à l'hôtel et étaient partis découvrir les lieux. Ils avaient longé l'entièreté du Strip, suivant une carte qu'ils avaient récupérée à l'accueil de leur hôtel ; à la fin, ils avaient tourné à droite et continué de marcher jusqu'à trouver le fameux panneau Vegas. Difficile de le rater, avec la queue interminable de gens qui attendaient de pouvoir se faire prendre en photo devant, mais ils avaient volontiers joué le jeu. Eileen visualisait encore la photo, se souvenait du moment précis où elle avait été prise, se rappelait la sensation de chaleur sur sa peau, l'excitation qu'elle éprouvait d'être là, l'amour qu'elle ressentait pour tous ceux qui l'accompagnaient. Parfois, toutes ces années, elle s'était demandé si, à l'exception de la naissance de son fils, cette journée ensoleillée à Vegas n'était pas son dernier moment de véritable bonheur.

Le serveur réapparut avec leurs boissons, lui donnant le temps de mettre de l'ordre dans ses pensées, mais aussi de prendre conscience qu'elle allait devoir exprimer tout haut ces choses afin que les autres puissent comprendre. Elle reprit alors devant un public parfaitement silencieux :

—Cette photo a donc été prise le jour de notre arrivée. C'était l'appareil de Colin, et nous avions demandé à la fille qui faisait la queue derrière nous de capturer le moment. Ensuite, nous avons relongé le Strip en rentrant dans chaque hôtel pour voir à quoi ils ressemblaient. Il n'y en avait pas autant qu'aujourd'hui, mais nous étions émerveillés. Nous n'avions jamais rien vu de tel. Impossible

1. Pour financer des projets publics (rénovation de la voirie, élargissement du service de transport, etc.), le gouvernement britannique contracte des prêts auprès des ménages du pays en émettant des obligations (titres de créance) : les *Premium Bonds*.

de trouver un *Caesars Palace* ou des fontaines comme celles-ci dans le centre de Glasgow…

Elle fit courir son regard autour de la table. Aiden était à sa gauche, à côté de Zara. Gary était à sa droite. Colin, Brenda et leur autre fille – Millie, si sa mémoire était bonne – étaient en face d'eux.

—Si l'un de vous veut apporter des précisions, qu'il ne se gêne pas, dit-elle à ceux qui l'avaient accompagnée ici, il y a une éternité.

—Non, tu fais ça très bien. J'ai hâte d'entendre la suite, répliqua Brenda d'un ton provocateur.

—Maman ! la sermonna Zara, de toute évidence mortifiée.

Eileen ne fit aucun commentaire, car elle savait très bien qu'elle était à quelques minutes de perdre toute compassion de la part de cette jeune femme. Elle était même incapable de regarder Aiden dans les yeux. Oserait-elle un jour le refaire ?

—Le lendemain, nous avons fait le tour de la ville à pied, dépensant quelques dollars ici et là en jeux, et puis, il s'est passé quelque chose de fou. Nous étions au *Flamingo*. J'ai misé deux dollars sur un chiffre, à la roulette, et j'ai gagné. Alors, j'ai doublé la mise, et j'ai encore gagné. J'ai continué comme ça, et au bout d'une heure, j'avais remporté plus de six cents dollars, ce qui était une véritable fortune, pour nous. Ça a tout changé. Bien sûr, nous aurions dû garder cet argent pour notre retour, mais… Brenda et moi nous sommes acheté des vêtements – j'ai choisi une robe d'été rose, et la tienne était blanche, je me souviens. (Devant le regard toujours noir de Brenda, elle poursuivit :) Nous avons fait la fête, avons bu, avons mangé des choses que nous n'avions jamais goûtées de nos vies. Les garçons s'étaient acheté de nouvelles fringues aussi. Pas vrai, Colin ?

Comme Brenda, Colin ne lui fit pas la courtoisie d'une réponse.

Eileen sentit quelque chose d'humide sur sa joue et essuya la larme du dos de la main.

—Ce soir-là, Gary avait son set, et nous l'avons tous accompagné…

Son regard se posa brièvement sur son ex-mari, qui lui adressa un sourire triste lui faisant presque éprouver de la peine pour lui. Il avait passé toute sa vie à essayer de ressentir de nouveau l'euphorie dont il avait été pris ce soir-là, mais ni le champagne ni les belles voitures n'étaient parvenus à le combler.

—Nous étions jeunes, nous passions un moment génial, et nous nous pensions tous invincibles. Quand le set s'est terminé, les gens étaient fous. Brenda, je te revois danser sur une table, et Colin te rattraper de justesse…

—Je l'ai repoussé et suis remontée toute seule, murmura l'intéressée, qui avait enfin décidé de prendre la parole, bien qu'elle semble davantage s'adresser à elle-même, le regard lointain, comme si elle s'était retrouvée elle aussi catapultée là-bas, revivant ce moment seconde après seconde.

Eileen surprit ses filles échanger un regard, visiblement étonnées. C'était la jeune Brenda. Elle était très clairement la plus discrète du groupe, mais elle riait tout le temps, et oui, c'était le genre à tomber pour se relever aussitôt. Eileen se demanda si elle était toujours comme ça ou si, à leur image, le temps l'avait transformée.

—Quelqu'un veut prendre le relais ? lança-t-elle tout en sachant quelle serait la réponse.

Gary n'était pas assez courageux. Colin fixait ses chaussures. Quant à Brenda, elle avait de nouveau braqué son regard noir sur elle. Voilà quelle était sa réponse. Son châtiment.

—J'ai compris, dit Eileen, notant l'affront tacite que Brenda venait de lui faire.

Aiden n'avait toujours pas prononcé un mot, et elle se demanda s'il reconnaissait un tant soit peu la femme qu'elle était en train de décrire.

—Qu'est-ce qu'il s'est passé, ensuite ? voulut savoir la benjamine des sœurs.

—Attends, Millie, la gronda Zara. Laisse Mme Gregg prendre son temps.

Elle s'appelait donc bien Millie. Elle ressemblait tellement à la jeune Brenda, avec sa tignasse indomptable et ses énormes yeux marron qui semblaient tout dévorer.

Eileen soupira, sentant sa poitrine se comprimer de nouveau. *Je vous en supplie, mon Dieu. Si vous avez l'intention de me foudroyer, c'est le moment.*

Elle respirait toujours.

Dommage.

—Après le set, quelqu'un a proposé qu'on aille dans un autre club. Il était bondé, mais j'avais de l'argent plein les poches, et nous étions déterminés à le dépenser. Nous avons trop bu, nous avons dansé, au point d'avoir des courbatures, mais l'effervescence nous faisait tenir... Et puis, nous avons fini par être séparés. Gary et moi nous sommes retrouvés assez vite, et nous avons cherché les autres pendant un long moment, en vain. Pour être honnête, nous étions tellement alcoolisés qu'ils auraient pu se tenir devant nous, nous ne les aurions pas vus. C'est la vérité.

Eileen vit que Brenda la dévisageait toujours ; elle se rendit alors compte que c'était sûrement la première fois qu'elle entendait cette partie de l'histoire. Quand elles s'étaient parlé pour la dernière fois, ç'avait été peu de temps après ce moment, et elle n'avait pas eu l'occasion de s'expliquer calmement.

—Gary et moi avons fini par nous dire qu'ils étaient sûrement rentrés à l'hôtel. Alors nous y sommes allés, mais non, ils n'étaient pas là. Nous n'avions pas de téléphones portables, à l'époque, et il n'y avait pas Internet, mais ce n'était pas dans notre nature de nous inquiéter. C'était un autre temps. Les gens ne paniquaient pas s'ils perdaient soudain contact. Et puis, nous pensions qu'ils étaient ensemble, tous les deux, et qu'ils nous cherchaient aussi.

Colin, qui avait enfin relevé la tête, l'observait avec quelque chose qui ressemblait à du mépris. Eileen aurait voulu se cacher dans un trou de souris, arrêter là, mais elle était tout au bord du précipice, et elle n'avait aucun moyen de revenir en arrière : elle ne pouvait que tomber, désormais. Et embrasser l'obscurité que cette chute lui procurerait.

—Gary et moi sommes retournés dans notre chambre et… une chose en entraînant une autre… Je déteste ce cliché, mais mon fils est là, et j'aimerais lui épargner les détails.

—Merci, répondit celui-ci, parlant pour la première fois depuis qu'elle avait commencé son récit.

—J'ignore combien de temps est passé, mais nous nous sommes endormis et, un peu plus tard, vos parents sont rentrés et nous ont trouvés ensemble. Ça a marqué la fin de notre amitié. Nous ne nous sommes plus jamais parlé depuis.

Elle s'arrêta là, priant pour que ce soit suffisant, pour qu'elle n'ait pas à combler d'autres blancs.

—Attendez… c'est tout ? lança Millie en faisant tourner son verre à moitié vide entre ses mains. Tu leur en as voulu d'être rentrés à l'hôtel sans vous, maman ? Ou bien, il t'est arrivé quelque chose et tu lui en as voulu de t'avoir laissée toute seule ? Je ne comprends pas.

—Non, ma chérie, reprit alors Brenda. Ce qu'Eileen a omis de préciser, c'est qu'à l'époque, elle était avec ton père. Et Gary était mon petit ami, pas le sien.

21

SUNSET MOTEL, LAS VEGAS – 1993

On crevait de chaud, dans cette chambre, et il n'y avait ni clim, ni courant d'air, ni aucun interrupteur pour contrôler les lumières au niveau des chevets, si bien que lorsque la porte s'ouvrit et que le plafonnier s'éveilla au-dessus de leurs têtes, Eileen ne put rien faire pour cacher sa nudité, à part tirer le drap en boule afin de couvrir autant que possible son corps.

Bien sûr, c'était trop tard.

Brenda avait déjà tout vu, et Colin aussi.

— Merde, grogna Gary, encore assez soûl pour parler d'une voix traînante, mais assez sobre pour savoir qu'ils venaient de faire quelque chose qui changerait leur vie à tout jamais. Brenda, je... Bordel. Colin, mon pote...

Il fut incapable de trouver les mots – aucun n'aurait pu changer quoi que ce soit à la situation,

— Ne t'avise pas de m'appeler comme ça... siffla Colin, et Brenda se rendit compte que c'était la première fois qu'elle le voyait en colère. (Durant toutes ces années d'amitié, il avait toujours été le pacificateur, le blagueur, celui qui trouvait des solutions.) Il n'y a plus de pote qui tienne, tu m'entends ?!

Brenda, qui se contentait de les fixer, fut traversée par l'étrange pensée que dans sa panique, Gary l'avait mentionnée elle en premier. Et elle se détestait d'être faible au point d'entretenir ce genre de pensée. Elle continua alors de les dévisager, attendant que la scène change, que l'alcool quitte son corps et que son esprit découvre que c'était juste un très mauvais tour que lui avait joué le trop-plein de boissons de la veille, et que rien de tout cela n'était vrai.

— Brenda, je suis tellement désolée... (Elle n'avait jamais entendu Eileen parler d'une voix aussi aiguë, jet de mots étouffés.) Je ne voulais pas... Je ne voulais pas que ça se passe comme ça. Je n'avais pas prévu de...

— De coucher avec mon petit ami ?

Brenda ne reconnaissait pas sa propre voix. Quelques minutes plus tôt, elle était entrée en riant, mais depuis, son monde s'était effondré, et elle était devenue quelqu'un d'autre. Quelqu'un qu'elle ne voulait pas être, dans un lieu où elle ne voulait pas davantage être.

Elle ramassa son sac et y jeta tout ce qu'elle pouvait trouver. Puis elle attrapa son passeport, son sac à main, ses chèques de voyage...

— Brenda, s'il te plaît ! Reste. Parle-moi. Laisse-moi t'expliquer... la supplia Gary.

Elle ne répondit pas, se contentant de remplir son sac, qu'elle balança alors sur son épaule. Gary était parvenu par un quelconque miracle à enfiler son boxer et était désormais debout. Brenda refusait toujours de le regarder. Elle ne le pouvait pas. C'était l'amour de sa vie, l'homme qu'elle adorait, celui qui était son petit ami depuis trois ans, peu importe ce qu'en pensaient les gens – qui trouvaient ça bizarre. Le Gary tape-à-l'œil, trop sûr de lui et beau à tomber, avec la petite Brenda, la gentille fille qui venait d'obtenir son diplôme d'infirmière. Pas une mannequin. Pas l'une de ces danseuses ultra-sexys du club. Pas même cette bombe, Eileen, qui travaillait à l'accueil.

Brenda. Il sortait avec elle avant même de devenir DJ, et ils étaient toujours ensemble, en dépit de toutes les rumeurs qui circulaient sur ce qu'il faisait quand elle n'était pas là. Brenda n'y croyait pas, parce qu'elle l'aimait, et parce que le meilleur ami de Gary, Colin, qui était en couple avec Eileen depuis plus longtemps encore qu'eux, lui assurait qu'elles étaient fausses. C'était pour ça qu'ils avaient toujours formé une équipe soudée, tous les quatre. Eileen et Colin, follement amoureux depuis quatre ans, même si elle faisait cinq bons centimètres de plus que lui et qu'elle était le glamour à l'état pur, alors que lui avait un bon petit côté geek. Elle disait toujours que c'était son type de mec. Elle aimait les hommes intelligents et drôles ; Colin était les deux.

Eileen et Brenda étaient meilleures amies, Colin et Gary aussi, et cela donnait un combo exceptionnel. Parfois, au bout de quelques verres échangés après la fermeture, ils s'amusaient à dire qu'ils devraient faire un double mariage, puis avoir des enfants en même temps et les élever dans une maison commune... Brenda n'avait simplement pas compris qu'elle devrait tout partager, y compris son petit ami.

— Brenda, tu veux bien t'arrêter une minute ? l'implora Gary, mais elle avait fait blocage à sa voix, malheureusement certaine que s'il ajoutait un seul mot, elle vomirait là, devant eux.

Elle ouvrit donc la porte et sortit. Ce ne fut qu'une fois sur le trottoir, devant l'hôtel, qu'elle se rendit compte que Colin l'avait suivie, l'air aussi sonné qu'elle. Une autre partie de son cœur s'effrita, cette fois pour lui. C'était un garçon si chouette. Si doux. Et il adorait Eileen. Parfois, il disait en riant avoir du mal à croire qu'il s'était trouvé une petite amie pareille. Brenda, elle, y croyait sans difficulté. Elle voyait sa bonté, son intelligence, et elle avait été là, soir après soir, quand il les avait fait pleurer de rire. Ce garçon était unique. Il n'en avait tout simplement pas conscience.

— Je ne sais pas où aller, souffla Brenda tandis que tout son corps se mettait à trembler, le choc se matérialisant enfin, en dépit de la chaleur de ce matin de mai.

Juste à ce moment, un taxi s'arrêta devant eux, et Colin la poussa à l'intérieur.

— Le Flamingo, *s'il vous plaît, dit-il au chauffeur.*

Plus tard, il lui confia que c'était le seul endroit qui lui était venu en tête, parce que c'était là qu'Eileen avait remporté tout cet argent, à la roulette. Son cerveau était décidément dans le même état de désolation que le sien.

Une fois qu'ils furent arrivés à l'hôtel, elle utilisa ses chèques de voyage pour payer une chambre – avec deux lits séparés –, puis ils montèrent.

Colin leur sortit deux vodkas du minibar, tout simplement parce que c'était la première chose qui lui était tombée sous la main. Il les dilua avec du Coca, puis apporta son verre à Brenda, assise sur un lit. Il tira la couverture pour l'en envelopper, lui donna sa boisson puis alla s'allonger sur l'autre lit, le regard vissé au plafond.

Un peu plus tard – Brenda ignorait combien de temps s'était écoulé –, elle se décida enfin à parler.

— Ça va ?

Question stupide, mais c'était la seule qu'elle avait en stock, et c'était également dans sa nature de se tracasser pour les autres. Dommage que Gary et Eileen ne se soient pas tracassés pour eux. Cette pensée envoya des rivières de larmes sous ses paupières, et elle les força à faire marche arrière, furieuse.

Colin fixait toujours le vide.

— Non, ça ne va pas.

Il était d'un calme terrifiant ; elle aurait presque eu envie de le voir se lever pour taper quelque chose. Planter son poing dans le mur. Jeter la télé par la fenêtre. N'importe quoi. Pour une fois dans sa vie de petite fille sage, elle se serait jointe à lui et aurait été capable de causer un véritable carnage.

— Je… je l'aimais. Je n'aurais jamais cru qu'elle…

Il ne termina pas sa phrase, et Brenda vit qu'il luttait contre les larmes, lui aussi.

Elle ignorait totalement ce qu'il se passait dans l'autre chambre d'hôtel. Elle ne savait pas qu'Eileen pleurait tout son soûl. Elle ne savait pas que Gary faisait les cent pas, à lâcher des flopées de jurons parce qu'il ne trouvait pas d'autres mots à cracher.

Tout ce qu'elle savait, c'était que leur petite équipe avait explosé. C'était terminé.

Et elle ne voudrait plus jamais, de toute sa vie, revoir Gary Gregg ni Eileen Smith.

22

Zara

Millie vida son verre, le posa sur la table et fit signe au serveur de ramener une nouvelle tournée.

—J'ai l'impression de faire une sortie de corps. Vous savez, comme dans ces films de science-fiction où le mec se regarde en train de braquer un bureau de poste, et qu'il est convaincu que c'est vrai, alors qu'il n'a même pas de cagoule chez lui. Sauf que ce serait plus crédible que ce que je vis là.

Zara jeta un regard parfaitement stupéfait à sa sœur.

—Vraiment ? C'est tout ce que tu retires de ce qu'on vient d'entendre ? (Elle se pencha pour poser la main sur celle de sa mère.) Je suis désolée, maman. Je ne savais pas… Je me sens tellement mal ; tu dois revivre tout ça, et c'est entièrement ma faute.

—Oui, c'est uniquement sa faute à elle. C'est elle qui a tout organisé, commenta Millie, les verres qu'elle avait ingurgités effaçant tout vestige de sororité.

Zara décida de l'ignorer.

—Et je suis désolée pour ce qu'il s'est passé à l'époque. Je comprends mieux la façon dont tu as réagi, quand on t'a annoncé où on partait. Je ne t'aurais jamais amenée ici si j'avais su. Je…

—Mais tu ne savais pas, ma chérie. Les seuls qui connaissaient vraiment toute l'histoire, c'étaient nous quatre. Et mamy Ada. Elle disait avoir corrompu une vieille connaissance à la douane pour être prévenue si Gary franchissait la frontière, histoire qu'elle puisse régler ses comptes avec lui. (Zara vit le sourire triste de sa mère et devina qu'Ada lui manquait plus que jamais, à cet instant.) Le problème, c'est que je n'ai jamais été sûre à cent pour cent qu'elle plaisantait. (Son attitude changea du tout au tout quand elle posa les yeux sur le père d'Aiden.) Tu l'as probablement échappé belle, lui lança-t-elle, sans une trace d'humour dans la voix.

Gary Gregg ne chercha même pas à répondre ; c'était Zara qui le dévisageait, désormais, assommée par toutes sortes d'émotions, sans toutefois savoir laquelle allait prendre le dessus.

D'abord, il y avait eu le choc. Sa mère et ce type ? Elle était incapable de les imaginer ensemble. Sa mère était si... discrète. Mesurée. Conventionnelle. Ce qu'elle voyait comme de grandes qualités, bien sûr. Elle allait bien avec son père, pas avec ce type qui, en toute honnêteté, semblait sortir d'un plateau de cinéma. Elle voyait de qui Aiden tenait ses gènes, son sourire et ses larges épaules. Visualiser sa mère avec cet homme était... Non, impossible. Elle en avait des frissons.

Et elle ressentait exactement la même chose concernant son père et la mère d'Aiden. Déjà, Zara avait du mal à croire qu'elle avait donné naissance au jeune homme qui se trouvait sur l'autre banquette, car la femme assise en face d'elle faisait plus quarante que cinquante ans. À son avis – et oui, c'était tout sauf objectif de sa part –, pour maintenir un tel niveau physique, Eileen devait disposer de trop de temps, de trop d'argent, et de pas assez d'amies avec qui traîner. Elle était à des années-lumière du père qu'elle connaissait. Celui-ci ne s'hydratait même pas le visage, et il avait failli faire un arrêt cardiaque quand leur mère avait suggéré de payer trente livres pour des cours de yoga proposés par la ville.

Le numéro suivant de cette tombola émotionnelle était le chagrin, à l'idée que sa mère ait dû vivre ça. Perdre son petit copain et sa meilleure amie en même temps, et subir ce niveau de trahison avait dû être terrible, pour la jeune Brenda. En particulier si loin de chez elle, alors qu'elle était si heureuse, si excitée par ce voyage. Zara ignorait comment on pouvait se relever d'une peine de cœur pareille. Et son père, qui s'était fait doubler par ce type ? Certes, il avait une gueule, mais Zara aurait parié son tee-shirt de la tournée 2018 de Calvin Harris qu'il n'avait ni l'intelligence ni l'empathie que son père leur avait montrées toute leur vie. Leur père était l'homme le plus solide et le plus fiable qu'elle connaissait. De bien des manières, Kev lui ressemblait. Ils partageaient cette simplicité, cette facilité à vivre. Gary Gregg était à l'opposé du spectre. Il se teignait les cheveux. Ce bronzage était un peu trop parfait pour être naturel, et ses dents un peu trop blanches pour être d'origine. Quant à ses vêtements… Zara avait reconnu la ceinture Hermès et le symbole Prada sur la poche de sa chemise. Ces deux pièces coûtaient probablement plus que ce qu'avait déboursé son père pour sa nouvelle tondeuse.

Que cela voulait-il dire, quand un homme se donnait autant pour son apparence ? Oui, elle le jugeait de nouveau, mais si elle l'avait croisé dans un bar, elle se serait dit : « Alerte à l'ego surdimensionné ! » Par chance, Aiden était aussi charmant, et semblait toutefois modeste et tout à fait équilibré. Sûrement une erreur génétique.

La rage faisait également partie de son melting-pot émotionnel. Pour l'instant, Zara parvenait à peine à regarder la mère d'Aiden dans les yeux. Qu'une femme puisse faire une chose pareille à une autre, en particulier son amie, l'écœurait. Et comment un homme pouvait-il rompre le *Bro Code* comme ça ? Il aurait dû être radié de la communauté des potos.

Et enfin, il y avait la confusion. Elle avait encore des questions. Si c'étaient ses parents qui avaient été trahis, pourquoi s'étaient-ils mariés deux jours plus tard ? Comment pouvait-on passer de la dévastation au bonheur conjugal en quarante-huit heures ?

Elle n'y comprenait rien, mais elle voulait parler seule à seule avec sa mère, et non lui poser ces questions devant les autres. Elle avait subi assez de choses comme ça, et Zara éprouvait le besoin très fort de la protéger.

Ivre, Millie n'avait pas le même niveau de retenue, concernant les membres fondateurs des Trompeurs Anonymes.

—Je n'arrive pas à croire que vous pourriez être mon père ! lança-t-elle à Gary/Judas. Bordel, j'aurais eu une mâchoire énorme ! J'aurais ressemblé à Buzz l'Éclair !

Zara s'apprêtait à suggérer qu'ils s'en aillent quand sa mère lui coupa l'herbe sous le pied. Avec une élégance et une classe absolues, Brenda se leva, lissa le bas de sa robe bleu pâle, s'éclaircit la voix et s'exprima avec une parfaite sérénité, même si elle avait toujours été allergique à ce genre de scène, et Zara savait que son cœur devait être au grand galop.

—Je pense que nous avons terminé, déclara-t-elle. Gary, Eileen, il semblerait que vous ayez un très charmant garçon – vous avez au moins fait quelque chose de bien. Je vous souhaite tout le bonheur du monde, mais s'il vous plaît, attendons une nouvelle trentaine d'années avant de remettre ça.

Son père bondit de sa chaise. Zara l'imita.

—Aiden, je suis désolée... Je n'aurais jamais dû te mêler à ça.

Il haussa les épaules, le corps avachi – tout du moins autant que le permettait ce tronc impressionnant.

—Comment aurions-nous pu savoir ? Je suis désolé, moi aussi.

Le pauvre... Zara était dé-goû-tée. En essayant de provoquer un événement mémorable, elle avait sans le vouloir complètement perturbé sa façon de voir ses parents. Elle se sentait terriblement mal, même si la racine du problème n'avait rien à voir avec elle.

Elle avança de quelques pas avant de se rendre compte que Millie était toujours assise à table.

—Millie !

—Merde, désolée, bafouilla sa sœur en se levant. J'étais fixée sur cette mâchoire. Franchement, avec tout le contouring du monde, je n'aurais jamais réussi à la camoufler...

Zara songea à dire quelque chose aux parents d'Aiden, mais rien ne lui vint.

Désolée que vous ayez été incapables de vous retenir, au point de détruire la vie de mes parents...

Vous vous êtes bien trouvés, tous les deux...

Et mes parents méritent tellement mieux que vous...

Elle se mordit la lèvre, sachant qu'elle trouverait la sortie parfaite dans une heure ou deux, et se détestant de ne pas être capable de la pondre maintenant. Peut-être pourrait-elle la leur envoyer par e-mail ?

Millie, elle, était davantage concentrée sur le côté pratique. Zara la vit faire signe au serveur qui s'était occupé d'eux et parler assez fort pour que le père d'Aiden entende chaque mot.

—Merci pour les boissons ! C'est notre Tom Selleck qui paie, et il m'a dit qu'il laisserait un énorme pourboire. J'ai bien dit énorme !

Le serveur s'empressa d'aller chercher l'addition avant que quelqu'un change d'avis.

Zara passa le bras sous celui de sa mère, et l'observa quitter le coin du restaurant la tête haute. Ils n'avaient fait que quelques pas quand son père s'arrêta.

—Attendez, j'ai oublié quelque chose.

Elle soupira. Ce n'était franchement pas le moment d'oublier ses lunettes, son téléphone ou son numéro de *Landscapers Weekly* sur la table d'un putain de restaurant du *Bellagio.* Tout ce qu'elle voulait, c'était qu'ils sortent de là afin de pouvoir retourner à leur hôtel, enfiler une tenue confortable, et passer les heures suivantes à boire tout en écoutant chaque détail de ce qui s'était déroulé ici même trente ans plus tôt.

Son père repartit vers la table, et alors que Zara se tournait pour voir ce qu'il avait oublié, elle vit qu'Aiden et ses parents s'étaient tous les trois levés, s'apprêtant de toute évidence à partir, eux aussi, Gary attendant l'addition, sa carte de crédit serrée dans son poing.

Zara, Millie et leur mère gardaient un œil sur leur père, histoire de s'assurer qu'il ne cherche pas à discuter avec son ancien ami. Ce n'était pas l'idée. Au lieu de cela, il marcha jusqu'à lui, se dressa légèrement sur la pointe des pieds, et lui balança un crochet du droit qui aurait pu déraciner un arbre.

—Ça fait trente ans que j'attendais de faire ça, déclara-t-il tandis que Gary Gregg titubait pour tomber sur la banquette qu'il venait de quitter, la main agrippée à cette admirable mâchoire.

La mère de Zara lâcha un hoquet de stupeur, tandis que Millie s'esclaffait.

—Et bah ! Qui a invité Lennox Lewis ?!

Leur père n'entendit ni l'une ni l'autre de leurs réactions. À quelques mètres de là, il fit tourner le talon de son mocassin gauche et repartit d'un pas déterminé vers elles, abandonnant un Gary très clairement sidéré.

—Ça va, papa ? demanda Zara quand il fut à leur niveau.

—Oui, ça va, ma puce. Maintenant, partons d'ici et retournons à notre hôtel, s'il vous plaît.

—Tu t'es fait mal ? souffla-t-elle, voyant immédiatement le souci.

—À tel point que j'ai envie de pleurer. Allez, dépêchons-nous pour que je puisse mettre de la glace avant que ça enfle.

Puis il passa devant elle, le torse bombé, laissant les trois femmes de la famille avancer au petit trot pour suivre son allure.

Zara ne savait pas s'il fallait rire ou pleurer. Elle n'avait jamais été plus fière de ses parents. Elle n'avait jamais été aussi sidérée par son père.

Et elle n'avait jamais autant craint ne pas avoir de quoi sortir ses compagnons de voyage d'un possible séjour en prison en pays étranger.

23

Brenda

Flanquée de ses filles, et courant presque pour ne pas se laisser distancer par son mari, Brenda avait traversé la rue pour rejoindre leur hôtel, pris l'ascenseur jusqu'à leur étage et gagné leur chambre, tout cela dans un calme olympien… jusqu'à ce qu'ils soient dans l'intimité de leur bulle. Son corps propulsa alors une boule d'adrénaline dans son système sanguin, et elle fut soudain incapable de contrôler les tremblements de ses mains, de ses bras, de chacun de ses membres.

Elle avait examiné la main de Colin dans l'ascenseur, et elle était convaincue qu'il ne s'était rien cassé. Elle lui avait suggéré d'aller aux urgences pour passer une radio, histoire d'être sûrs, mais il avait refusé, déclarant que ça allait très bien.

Zara partit avec son père récupérer de la glace ; Millie, elle, retourna dans la chambre avec sa mère, soi-disant pour lui apporter du soutien moral, mais surtout parce que sa benjamine avait l'efficacité d'un lampadaire, et qu'à la première occasion, elle aurait mis cette glace dans un gin-tonic plutôt que sur la main de Colin.

Voilà toutes les pensées qui tournoyaient dans le cerveau de Brenda pendant qu'elle retirait sa robe pour la remplacer par un pantalon de yoga rouge et un tee-shirt assorti

– la base de sa garde-robe, même si la radinerie de Colin l'avait empêchée de se mettre véritablement au yoga.

Millie lui avait servi un verre de vin sorti du minibar, et si Brenda en avait besoin, c'était bien maintenant. Elle avait du mal à savoir ce qui l'avait le plus perturbée : se retrouver face à Gary Gregg ou revoir Eileen après toutes ces années. Elle avait encore du mal à croire que ça s'était passé. Gary et Eileen. Rien que prononcer leurs noms dans sa tête faisait cavaler son cœur et nouait son estomac. Elle les avait aimés tous les deux – plus qu'elle n'avait jamais aimé qui que ce soit, à l'exception de ses filles. Peut-être même plus qu'elle n'avait jamais aimé Colin. Évidemment, elle n'avouerait jamais cela à personne.

Elle était en train d'entretenir ces drôles de pensées quand on frappa à la porte. Millie ouvrit et laissa entrer Zara, tout pâle et une bouteille de vin à la main.

—J'ai amené du renfort, déclara-t-elle en la brandissant. J'ai pensé qu'on en aurait besoin.

—Parfois, je me dis qu'on n'a rien en commun, toutes les deux, puis tu débarques avec une bouteille de vin, la taquina Millie en rangeant celle-ci dans le réfrigérateur, puis elle servit un verre de prosecco à sa sœur.

—Comment va ton père ? demanda Brenda, qui éprouvait de la culpabilité de ne pas s'être occupée de Colin à la place de sa fille.

—Impeccable. Je lui ai trouvé de la glace ; il l'a emmenée dans notre chambre, à côté. Je voulais rester avec lui, mais il a dit qu'il avait besoin de quelques minutes pour digérer tout ça, pendant qu'il s'occupe de sa main. Je pense qu'il est sous le choc. Je retournerai le voir dans pas longtemps, histoire de m'assurer que tout va bien. Tu veux parler de ce qu'il vient de se passer, maman ? Je suis tellement désolée… s'excusa encore Zara, et le cœur de Brenda enfla aussitôt.

Leur fille avait seulement cherché à leur faire plaisir. En toute honnêteté, si l'histoire et les circonstances avaient été différentes, Brenda savait que ça aurait été une surprise incroyable.

—Je t'en supplie, Zara, arrête de demander pardon. Je comprends totalement pourquoi vous avez fait ça. Et ça aurait été merveilleux, si seulement… enfin… tu as entendu. Tu peux m'accorder une petite minute avant qu'on en parle ? J'aimerais juste ne plus trembler.

Zara la prit alors dans ses bras, pendant que Millie s'occupait de changer de sujet.

—Tu en as profité pour appeler Kev, pendant que tu étais à côté ? lança-t-elle en essayant d'adopter son expression la plus innocente – ce qui était une perte de temps, Millie n'ayant pas paru innocente depuis au moins dix ans.

—Eh bien, oui… répondit Zara, et Brenda perçut un léger tiraillement dans sa voix.

Millie, qui n'était en général pas vraiment perspicace pour tout ce qui concernait les histoires de cœur – en particulier après un verre ou deux –, l'entendit aussi.

—Mais ? lança-t-elle alors à sa sœur.

—Mais rien, répliqua Zara, sur la défensive.

—Alors pourquoi tu n'es pas encore au téléphone ?

—Parce que je voulais vite revenir voir maman.

—Et… ? insista Millie, qui avait visiblement décidé d'avoir une réponse. Qu'est-ce que tu ne nous dis pas ? Ne me force pas à te torturer avec une paille…

—Il va vraiment falloir que tu me lâches et que tu aies une vie, tu sais. Mais puisque tu tiens tant à le savoir, finit-elle par céder, Kev était occupé avec un groupe de codage en ligne dont il fait partie. Il m'a demandé de le rappeler demain.

Millie lui tendit son verre de prosecco.

—Bah voyons. Je la boucle tout le temps, mais…

—Millie, tu ne la boucles jamais, rétorqua sa sœur.

Brenda se garda d'intervenir. Elle avait toujours tenu à les laisser gérer seules leurs petites chamailleries, en particulier quand, comme aujourd'hui, cela lui laissait un peu d'espace pour réfléchir. Et à cet instant, elle avait pas mal de choses à décortiquer.

—Bon, dans ce cas, ce n'est pas une grande surprise. Mais sérieusement, Zar, ce gars… Je l'aime beaucoup, mais il n'est pas assez bien pour toi. Il est adepte du zéro effort !

—Mouais, au moins, lui, il reste jusqu'au petit déjeuner, répliqua Zara.

Brenda savait qu'elle faisait référence à la passion des coups d'un soir de Millie. Mais une fois de plus, elle n'interviendrait pas. Tant que Millie se protégeait, elle partait du principe que ça ne la regardait pas.

—Bon, on peut changer de sujet ? Je n'ai pas envie de parler de moi aujourd'hui, en particulier après ce qu'il vient de se passer. Tout ce qui importe, c'est que papa et maman aillent bien. On pourra s'engueuler demain, si tu veux, ajouta son aînée avec une véhémence qui ne lui ressemblait pas – même Millie comprit qu'il valait mieux arrêter les frais.

Zara arracha son regard noir de sa sœur et s'assit aux côtés de sa mère, près de la fenêtre.

—Je n'arrive toujours pas à croire que papa ait frappé ce type. Je n'ai jamais été aussi fière de vous deux, maman. Ou surprise, pour être honnête.

Brenda était consciente que ses lèvres étiraient désormais un sourire triste. Si elle se devait d'être honnête elle aussi, elle avait été sidérée par le geste de Colin. Depuis qu'elle le connaissait, Colin Jones n'avait pas une seule fois eu recours à la violence. C'était étonnant, et étrangement rassurant, de le voir enfin exprimer une émotion. Elle ignorait ce que cela faisait de leur couple, mais au moins savait-elle qu'il était capable de ressentir des choses, d'être présent, d'avoir une once de passion dans son cœur. Le problème, c'était qu'elle n'était pas sûre que c'était pour elle qu'il avait agi ainsi, ou pour Eileen. Et elle n'était pas plus sûre que cela ait une quelconque importance.

À côté d'elle, Zara poussa un soupir et lui prit la main.

—Je sais que je me répète, maman, mais je suis vraiment désolée. Je ne savais pas.

—Nous ! intervint Millie d'un air indigné.

—*Nous* ne savions pas, se corrigea Zara.

Un silence paisible tomba sur la pièce quelques instants, avant que Millie finisse par craquer.

—Bon, vu que tu n'as pas l'air de vouloir lui poser la question, je vais le faire. Maman, il faut qu'on comprenne. Qu'est-ce qu'il s'est passé, exactement ? Comment peut-on rompre avec son mec et s'embrouiller avec sa pétasse de meilleure amie… (Elle dressa la main pour empêcher toute tentative d'interruption de la part de sa sœur.) Ne t'avise pas de me corriger. Cette nana a couché avec le mec de sa meilleure pote. C'est la définition même de pétasse.

—D'accord, la coupa tout de même Zara. Mais, maman, je sais que ça ne nous regarde pas. Dis-le-nous si tu n'es pas prête à parler, ou que tu n'as pas envie de le faire. Nous comprendrons.

—N'importe quoi, répliqua Millie. Notre père vient de mettre une raclée à un type qui fait deux fois sa taille. Je veux savoir exactement ce qu'il s'est passé pour qu'il se transforme en la version comptable de Rocky – celui qui gère les déclarations d'impôts comme un dieu.

Brenda soupira, consciente au plus profond de son cœur qu'elles méritaient de connaître la vérité.

— Où voulez-vous que je commence ?

Zara se pencha dans son fauteuil.

— Là où la mère d'Aiden s'est arrêtée. Vous les avez surpris, papa et toi êtes partis, et ensuite… ?

Brenda ferma les yeux pour se retrouver catapultée là-bas, plongée dans le moment.

— Nous sommes allés dans un autre hôtel, avons pris une chambre, et j'ai pleuré vingt-quatre heures sans m'arrêter. Pendant tout ce temps, je n'ai pas cessé de vomir, et je pensais que c'étaient les nerfs, avant de me rendre compte… que j'avais du retard dans mes règles. Avec l'excitation du voyage, j'avais complètement oublié.

— Oh non, maman… gémit Zara dans un murmure à peine audible.

— Votre père est sorti acheter trois tests, nous les avons tous faits, et chacun d'eux était positif.

Brenda se souvenait de la moindre seconde de ce fameux matin. La peur. L'horreur. L'agonie de savoir qu'elle était enceinte d'un homme qui l'avait trahie de la pire des façons. Et le plus dur était que la seule personne vers qui elle se serait instinctivement tournée dans une situation pareille était sa meilleure amie, qui avait choisi Gary plutôt qu'elle.

— Votre père a été adorable. Il me tenait la main, me préparait du thé, me parlait jusqu'à ce que nous n'ayons plus de voix, cherchant une solution.

Brenda voyait que Zara avait désormais des larmes plein les yeux. Elle dut se gratter la gorge pour repousser la boule d'émotion qui s'y était logée avant de poursuivre, sachant que si elle ne disait pas tout maintenant, elle en serait à jamais incapable :

—Nous sommes sortis nous promener, deux soirs plus tard, histoire de me changer les idées et de prendre un peu d'air. C'est là que nous sommes passés devant la fameuse chapelle. Il faisait nuit. Cela faisait des jours que je pleurais. J'étais dans un état misérable.

—Épouse-moi, avait alors lâché Colin.

Brenda l'avait dévisagé comme s'il venait de perdre la tête. Ce qui était certainement le cas.

—Nous n'avons pas besoin d'eux, Brenda. Qu'ils aillent se faire foutre. Nous avons toujours été plus proches qu'eux, de toute façon.

Il exagérait, mais tout juste. Colin et elle se connaissaient depuis longtemps, et c'étaient eux qui avaient introduit les deux autres dans le groupe.

—Je t'aiderai à t'occuper de ce bébé, et tu n'auras à expliquer à personne, pour le restant de ta vie, qui est le père et ce qui lui est arrivé. Épouse-moi. Nous ferons ça ensemble.

À cet instant, la jeune Brenda, terrifiée et dévastée, avait dit oui. Son dernier argument l'avait convaincue. Elle ne voulait plus jamais avoir à prononcer le nom de Gary, à expliquer où il était passé, ne voulait plus penser à lui, et elle était persuadée que tout cela arriverait si elle épousait Colin. La naïveté de la jeunesse dans toute sa splendeur.

—Votre père m'a demandé de l'épouser, là, dans la rue. Et comme par hasard, je portais déjà la robe d'été blanche que j'avais achetée quand Eileen et moi étions allées faire du shopping. Nous n'avions pas de certificat, mais nous sommes tout de même entrés dans cette chapelle pour découvrir qu'Elvis avait un créneau de libre. Il nous a mariés sur-le-champ, et je suis, à ce jour, toujours incapable d'écouter *Suspicious Minds*. Puis nous sommes rentrés un jour plus tôt pour être sûrs de ne pas tomber sur eux dans l'avion. Pour finir, ils ne sont jamais rentrés, alors nous ne les avons plus revus.

Zara se pencha si violemment en avant qu'elle en fit déborder son verre.

—Attends, maman, tu peux revenir en arrière ? Tu étais… enceinte ? Et papa voulait t'épouser, même si le bébé n'était pas le sien ? Mais… Oh non, putain. C'est moi que tu attendais ? Mon Dieu, Gary est mon père ?!

Brenda voyait son aînée s'efforcer de faire le calcul dans sa tête, mais avant qu'elle puisse la soulager de sa peine, Zara comprit.

—Mais non, qu'est-ce que je raconte ? J'aurai vingt-neuf ans dans un mois, alors c'est impossible. Ça veut donc dire que… Oh, maman…

Brenda confirma d'un hochement de tête, éprouvant la douleur de ce qu'elle s'apprêtait à dire, le simulacre agonisant d'une vie perdue avant même d'avoir commencé.

—Désolée, ma chérie, l'idée n'était pas de te faire peur. Bien sûr que ce n'était pas toi. J'attendais un autre enfant. Votre frère ou votre sœur. Nous ne le saurons jamais, parce que deux semaines après notre retour, je me suis soudain mise à perdre du sang. C'était terminé. J'étais peut-être enceinte de cinq ou six semaines maximum.

Non pas que la durée de la grossesse ait eu tant d'importance pour elle. Il s'était agi de tellement plus qu'un simple événement de la vie. Brenda avait pleuré pendant des semaines, sombrant dans une profonde dépression, jusqu'à ce que Colin et sa propre mère commencent à sérieusement s'inquiéter et qu'Ada appelle le médecin. Il lui avait donné des cachets pour dormir la nuit, et cela ne se fit pas du jour au lendemain, mais au bout de quelques semaines, ils firent enfin effet. Environ deux mois plus tard, elle n'en avait plus besoin, et dans un moment inexplicable – peut-être était-ce de la gratitude, ou le besoin désespéré de se sentir de nouveau humaine –, Colin et elle avaient fini dans le même lit, cherchant du réconfort, de l'intimité, de l'attachement. À ce moment-là, elle aurait été incapable de savoir ce qu'elle deviendrait sans lui. Il était le seul à qui elle pouvait parler, le seul qui la comprenait.

—Alors, un mois plus tard, j'ai découvert que j'étais de nouveau enceinte. C'était toi, cette fois.

Millie n'était visiblement pas tout à fait satisfaite de ces explications.

—Attends un peu. Je suis restée à cette histoire de certificat, moi. Tu as dit que vous n'en aviez pas ? Donc papa et toi, vous n'êtes pas légalement mariés ?

Ça avait été le carrefour le plus important de leur vie. Ce genre de moment où on a l'impression de jouer à pile ou face. Colin et elle pouvaient se séparer dans le respect, trouver un moyen de rester amis et d'élever leur fille ensemble, ou…

—Nous nous sommes mariés à la mairie de Glasgow trois mois plus tard. Il n'y avait que nous, ses parents et mamy Ada.

Colin avait dit qu'il l'aimait, elle l'avait dit aussi – ils savaient tous les deux qu'il s'agissait d'amour amical, mais pour eux, à l'époque, ça suffisait. À vrai dire, ils étaient tellement blessés que l'un comme l'autre ne pouvait tolérer davantage. Ils avaient leur présence respective, mais aussi leur bébé qui les comblerait bientôt – ils pensaient n'avoir besoin de rien de plus.

—Et vous avez fait en sorte que ça fonctionne, songea tout haut Zara, des larmes coulant sur ses joues.

—Oui, confirma Brenda.

Elle le pensait vraiment. Pour une énorme partie de leur vie, ils avaient été heureux, à élever leurs filles, à être la famille que Brenda avait adorée. Ce n'était que ces dernières années, une fois les filles parties, que cette vie ne lui avait plus suffi.

—Mais alors… c'est quand, la date officielle de votre mariage ?

—Le 24 octobre, admit tristement Brenda. Nous avons toujours dit à tout le monde que c'était le 19 mai parce que c'était la date du mariage de Vegas, bien avant que je tombe enceinte. Cela permettait d'éviter toute question, et ce n'était pas vraiment un mensonge.

Zara tira ses jambes vers sa poitrine et cala son menton sur ses genoux.

—Nooooon… Tous ces efforts, et ce n'est même pas la bonne date ! La prochaine fois, je vous envoie des fleurs et une carte. En octobre, gémit-elle.

Brenda poussa un long soupir, soulagée de leur avoir enfin dit la vérité. Elle aurait pu aller encore plus loin, expliquer pourquoi sa vie entière d'affection pour Colin ne fonctionnait plus, pourquoi elle avait le sentiment qu'autre chose l'attendait, mais elle décida de laisser ce chapitre clos pour le moment. Elle en avait assez dit pour aujourd'hui. Ce fut toutefois un plan qui ne tint qu'une petite trentaine de secondes… jusqu'à ce que Millie, sur le lit, pose une question.

—Attends une minute, maman… Quand papa et toi vous vous êtes mariés ici, vous n'étiez pas amoureux ?

Brenda sentit une vague de honte lui manger la nuque. Elle n'aimait pas cette sensation. C'était une conversation pour un autre moment, mais n'avait-elle pas juré d'être honnête avec elles ? Il y avait trop de secrets dans cette famille, depuis trop longtemps.

—Nous nous aimions, commença-t-elle, puis elle devina aux airs interrogateurs de ses deux filles que cela ne suffirait pas – l'heure était venue de jouer cartes sur table. Mais non, nous n'étions pas amoureux.

—Mais vous êtes tombés amoureux plus tard, n'est-ce pas ? demanda Zara, dont l'espoir dans la voix lui mit les larmes aux yeux.

Brenda battit des paupières pour les chasser. La vérité. Plus de mensonges.

—Honnêtement ? Je ne suis pas sûre que ça ait été le cas. Nous avons été meilleurs amis durant tout notre mariage, mais je ne suis pas sûre que nous soyons vraiment tombés amoureux. Je pense que Gary et Eileen avaient laissé trop d'ombres pour cela.

Ses filles la dévisageaient, Millie avec quelque chose qui ressemblait à de l'horreur, Zara avec une empathie évidente.

—Maman, je peux te poser une question ? Crois-tu que ça suffise ? L'amitié et l'amour, mais sans la passion, les papillons dans le ventre et tout le reste ? Est-ce que ça suffit pour se composer une vie géniale à deux ?

Évidemment, c'était Zara qui avait parlé. Et Brenda dut réfléchir à sa question avant de répondre, parce qu'elle ne pouvait se défaire de ce qui la rongeait, à savoir que sa fille marchait dans ses pas.

—Je ne pense pas, ma chérie. Non, je ne pense pas.

24

Aiden

Cela faisait dix bonnes minutes que son père était allongé sur son lit, et les saignements de nez qui avaient commencé dans l'ascenseur avaient enfin cessé. Il hurla toutefois de douleur quand Aiden posa une serviette pleine de glace sur son visage. Aiden décida de ne pas lui rappeler que lorsque lui-même, plus jeune, se faisait mal au sport, son père lui disait de flanquer de la glace dessus et de ravaler ses larmes. Quelque chose lui disait que cela n'aiderait pas à calmer ce grand gaillard affalé sur le lit, qui se plaignait d'une éventuelle commotion cérébrale.

—Papa, il t'a tapé dans le nez, murmura-t-il alors, optant pour la douceur. Ça m'étonnerait que ça ait créé une commotion.

Dans le coin de la pièce, sa mère avait à peine prononcé un mot, comme si elle avait glissé dans une espèce de transe introspective. Il n'y avait rien d'étonnant à cela. Le cerveau d'Aiden était lui-même à deux doigts d'exploser, à cause de tout ce qu'il s'était passé ces deux dernières heures. Son père et sa mère s'étaient mis ensemble en trompant respectivement leurs partenaires ? Et puis, se faire surprendre de manière aussi brutale… Ces révélations projetaient une tout autre lumière sur leur relation, et il ne savait pas quoi penser de cela. La seule chose qu'il savait, c'était qu'il ne pouvait pas vraiment en vouloir au père de Zara d'avoir essayé de mettre au tapis son ancien ami. Par chance, personne d'autre qu'eux, dans le restaurant, n'avait assisté à la scène, si bien qu'ils avaient réussi à éviter de se retrouver au poste. C'était toujours une consolation.

—Ça va, maman ? lança-t-il.

Eileen haussa les épaules.

—Pas vraiment. Je me sens mal. Honteuse. Triste. Pleine de regrets. Ça a été la plus grosse erreur de ma vie…

—Berci beaucoup, grogna son père, sous sa pyramide de glace.

Aiden pressa un peu plus fort et obtint un cri de douleur qu'il décida d'ignorer.

—Et je pourrais me trouver une dizaine d'excuses, poursuivit sa mère, mais la vérité, c'est que c'était un moment de folie…

Ils ignorèrent tous les deux le « Pfff » sifflé par son père.

—… et ma plus grande honte. Je n'ai jamais cessé d'y penser, de le regretter. Ma seule consolation, et je me le suis répété chaque jour depuis, c'est que si cette histoire n'était pas arrivée, je ne t'aurais pas eu, Aiden. Si je pouvais revenir en arrière, je changerais tout, sauf si ça signifiait ne pas t'avoir.

Aiden poussa un soupir, ne sachant pas vraiment quoi faire de cela, mais ce dont il était conscient, c'était que quoi qu'il se soit passé à l'époque, il était responsable de l'avoir imposé dans leur vie, aujourd'hui.

—Je n'arrive pas à croire que je vous aie traînés là-dedans… Je suis tellement désolé. Je pensais sincèrement faire quelque chose de chouette pour vous, quelque chose que vous adoreriez.

—Je le sais bien, mon fils, et tu n'as pas besoin de me présenter tes excuses. Ce devrait plutôt être le contraire.

Ça doit être un sacré choc, pour toi, de découvrir une chose pareille à notre sujet. En particulier avec tout ce que tu avais déjà à gérer… J'imagine que tu ne dois plus avoir beaucoup d'estime pour nous.

Aiden vit ses yeux s'emplir de larmes et s'efforça de ne pas montrer sa surprise. Sa mère ne pleurait *pas*. Elle était du genre à prendre les coups, puis à se relever aussitôt. Il avait beau fouiller dans ses souvenirs, il ne l'avait jamais vue pleurer avant la conversation qui s'était tenue au restaurant, et ce simple constat avait de quoi le faire légèrement paniquer.

—Tiens, papa, débrouille-toi, tu veux ? dit-il en lâchant le paquet de glace.

L'autre blessure dans la pièce était bien plus importante. Il rejoignit sa mère et la prit dans ses bras, la laissant s'accrocher jusqu'à ce qu'elle soit prête à le libérer.

—Merci, mon fils, souffla-t-elle en essuyant ses larmes.

—Maman, je sais que c'est cliché, et j'aimerais vraiment pouvoir te dire ce qu'il faut pour que tu te sentes mieux, mais voilà comment je vois les choses : tu étais jeune. Il s'agit d'*une* erreur, et c'était il y a trente ans. À moins que tu aies d'autres sombres secrets dont je ne suis pas au courant…

Il parvint à lui arracher un début de sourire.

—Aucun que je sois prête à admettre.

Son sens de l'humour était toujours là. Ce devait être bon signe.

—Dans ce cas, il va falloir que tu acceptes de te pardonner. Et comme tu l'as dit, si ça n'était pas arrivé et que tu n'avais pas épousé papa, à cet instant, tu n'aurais pas un fils qui s'efforce de faire les choses bien pour finir par te briser le cœur et décimer ta vie. Tu vois, il y a quand même du bon à tirer de tout ça…

Elle renifla et tenta un nouveau sourire, puis le reprit dans ses bras.

—Tu as tout à fait raison.

Fatigué, Aiden se leva et alluma la cafetière posée sur le minibar. Il en profita également pour jeter un coup d'œil à son téléphone. Deux messages l'attendaient. Le premier était de Zara.

Putain de bordel. Voilà, c'est tout. Putain. De. Bordel. Et… je suis désolée, aussi. Vraiment. J'espère que tu ne t'es pas fait renier. Zx

Il revit son visage quand tout avait été révélé, en bas. Sa dévastation était flagrante. Tous ces mois de préparation, tous les efforts qu'elle y avait mis, l'anticipation de cette grande surprise… finalement piétinés par ses parents. Il éprouva le besoin urgent de lui demander pardon, de réparer, de faire quelque chose, n'importe quoi pour arranger ça. Il lui répondit…

Pas encore renié. Désolé que mon équipe ait foiré ta surprise. J'espère que vous allez tous bien. Je peux faire quoi que ce soit pour arranger un tant soit peu la situation ? Ax

Pas de réponse immédiate. Bon. Il pouvait comprendre. Il ouvrit le second message. Celui-ci venait de Trevon.

Alors, tes parents se sont entretués ou pas encore ? Ta mère va bien ?

La réponse fut beaucoup plus facile à rédiger.

C'est la merde. Mon père s'est fait casser la gueule. Ma mère tente de survivre à tout ça. C'est un truc de fou, je te raconterai. Je ne peux pas parler maintenant. Je te rappelle.

Son père pansait toujours ses blessures sur le lit, alors il sortit une bière du minibar et la lui apporta.

—Tiens, papa, dit-il en soulevant la glace, s'efforçant de ne pas grimacer.

Ce n'était pas beau à voir. Il était convaincu que son nez n'était pas cassé, mais il était très clairement enflé, et un hématome commençait à se former de chaque côté. Ce joli minois aurait probablement besoin d'une bonne paire de lunettes de soleil pour masquer deux yeux au beurre noir, d'ici la fin de la journée. C'étaient toujours les petits dont il fallait se méfier. Combien de fois son père lui avait-il dit cela sur le terrain de basket ou sur celui de foot ?

Gary prit sa bière, mais au lieu de l'ouvrir, il se débarrassa de la glace et posa la canette sur son visage.

Aiden retourna s'asseoir auprès de sa mère. Une pensée lui vint alors.

—Je peux vous poser une question ?

—Bien sûr, murmura-t-elle quand, au même instant, son père lançait un « Non » sonore.

Aiden opta pour la réponse positive.

—Qu'est-ce qu'il s'est passé, ensuite ? Je veux dire, comment ça se fait que vous soyez restés ici, plutôt que de rentrer chez vous ?

Sa mère poussa un profond soupir avant de hausser les épaules.

—Disons que le destin en a décidé ainsi. Ce soir-là, nous avons attendu que Colin et Brenda reviennent, mais ils étaient toujours aux abonnés absents. Le lendemain, nous les avons cherchés partout où nous le pouvions, mais toujours rien. Nous sommes retournés dans le club où ton père avait joué, espérant qu'ils y feraient une apparition, mais bien sûr, nous ne les y avons pas vus. Puis le propriétaire a demandé à ton père de faire un set…

—Je n'allais pas refuser ça. Les lieux étaient pleins à craquer, marmonna l'intéressé.

Aiden secoua mentalement la tête. Plus le temps passait, plus il avait de difficultés à éprouver de la compassion pour lui.

Le regard que sa mère jeta à son ex-mari laissait entendre qu'elle pensait la même chose. Il était impossible que ces deux-là trouvent un moyen de se remettre ensemble, en particulier maintenant que leurs pires secrets avaient été dévoilés au grand jour et qu'ils les revivaient. Le dégoût qu'éprouvait sa mère pour elle-même autant que pour son père se devinait dans chacun de ses mots.

—On a vite appris que ce type possédait plein de boîtes, et qu'une nouvelle allait ouvrir en Caroline du Sud. Il a proposé à ton père de faire un set là-bas, a dit qu'il nous paierait le voyage. Quand le moment est venu de retourner en Écosse, nous nous apprêtions à partir pour l'aéroport et supplier Colin et Brenda de nous pardonner, mais nous avons finalement changé d'avis. Nous ne nous sentions pas capables d'assumer ça. De vrais lâches. Alors, nous avons décollé pour la Caroline du Sud le lendemain et n'en sommes jamais repartis.

—Et vous êtes restés ensemble.

C'était un constat, pas une question.

—Oui. Nous n'aurions sûrement pas dû, reconnut sa mère. Mais alors, tu es arrivé – nous étions certains que tu avais été conçu cette première nuit passée ensemble. Peut-être que dans un autre monde, notre couple n'aurait pas survécu à ces débuts, mais il n'y avait que nous, avec ce bébé si parfait, donc on s'est serré les coudes et…

— Attends, quoi ? grommela son père, qui se redressa en grimaçant, l'air encore plus irrité que quelques instants plus tôt. Tu ne penses pas qu'on serait restés ensemble si nous n'avions pas eu Aiden ?

Celui-ci regrettait déjà d'avoir soulevé le sujet.

Sa mère secoua la tête.

— Je t'en prie, Gary, ne fais pas l'autruche. Je suis tombée follement amoureuse de toi, je me suis convaincue que nous ferions en sorte que ça fonctionne, mais tu n'as jamais mérité tout ça. Tu as vu comment tu te comportais ? Tu penses sincèrement que j'aurais toléré d'être traitée ainsi, si je n'avais pas la meilleure raison du monde de rester ? Écoute, je n'ai pas envie de déterrer toutes nos histoires – ce n'est pas le moment, et Aiden en a suffisamment entendu sur ses traîtres de parents pour la journée –, mais tu sais aussi bien que moi que c'est vrai. Nous n'étions pas faits l'un pour l'autre. Nous ne l'avons jamais été, et nous ne le serons jamais. Je regrette juste de ne pas m'en être rendu compte plus tôt.

— C'est bon, j'en ai ma claque, cracha Gary en se levant du lit. Je me taille. Je ne vois pas l'intérêt de rester.

— Hé, papa, du calme. Tu n'es pas en état de reprendre l'avion.

— Rien à foutre, j'y vais quand même. On ne peut pas dire que ça ressemble au voyage entre mecs que tu m'avais promis, hein, fiston ?

— Quoi ? Tu te fous de moi, là ?

Rares étaient les fois où Aiden s'énervait. Vidait son sac. Manquait de respect à ses parents. Mais à cet instant, il se préparait à faire les trois, avec pour cible son père.

— Alors parce que Monsieur est vexé, il se barre, c'est ça ?

— Où est l'intérêt de rester ?

—Peut-être passer du temps en famille. Parler. Chercher une solution pour aller de l'avant, améliorer cette putain de situation ?

Une seconde, il crut que son père comprendrait, mais…

—Écoute, fiston, j'apprécie le geste, mais ça ne fonctionne pas, pour moi. (Il gagna l'armoire, sortit sa valise et l'ouvrit sur le lit avant d'y jeter ses affaires tout en poursuivant son petit discours.) Quand tu m'as proposé ce voyage, j'ai accepté de venir parce que je pensais qu'on pourrait passer du temps tous les deux. Boire des coups. Jouer un peu. Voir où la nuit nous mènerait. Puis tu m'as tendu un piège avec ta mère…

—Charmant, grommela Eileen, mais Gary l'ignora.

—… mais je me suis quand même dit : on va essayer d'arranger un peu tout ça et de passer du bon temps. Je n'ai pas envie d'analyser mes sentiments, d'accord ? Je suis trop vieux pour ça. Je suis comme je suis, point barre.

Les pantalons. Les chaussures. Les chemises arrachées des cintres pour être jetées à leur tour. Cela sans cesser de parler.

—Eileen, je t'aime. Vraiment. J'aime ce que nous avions, et j'aime notre garçon. Mais je n'ai pas l'intention de te supplier de me pardonner, ou de m'aimer en retour, et je ne veux pas passer ma vie à essayer d'obtenir ton approbation, parce que je suis trop vieux pour ça, d'accord ?

Aller-retour dans la salle de bains. Trousse de toilette dans la valise.

—J'ai conscience que j'ai été un véritable abruti, et que je vous ai déçus tous les deux. Eileen, je suis désolé pour tout ce que je t'ai fait endurer. Tu ne méritais pas ça, et je le regretterai toujours. Dorénavant, je serai plus respectueux, et je me comporterai correctement quand nous

nous verrons. J'espère que ça te suffira, parce que c'est tout ce que j'ai à t'offrir.

Valise fermée et verrouillée. Arrachée du lit.

—Fiston, je te demande pardon aussi. Tu as essayé de faire quelque chose de bien, cette semaine, et tu fais honneur à ta mère, parce qu'entre nous, c'est elle qui t'a élevé comme ça.

Aiden desserra la mâchoire.

—Tu n'as pas besoin de me dire ça.

—Tu as raison, mais j'en ai envie, parce que ta mère mérite de m'entendre le dire. C'est la moindre des choses. Je suis fier de toi, fiston. Tu es ce qui m'est arrivé de meilleur, et un homme bien plus noble que je ne le serai jamais. Oh, et ce poing dans la tronche… Je l'ai cherché, mais je refuse de pleurer sur mon sort, et je ne compte pas davantage m'asseoir pour faire l'analyse des sentiments de chacun.

—Tu ne veux pas aller parler à Colin ? Essayer d'arranger les choses ?

—Non. Parce qu'une fois de plus, je suis trop vieux pour ça. Je vous aime tous les deux. Oui, toi aussi, Eileen ; que tu y croies encore ou non, c'est la vérité. On se revoit en Caroline du Sud. Si vous changez d'avis, vous êtes les bienvenus. Je serai à l'aéroport, au bar, à boire jusqu'à ce que ce nez ne me fasse plus mal.

Il s'interrompit pour serrer Aiden dans ses bras, puis il disparut au pas de course, les laissant tous deux bouche bée.

—Tu ne crois pas qu'il a *vraiment* une commotion cérébrale ? souffla Aiden à sa mère.

—Si c'est le cas, il en a une depuis 1989. Il ne changera pas, Aiden. Il est pétri de défauts, c'est un parfait idiot, mais il est généreux, drôle, et il y a d'autres choses positives chez lui. Simplement, n'aie aucune attente, si tu veux que ça aille.

—Et toi, maman ? Ça va aller ?

—Toujours, lui dit-elle, mais Aiden voyait la tristesse sur ses traits.

Cette histoire s'était transformée en putain de cauchemar, et il culpabilisait à mort d'en être à l'origine, même involontairement. Il ne supportait pas de voir sa mère malheureuse, et sa priorité, à cet instant, était de prendre soin d'elle. Il n'allait certainement pas changer d'avis à son sujet à cause d'une erreur qu'elle avait commise trente ans plus tôt. Tout ce qu'il voulait, c'était s'assurer qu'elle ne laisse pas cette erreur la consumer aujourd'hui. Elle avait passé vingt années mariée à son père. C'était un châtiment suffisamment long.

—Tu veux rentrer à la maison ? Je peux échanger nos billets d'avion.

Elle hocha la tête, et Aiden éprouva un élan de regret à l'idée de quitter les cendres de ce voyage sans avoir progressé ni résolu quoi que ce soit.

—Mais pas tout de suite, ajouta-t-elle alors, à sa grande surprise. Tu as dit que je devais me pardonner, et tu as raison. Et avant de partir, j'ai besoin de demander à quelqu'un d'autre de me pardonner…

25

Eileen

Eileen frappa à la porte, le cœur battant la chamade.

— Tu es sûr que c'est la bonne chambre ? demanda-t-elle à Aiden.

La force et la décence de son fils ne cesseraient jamais de l'impressionner. Il s'était proposé de l'accompagner alors qu'elle ne s'était jamais sentie aussi honteuse de toute sa vie. S'il ne ressemblait pas autant à son père physiquement, elle aurait juré qu'il avait été échangé à la naissance, et qu'elle avait ramené à la maison le fils d'un honnête homme à l'intégrité et au code moral impeccables, au lieu de, eh bien… Gary.

Ce qu'il s'était passé aujourd'hui avait marqué un tournant décisif dans leur relation. Elle avait toujours su qui était Gary, mais peut-être avait-elle refusé de l'accepter pendant un long moment. Peut-être avait-elle eu de l'espoir – l'espoir qu'il la voie, qu'il change pour elle, qu'il finisse par comprendre qu'elle était l'amour de sa vie depuis le début, qu'il avait besoin d'elle. Mais la vérité, c'était que ça n'avait jamais été le cas. Gary n'avait besoin que de Gary. Et aujourd'hui, quand il avait poussé son coup de gueule, une porte s'était fermée en elle. Une acceptation. De ce qu'il était, et de ce qu'ils avaient fait. Et tout avait soudain été clair, dans son esprit. Elle était restée avec lui bien plus longtemps que ce qu'elle aurait dû, tout ça parce que la culpabilité de la manière dont s'était formé leur couple ne l'avait jamais quittée. Elle s'était convaincue que leur erreur ne se justifiait que d'une seule façon : ils étaient faits pour être ensemble. C'était le plus gros mensonge de sa vie, et c'était à elle-même qu'elle l'avait raconté. Elle avait fait de Gary le centre de son univers, parce qu'elle avait déjà détruit celui qu'elle s'était construit avec la personne qu'elle avait aimée plus que tout.

Sa question au sujet de la chambre obtint une réponse quand la porte émit un cliquètement, commença à s'ouvrir et qu'une voix dit :

—Ça doit être le room service, je… Oh.

Eileen regarda Zara, la fille de Brenda, se figer, ses yeux écarquillés se posant d'abord sur elle, puis sur Aiden.

—Salut… parvint à articuler la jeune femme.

—Désolée de vous embêter, et je sais que tout ça doit faire un sacré choc, mais je me demandais si je pouvais parler à ta mère.

—Euh…

Le cœur d'Eileen se mit à battre encore plus vite quand elle vit Zara se mordre la lèvre, exactement comme le faisait Brenda, à l'époque. C'était comme se retrouver plongée dans le passé, et l'espace d'un instant, Eileen eut envie de s'enfuir, de se cacher, de faire barrage à tout ça. Mais n'était-ce pas précisément ce qu'elle avait fait, jusqu'ici ?

—Je comprendrais qu'elle n'ait pas envie de me voir, mais j'aimerais beaucoup que tu lui poses la question. Je peux attendre ici, si tu veux ?

—Euh… oui, d'accord. Accordez-moi une petite minute, répondit Zara, sans une once d'animosité, avant d'adresser un regard navré à Aiden et de disparaître à l'intérieur en refermant la porte derrière elle.

—Elle ne voudra pas, murmura Eileen, la voix nouée par l'anxiété.

—Mais si, maman. Sois positive, dit son fils, sa grande main enroulée sur ses doigts tremblants.

La porte se rouvrit alors.

—Ma mère est d'accord pour vous voir, mais seule à seule. Ça vous va ?

—Bien sûr, répondit Eileen du tac au tac, à la fois submergée par le soulagement et terrifiée.

—Bien, alors… reprit Zara, s'adressant cette fois à Aiden. Mon père et ma sœur sont dans la chambre d'à côté. On peut y aller, si tu veux, ou…

—On va boire un verre en bas ? proposa-t-il.

—Tu lis dans mes pensées, soupira la jeune femme avant de s'écarter pour laisser passer Eileen.

—Merci, sourit celle-ci, posant les yeux sur son fils puis sur la fille de Brenda. À tous les deux.

—Bonne chance, murmura Zara avec une sincérité touchante, tout en rejoignant Aiden dans le couloir.

La porte se ferma derrière elle, et Eileen inspira un bon coup avant d'avancer de quelques pas. Ce fut là qu'elle vit Brenda assise dans un fauteuil à côté de la fenêtre. La robe avait disparu, remplacée par un pantalon de yoga et un tee-shirt, exactement ce qu'aurait choisi Eileen si elle avait été chez elle. À une époque, elles avaient tout en commun. Elles se coiffaient de la même manière, écoutaient la même musique, aimaient les mêmes films. Elles avaient toutes les deux juré qu'elles épouseraient des membres de Duran Duran – et qu'en cas d'indisponibilité, ceux de Spandau Ballet feraient l'affaire. Elles étaient inséparables. Brenda était ce qui ressemblait le plus à une sœur, pour elle. La seule personne, après sa mère, qui l'avait aimée. Vraiment aimée… Et Eileen avait tout gâché.

—Merci d'avoir accepté de me voir.

—Tu t'attendais à ce que je refuse ?

À sa voix rauque, Eileen se demanda si elle aussi avait pleuré. Ou peut-être avait-elle simplement du mal à parler à la garce qui avait détruit sa vie et brisé son cœur.

—Je peux m'asseoir ? souffla-t-elle en désignant l'autre fauteuil.

—Oui.

Bon. C'était toujours un micro-pas de fait.

Eileen s'assit avant que ses jambes la lâchent.

À sa grande surprise, Brenda sortit une bouteille de vin d'un seau à glace, sur la table à côté d'elle, et remplit un verre vide qu'elle poussa vers Eileen. Celle-ci avait trop peur de le prendre et que ses doigts tremblants en mettent partout.

—Merci.

Moment de pause. Brenda la fixait, attendant légitimement la suite.

—Je n'ai rien préparé, et je ne sais pas exactement quoi dire, mais j'avais juste besoin de te dire en face à quel point je suis désolée. À quel point je l'ai toujours été.

Les larmes étaient de retour, mais elle cligna des yeux pour les chasser. Elle n'était pas la victime, dans cette histoire, et Brenda méritait beaucoup mieux que ses larmes.

—Tout à l'heure, j'ai expliqué à Aiden que c'était un moment de folie, que je ne pouvais pas décrire ça autrement. Je n'avais rien prévu ; Gary non plus, d'ailleurs. Ça s'est passé comme ça, et je sais que c'est ridicule à entendre, mais c'est la vérité et… j'avais besoin que tu saches que je n'ai jamais voulu te faire de mal. Je t'aimais. Je t'aimais tellement. J'ai passé mon existence entière à regretter ce moment.

Eileen était à court de mots, et Brenda ne réagissait pas. Elle avait merdé. Et elle n'avait aucun droit d'attendre davantage que ce que la femme en face d'elle était prête à lui donner. Elle avait exprimé ce qu'elle avait besoin de dire, et elle avait vécu avec ce qu'elle avait fait pendant trente années – il allait lui falloir vivre les trente prochaines sans le pardon de Brenda.

— Je vais y aller. Merci d'avoir accepté de me voir. De m'avoir écoutée.

Elle s'apprêtait à se lever quand Brenda prit enfin la parole.

— Tu as eu une belle vie ?

Il n'y avait pas de colère dans sa voix ; c'était une simple question.

Eileen ouvrit la bouche pour dire la réponse toute faite qu'elle aurait donnée à n'importe qui d'autre. Bien sûr. Une vie géniale. Merveilleuse. Mais rien de tout cela n'était vrai, alors elle s'en garda bien. Il était hors de question de rester dans la superficialité avec Brenda.

— Non, avoua-t-elle. Pas entièrement. Certains passages, peut-être. Avoir Aiden a très clairement été une grande joie. Et peut-être certaines des premières années avec Gary. Je suis désolée, mais je préfère être honnête. Et toi, tu as eu une belle vie ?

— Pas entièrement non plus, répondit Brenda, avec la même résignation que celle qu'Eileen avait perçue dans sa propre voix quelques instants plus tôt. Tu l'aimais ?

Eileen expira, repoussant tous les clichés afin de ne pas tourner autour du pot.

— Pas au début. Tu sais combien j'aimais… j'aimais…

Elle était incapable de le dire. C'était plus qu'inapproprié, et elle avait fait assez de dégâts comme ça.

—Colin, termina Brenda pour elle, lisant comme toujours dans ses pensées.

—Oui, Colin. J'étais amoureuse de lui depuis si longtemps, et j'avais toujours imaginé mon avenir avec lui, mais... Enfin, j'ai fait ce que j'ai fait. J'ai tout foiré. Je l'ai perdu. Gary et moi, on a tenu bon au début, parce qu'on n'avait pas vraiment d'autre option, à vrai dire. Les mois suivants, je... j'ai fini par tomber amoureuse de lui. Vraiment, j'étais accro. Mais avec du recul, je ne sais pas à quel degré c'était tout simplement moi qui cherchais à me convaincre que c'était notre destin. Il était tout ce que j'avais. J'avais mis tous mes œufs dans le même panier. Ma mère était partie, j'étais dans un nouveau pays, et la vérité, c'était que j'avais trop honte pour rentrer à la maison. Je n'aurais jamais pu t'affronter. Ici, je ne connaissais personne, puis j'étais enceinte. Gary avait ce truc pour me donner l'impression que j'étais la seule qui comptait, et je crois que j'avais besoin de ça, en particulier après t'avoir perdue. J'avais besoin d'appartenir à quelqu'un, alors je me disais qu'il m'aimait, que je l'aimais, que nous avions notre famille, et que tout irait bien. J'ai conscience que ça paraît pathétique, aujourd'hui... Crois-moi, j'ai passé ces dix dernières années, depuis notre divorce, à essayer de comprendre ce qui m'a pris.

—Pourquoi avez-vous divorcé ? l'interrogea Brenda.

La question à un million. Eileen s'y était attendue, bien sûr.

—Pour tout un tas de raisons. Il n'a jamais été fidèle. Jamais. Au début, je pensais... (Elle hésita à poursuivre, parce qu'elle ne l'avait jamais exprimé tout haut, et elle savait que lorsque ce serait dit, elle ne pourrait plus rien faire.) Je pensais que c'était parce que je n'étais pas toi.

Brenda plissa le front, perdue.

—Mais il m'a trompée, moi aussi.

—Je sais, mais je partais du principe que c'était moi, la responsable. Que je l'avais piégé sans m'en rendre compte. Et puis – et ma seule excuse, c'est tout ce que je viens de te confier au sujet de ma solitude – j'ai décidé que c'était peut-être juste parce que je n'étais pas assez, alors j'ai fait en sorte d'être belle, drôle, cool. Mais rien ne fonctionnait. Aujourd'hui, je sais que le problème, c'est qu'il n'a jamais cherché à être fidèle. Il a ça en lui : le besoin d'attirer l'attention, l'excitation de la traque et de voir son ego flatté.

Elle s'interrompit, soudain consciente qu'elle en avait peut-être trop dit. C'était l'homme dont Brenda avait été amoureuse, celui qu'elle avait adoré.

—Je suis désolée. Je parle trop ; c'est la nervosité. Et la joie que tu aies bien voulu m'écouter. Et tout un tas d'autres émotions que je suis incapable de nommer. Je ne m'attends pas à ce que tu me pardonnes, mais je voulais que tu saches que je suis sincèrement navrée.

Brenda saisit son verre, but une gorgée, et Eileen crut qu'elle allait lui demander de partir, maintenant. Mais non…

—Je suis contente que ça n'ait pas fonctionné, admit-elle calmement. Je n'en reviens pas de dire une chose pareille, ça ne me ressemble pas, mais oui, je suis contente. Et je déteste penser ça.

—Je le penserais aussi, à ta place. Je le mérite.

Brenda se pencha en avant et se mit à parler avec urgence.

—Non, il ne s'agit pas de vengeance ou d'une quelconque manière vicieuse de te punir. C'est… (Elle hésita, puis reprit.) C'est parce que je ne pense pas que j'aurais pu t'écouter me raconter ta vie merveilleuse sans avoir le sentiment que ça aurait dû être la mienne. Quelque part, il y a de la consolation à savoir que l'autre chemin ne menait pas au bonheur éternel.

Prise d'un étrange sentiment de familiarité, Eileen sentit ses épaules commencer à se détendre. Elle avait l'impression de redevenir l'ancienne Eileen. Qui parlait à l'ancienne Brenda. La plus intelligente, la plus douce et la plus sage du groupe.

Ses mains avaient suffisamment cessé de trembler pour qu'elle prenne une gorgée de vin.

—Peut-être l'aurait-ce été, avec toi.

—Non, répondit Brenda en secouant la tête.

—Tu ne crois pas ? souffla Eileen, surprise.

—Non. Même à l'époque, si je dois être parfaitement honnête, je savais comment il était, et ça me rendait nerveuse. Je peux le dire, aujourd'hui. J'aurais passé ma vie avec lui en me sentant chaque jour en danger. Même si je l'adorais du fond de mon cœur, c'était comme si quelque chose en moi attendait qu'il choisisse quelqu'un d'autre. Je ne pensais juste pas que ce serait toi.

—Je te dois une éternité de pardons, geignit Eileen.

—Peut-être, oui. Mais je pense que nous en avons eu assez, pour l'instant.

—Je ne suis pas d'accord. Gary devrait être en train de présenter ses excuses à Colin et à toi, lui aussi, mais il est parti. Il a fui à l'aéroport.

—Je ne suis pas surprise. Il n'a jamais su gérer le conflit. Quel crétin… Qu'est-ce que j'ai bien pu trouver à cet homme ?

—C'étaient ses cheveux. La manière dont il battait cette frange.

Eileen regretta aussitôt cette tentative d'humour, mais à son plus grand soulagement, Brenda ricana et ajouta :

—Et sa collection de disques. Je craquais dès que j'entendais du Simply Red.

Le temps d'une pause, elles se remémorèrent toutes ces nuits, dans leur ancien appartement, passées à chanter *Holding Back The Years* à pleins poumons.

Eileen fut la première à reprendre la parole.

—Tu sais, il pensait toujours à toi, même après des années de mariage.

Brenda releva deux sourcils étonnés.

—Ah bon ? Comment tu sais ça ?

Eileen aurait volontiers plaqué un rouleau entier de scotch sur sa bouche. Elle n'aurait rien dû dire. Brenda le prendrait peut-être mal, s'imaginerait que c'était une pique, mais Eileen en avait trop dit ; elle ne pouvait pas faire marche arrière.

—Parce que ça a été la goutte d'eau pour moi – ce qui m'a poussée à demander le divorce. Cela faisait des années qu'il me trompait et que je faisais l'autruche. Aiden était à l'université, et Gary et moi nous retrouvions seuls à la maison. Je pensais sûrement que lorsque je pourrais lui accorder de nouveau toute mon attention, il arrêterait, mais ses absences et ses tromperies n'ont fait qu'empirer. Puis il s'est ouvert un compte Facebook. Aiden a dit, tout à l'heure, que ta fille avait contacté Gary par ce biais, et il a rétorqué qu'il n'utilisait plus ce compte – c'est parce qu'il l'avait ouvert toutes ces années plus tôt dans un seul et unique objectif. Quand j'ai découvert qu'il l'avait créé, j'ai piraté son compte – il avait un mot de passe absurde –, et j'ai vu qu'il avait écrit à plusieurs femmes qu'il avait fréquentées par le passé, leur déclarant son amour éternel. Tu en faisais partie.

—Mais je n'ai pas reçu de message… hoqueta Brenda, perplexe.

—Je sais. Il a utilisé ton nom de jeune fille, et l'a envoyé à une certaine Brenda Fulton qui n'avait pas de photo de profil. Elle lui a répondu en le traitant de connard et en lui suggérant d'aller arnaquer quelqu'un d'autre.

—Mais non ! Quel… quel…

Eileen crut d'abord que Brenda s'était mise à pleurer, puis elle se rendit compte qu'elle était en train de rire. Un rire qui ne tarda pas à gagner l'autre bout de la table, piétinant la tension ambiante jusqu'à ce qu'elles se tordent le ventre toutes les deux en essuyant leurs larmes du dos de la main.

—Je ne sais même pas pourquoi je rigole, hoqueta Brenda. C'est d'une telle tristesse.

—Moi non plus. Ça a causé mon divorce, répliqua Eileen, mais elles continuèrent de rire jusqu'à l'épuisement.

Le silence tomba alors, provoquant un changement aussi violent qu'imprévisible.

Eileen songea qu'elle avait largement abusé de la gentillesse de Brenda. Elle ne voulait pas la rendre triste ou lui causer davantage d'angoisse. Elle commença à se lever, espérant qu'elles seraient capables de se séparer courtoisement, qu'un trait puisse être tiré sur leur peine.

Ce fut le moment que choisit Brenda pour murmurer :

—J'étais enceinte. De Gary. Je l'ai découvert le lendemain.

Eileen sentit ses jambes la lâcher, et elle retomba sur le fauteuil, la douleur des mots de Brenda provoquant un trou dans sa poitrine.

—Oh, non… gémit-elle, le cerveau en ébullition.

Brenda était enceinte. Ce trait ne pourrait jamais être tiré, maintenant qu'elle savait qu'elle avait privé un enfant de son père ces trente dernières années. Cela allait au-delà d'une erreur de jeunesse. Il s'agissait d'une douleur inextinguible, de rancœurs perpétuelles et de blessures inguérissables.

—Alors, Zara… ?

—Non, Zara est la fille de Colin. J'ai perdu le bébé en rentrant de Vegas.

Eileen s'efforçait toujours de ne pas pleurer. Elle n'avait pas le droit.

—Je n'ai même pas les mots… Je sais que tu ne me pardonneras jamais ça, et tu ne dois pas le faire. Je suis tellement désolée, Brenda… Je mérite toute la haine que tu peux éprouver à mon égard.

Choquée, elle la vit alors faire non de la tête.

—Je ne t'en veux pas. Je ne t'en ai jamais voulu. C'était à moi que j'en voulais, parce que j'ai toujours su comment il était. Et j'en ai voulu à Gary, parce qu'il m'a fait du mal. Mais je suis infirmière, Eileen… J'ai appris à accepter que parfois, des choses terribles arrivent, sans que ce soit la faute de personne. C'est la vie. La mort. C'est bouleversant, et ça me rendra toujours triste, mais m'accrocher à la rancœur et à la colère n'aurait fait que me blesser davantage ; je *devais* lâcher prise. Y repenser me fera toujours beaucoup de mal, et j'aurais aimé que ça ne se passe pas comme ça, mais je n'en veux plus à personne. Et puis, ça m'a permis de voir qui était Colin. C'était l'homme décent prêt à s'occuper de nous. C'est pour ça qu'on s'est mariés. Ici. Avant de rentrer à la maison. Nous avons découvert que j'étais enceinte, et il m'a dit que nous pourrions élever ce bébé ensemble.

— Alors, tu as eu le chic type, murmura Eileen, et même si ça faisait mal, elle était heureuse.

Brenda le méritait, pas elle. Ce n'était que justice. Et elle ne voyait pas cela comme de l'autoflagellation ; le karma s'était simplement chargé de distribuer les bonnes cartes.

— Tu le méritais, tu méritais d'avoir une vie heureuse. Je sais que je n'ai pas mon mot à dire, mais je suis contente que tu aies eu ça.

— Moi aussi, confirma Brenda.

Eileen songea que c'était le bon moment pour partir. Il ne semblait pas y avoir autre chose à dire, et elle était terrifiée à l'idée de gâcher cet instant de paix en lâchant une bêtise.

— Merci de m'avoir écoutée, Brenda. Tu as toujours énormément compté pour moi, même si cette nuit-là, je ne te l'ai pas montré. Je sais que nous aimions ces hommes, mais j'ai toujours pensé que nous nous aimions davantage, toutes les deux. Je suis heureuse que nous ayons pu connaître ça. Je regrette simplement que nous ne l'ayons pas eu pendant toutes les années que nous avons vécues ensuite.

Il était temps d'y aller, même si, à cet instant, il n'y avait nulle part où elle aurait préféré être plutôt qu'ici, auprès de Brenda. C'était comme si elle venait de retrouver la sœur qu'elle avait perdue de vue ces trente dernières années. Une question tournait dans son esprit, et elle lui échappa avant qu'elle puisse y faire quoi que ce soit.

— Tu as eu trente ans avec Colin et ça a fonctionné, pour vous. Alors si tu pouvais revenir en arrière, est-ce que tu changerais tout ?

Brenda leva les yeux vers le plafond, peut-être pour réfléchir à la réponse, ou alors pour prier les cieux de faire sortir Eileen d'ici. Quand celle-ci fut convaincue qu'elle était allée trop loin, Brenda redescendit sur Terre, tendit le bras, sortit la bouteille du seau de glace, la secoua puis la replongea dedans.

—Je ne bois jamais en journée, dit-elle avec un soupir triste. Mais je pense qu'il va nous falloir plus de vin, si on part sur ce sujet.

26

Zara

En journée, l'atmosphère du bar au cœur du casino du *Planet Hollywood* n'était pas aussi fiévreuse et bouillonnante qu'elle l'avait été ce premier soir passé au *Chandelier Bar* du *Cosmopolitan.* D'un autre côté, elle avait beaucoup moins des airs de match de boxe pour poids moyen que le restaurant du *Bellagio*, tout à l'heure.

Quelques personnes étaient attablées seules, mais Zara et Aiden s'assirent côte à côte sur des tabourets, derrière le bar, tournant le dos aux autres clients qui les entouraient. Le type qui avait le nez plongé dans son bourbon, à quelques sièges de là. Le couple enflammé qui se roulait des pelles alanguies. Les deux dames d'un certain âge qui accordaient un peu de repos à leurs bras après plusieurs heures passées derrière les machines à sous. Et au moins une dizaine d'autres individus pour lesquels Zara n'avait pas encore dépeint une histoire.

—Ça t'arrive d'observer les gens et d'essayer de deviner à quoi ressemble leur vie ? demanda-t-elle à Aiden tandis qu'ils attendaient leurs bières.

—Tout le temps. C'est ce que je préfère faire. En particulier quand un nouveau client débarque au cabinet. J'aime voir quel degré de son histoire je parviens à deviner avant qu'il me la raconte. C'est tout sauf professionnel, je l'avoue.

—Et ça t'arrive d'avoir raison ? sourit Zara.

—Parfois. La semaine dernière, j'ai eu droit à une prof qui venait de découvrir qu'elle avait épousé un polygame – il avait quatre femmes. Là, je ne l'avais pas vu venir.

—Ah bon ? Moi, c'est toujours la première chose qui me passe par la tête, quand je rencontre une personne, plaisanta Zara. Tu penses que quelqu'un est en ce moment même en train de nous regarder et de se dire « Voilà deux parfaits inconnus dont les parents ont tous couché les uns avec les autres » ?

Aiden hocha la tête.

—Sans aucun doute. Ça saute aux yeux, non ? On peut le noter sur des panneaux pour ceux qui ne l'ont pas encore remarqué, si tu veux.

Zara laissa tomber sa tête sur ses avant-bras, sur le comptoir.

—Aaaaah, quel désastre. Il faut quand même être sacrément poisseuse pour organiser un voyage pour l'anniversaire de mariage de ses parents et découvrir qu'ils ne se sont non seulement pas mariés légalement ce jour-là, mais qu'en plus, ils n'étaient pas amoureux et ne l'ont fait que parce qu'ils venaient de se faire briser le cœur par d'autres gens.

Il devrait se satisfaire de cette explication – elle n'avait pas envie de lui raconter que sa mère était enceinte, parce que ce n'était pas à elle de le faire, tout simplement. Elle redressa la tête.

—C'est franchement le plan le plus foireux du monde, non ? Raconte-moi une chose, dans ta vie, qui craint encore plus ?

—J'étais censé me marier il y a trois semaines, et ma fiancée, Layla, n'est jamais venue.

—Non !? Tu inventes pour que je me sente mieux ?

Zara sentait la gêne lui sortir par tous les pores. Soit Aiden était un excellent menteur, soit elle venait de faire une bourde monumentale.

Aiden secoua la tête et haussa les épaules.

—Malheureusement, non. C'était le cadre idéal. Mariage sur la plage. Quatuor à cordes. Alcool à volonté. Tous les invités présents. Le marié qui attend, en costume, devant l'autel. Mais pas de Layla.

Zara pressa les paupières une seconde, puis les rouvrit. Non, elle était toujours au même endroit. Toujours rouge de honte. Cette situation pouvait-elle empirer ?

—Je suis un cauchemar ambulant… Je suis désolée, sincèrement. Tu peux prendre la fuite avant que d'autres âneries sortent de ma bouche. De toute évidence, j'ai été créée pour faire revivre aux gens leurs pires souvenirs. (Sa gêne avait pris l'ampleur d'une rave party dans tout son corps.) Je suis vraiment, vraiment navrée. Tu lui as parlé, depuis ? Tu as découvert pourquoi elle n'est pas venue ? On voit ce genre de trucs dans les films, mais on ne s'imagine pas que ça puisse arriver dans la vraie vie. (Dans sa tête, cette phrase était parfaite, mais dès qu'elle l'exprima…) Et pourtant, ça t'est arrivé, et je suis en train de remuer le couteau dans la plaie, comme une idiote. On ne devrait pas m'autoriser à parler. Je t'ai dit que j'étais un cauchemar ambulant ?

Étonnamment, il semblait amusé par son manque de tact et son irrécupérabilité générale.

—Ça pourrait être pire. La plupart des gens que je connais n'en parlent pas parce qu'ils sont gênés et qu'ils ne savent tout simplement pas quoi dire. Ce n'est pas la meilleure promo, pour un avocat spécialisé dans les divorces, entre nous. Même les plus mauvais experts en relations arrivent à aller jusqu'à l'échange des alliances, avant que leur femme décide de se barrer.

Zara avait désormais les deux mains plaquées sur la bouche, en grande partie parce qu'elle ne voulait pas dire une autre idiotie. Qu'est-ce qui ne tournait pas rond, dans ce monde ? Ses parents disposaient d'une brouette entière de secrets. Sa mère avait un jour couché avec un type qui ressemblait à Tom Selleck dans la fleur de l'âge. Son père avait mis son poing dans la tronche de M. Selleck. Son petit copain avait la flemme de lui parler. Sa sœur voulait quitter leur entreprise. Et au milieu de ce chaos cosmique, quelqu'un avait pris la décision la plus stupide et la plus incompréhensible du monde, à savoir planter cet homme sexy, adorable et brillant devant l'autel. L'univers était devenu fou. C'était officiel.

Aiden leur commanda deux autres bières.

—Bon, à ton tour. Raconte-moi ton histoire d'amour la plus tragique. Aide-moi à me sentir mieux, après m'être fait rejeter et humilier devant tous ceux que je connais.

Elle voyait bien qu'il plaisantait, mais il y avait tout de même un fond de vérité dans ses propos.

—D'accord. Euh… (Elle avait intérêt à faire ça bien.) Je sors avec le même garçon depuis huit ans.

—Vraiment ? C'est tout ce que tu as ? Et je suis censé me sentir mieux, avec ça, moi ?

Son sourire la rassura, mais elle prit quand même une grande gorgée de bière avant de dresser les deux mains en guise de défense.

—Attends, je n'ai pas fini ! Ça fait si longtemps que nous sommes ensemble que parfois, j'ai l'impression qu'on reste en couple juste par habitude.

Elle plaqua de nouveau une main sur sa bouche. Merde. Elle venait vraiment de dire ça tout haut ? Il allait lui falloir une troisième bière.

Aiden hocha lentement la tête, comme s'il était en train de réfléchir à sa révélation.

—Bon, je commence à me sentir un peu mieux. Mais j'ai besoin de plus.

—Il ne m'a pas appelée une seule fois depuis mon arrivée ici. Pour ma part, je l'ai fait au moins cinq fois, mais il n'arrête pas de me dire qu'il est occupé. Nous savons l'un comme l'autre qu'il n'a simplement pas envie de me parler.

—Aïe, grimaça Aiden. Là, j'avoue, ça fait mal. Je me sens officiellement mieux, avec ma vie de merde. Merci pour ces efforts. Ce n'est pas tout à fait comme se faire plaquer le jour de son mariage, mais…

—Et nous ne faisons l'amour que deux fois par mois – et c'est seulement quand il n'y a rien de bien à la télé.

Zara ouvrit la bouche en grand avant de la fermer brusquement. Ils se dévisagèrent un long moment, rien d'autre ne bougeant à la surface de la Terre, et elle se demanda s'il était possible de déployer une espèce de force magique pour revenir en arrière de dix secondes, avant qu'elle confie les détails les plus intimes de sa vie, des choses qu'elle n'avait racontées à personne d'autre, à un homme qu'elle ne connaissait pas il y avait encore trois semaines.

Dix nouvelles secondes passèrent. Trente. Une heure. Quinze jours. Elle n'en savait rien, parce que le temps s'était arrêté, leurs regards étaient encore vissés l'un à l'autre, et son cerveau était en pause, paralysé par des jours de surcharge émotionnelle, de stress, de Budweiser et… oui, elle devait l'admettre… d'attirance pour cet homme charmant qui la regardait toujours, son visage si proche qu'elle voyait le muscle de sa mâchoire palpiter. Qu'est-ce qu'il se passait ? C'était comme s'ils étaient perdus, figés, piégés dans la pierre ou quoi que ce soit d'autre qui leur imposait de se dévisager, pendant que le monde tournoyait autour d'eux. Aiden finit alors par rompre le silence.

—Zara…

Ce n'était qu'un simple mot, mais il permit à la jeune femme de revenir à la vie… en mode panique totale.

—Je sais. J'en ai beaucoup trop dit. Je suis désolée. Je suis un vrai boulet. Tu vois, tu as eu de la chance de t'être seulement fait plaquer. Tu aurais pu avoir une bouche comme la mienne et être une source quotidienne d'auto-embarras.

—Zara…

—Tu peux partir, je ne t'en voudrai pas. File, prends tes jambes à ton cou, comme si tu étais poursuivi par des dragons.

Des dragons ? Sérieusement ?

—Zara, c'est mal, si j'ai envie de t'embrasser ?

—Va-t'en et… Attends, quoi ? couina-t-elle en se figeant.

—T'embrasser. J'ai envie de t'embrasser.

Il la fixait toujours. Et elle aussi.

—Tu veux…

Elle ne pouvait pas le dire, parce que ça rendrait la chose réelle, et alors, tout son corps se paralyserait sous le choc, et il y avait un risque qu'elle se brise la hanche en tombant de son tabouret de bar.

—Pourquoi ? hoqueta-t-elle.

Il la dévisageait toujours.

—Parce que tu es belle. Et drôle. Et sûrement la personne la plus gentille que j'aie jamais rencontrée. Et j'ai dit que tu étais sexy ? Oui, tu l'es aussi, crois-moi. Et ça ne me ressemble pas du tout – je te jure que je n'ai jamais fait quelque chose de si spontané dans ma vie. Je ne sais pas ce qu'il se passe. Mais j'aimerais vraiment beaucoup, si tu es d'accord, me pencher vers toi et…

—Non. (Elle secoua vigoureusement la tête, comme pour en chasser un esprit – un esprit malin qui lui donnait envie de l'embrasser, elle aussi.) Tu ne peux pas. Parce que j'ai un petit ami, et même s'il a mieux à faire que de me parler, je ne suis pas comme ça. Je ne pourrais pas me regarder dans une glace si…

Elle était à court de mots, mais elle cherchait désespérément à continuer de parler, priant qu'un trou se forme sous ses pieds pour l'engloutir tout entière.

Rien de tel ne se produisit. Toutefois, les dieux de la célèbre expression « Sauvé par le gong » intervinrent quand le téléphone d'Aiden, posé sur le comptoir, se mit à sonner. Il ne détacha pas le regard du sien, ignorant superbement l'appel, alors, ce fut Zara qui décida de mettre les pieds dans le plat.

—C'est peut-être ta mère. Tu ferais mieux de répondre.

Cette suggestion sembla le ramener brusquement à la réalité. Il prit son téléphone, jeta un coup d'œil à l'écran, et soudain, le petit muscle sur le côté de sa mâchoire se remit à palpiter.

—Ce n'est pas ma mère. C'est…

Il fit pivoter l'écran vers elle.

LAYLA. Zara tenta d'intégrer l'information. Layla. Son ex. Celle qui l'avait planté le jour de son mariage. Punaise, ils avaient eu chaud. Layla avait-elle des dons de voyance qui lui permettaient de savoir qu'Aiden était en ce moment même en train de parler à une autre femme ? Avait-elle piraté le système de sécurité du *Planet Hollywood* ? Comme dans *Ocean's 24* – celui où personne ne vole quoi que ce soit, mais où les ex traquent leurs anciennes conquêtes en se servant des caméras de surveillance de Vegas. Et pourquoi de telles âneries lui venaient-elles en tête alors qu'il était toujours en train de la dévisager, avec un téléphone qui sonnait à la main ?

—Il faut que tu décroches, dit-elle.

—Tu crois ? répondit-il, et c'était comme s'ils savaient tous les deux qu'ils parlaient d'autre chose.

Il devait y aller. Avant qu'ils fassent quelque chose qu'elle regretterait à coup sûr.

—Oui. Je voulais remonter voir comment se porte ma mère, de toute façon.

Le regard d'Aiden oscilla entre le téléphone et elle, pour revenir sur l'appareil…

—Zara, je…

—Vas-y, le coupa-t-elle d'une voix plus ferme. J'aimerais remonter.

Cette fois, il réagit. Il quitta son tabouret et décrocha tout en s'éloignant.

—Layla ?

Zara le regarda partir, complètement sonnée, perdue et perplexe quant à ce qu'il venait de se passer.

Elle ignorait combien de temps elle resta là, à fixer le vide tout en se disant qu'elle aimerait tellement être quelqu'un d'autre – n'importe qui –, là, maintenant. Sauf peut-être le type accoudé au comptoir qui avait toujours le nez dans son bourbon et qui penchait dangereusement vers la gauche – la chute n'était pas loin.

—Salut, beauté. Tu viens souvent par ici ? (Par chance, c'était une voix de femme, pleine de chaleur, appartenant à celle qui venait de grimper sur le tabouret abandonné par Aiden.) Attends que je te raconte… J'ai piqué du nez, et quand je me suis réveillée, papa était en train de regarder *Rocky*. Je ne sais pas ce qui lui est arrivé, franchement.

Bref, je suis donc allée dans l'autre chambre pour voir si maman allait bien et… devine sur qui je tombe ? lança Millie avant de marquer une pause chargée de suspense.

—La mère d'Aiden, marmonna Zara.

—La mère d'… Oh, tu étais au courant. Elles étaient en pleine conversation, alors j'ai retiré tous les objets contondants de la pièce et j'ai filé. Maman a quand même eu le temps de me dire que tu étais ici. Pourquoi tu bois toute seule ? C'est mon truc à moi, ça !

—Aiden vient de partir. Il m'a demandé s'il pouvait m'embrasser.

Zara avait le sentiment de rapporter ce qu'il s'était passé d'une voix lente et robotique, provoquée par la puissance du choc et une attirance déplacée pour un homme qui n'était pas son petit ami.

—Attends, quoi ? Merde, je comptais lui proposer du sexe sans attaches. Bon, et qu'est-ce qu'il s'est passé, une fois que vous vous êtes roulé une grosse pelle ?

—On n'a rien fait. J'ai dit non. Il est parti.

—Super, répliqua Millie. Je veux dire, c'est fou. Mais super pour moi. Par hasard, il t'a dit ce qu'il pensait des plans cul ?

27

Brenda

Cela faisait des heures qu'elles parlaient, et pourtant, il semblait y avoir encore tant de choses à dire… Quand Eileen lui avait demandé si elle aurait voulu revenir en arrière et changer sa vie, Brenda avait songé à lui révéler la vérité, sur Colin, leur mariage, son envie viscérale de démarrer une nouvelle vie sans lui… Mais elle n'en avait rien fait. Ça aurait été malhonnête. Malvenu. Comme si elle avait violé les liens sacrés de leur famille. Alors, elle avait évité de parler de leur avenir et s'était concentrée sur les meilleures parties du passé. C'était une zone bien plus sûre, parce qu'elle ne savait pas encore quoi penser de son ancienne amie. Ce n'était pas facile de détricoter trente années de rancœur en l'espace d'une journée, même avec des excuses sincères d'un côté, des tonnes de vin, et cet étrange sentiment de confort et de familiarité. Alors, Brenda s'était contentée de discuter famille, travail – de rattraper le temps perdu, en somme.

—À ton avis, que diraient les jeunes Eileen et Brenda si elles nous voyaient aujourd'hui ? lui avait demandé son amie.

Elle s'était débarrassée de ses chaussures, et Brenda avait remarqué ses orteils parfaitement manucurés. De son côté, il était hors de question qu'elle retire ses chaussons et révèle ses talons fendillés par des journées entières passées debout à l'hôpital.

—Je pense qu'elles diraient : « Bordel, Brenda, qu'est-ce que c'est que ces kilos en trop et cette tête de déterrée ?! »

—N'importe quoi ! Tu es superbe, avait objecté Eileen.

Brenda avait vu cela comme de la pure politesse. La différence physique entre les deux femmes était flagrante, mais ça avait toujours été le cas, quelque part. Eileen était la grande blonde élancée ; Brenda, la petite aux boucles folles et aux courbes, il faut l'admettre, sensuelles. Le souci, c'était que ses courbes avaient décidé de s'élargir au fil des ans, alors que le visage d'Eileen, lui, semblait rajeunir.

—Moi, si je pouvais me voir, je me dirais sûrement : « Oublie le botox ; et tu ne trompes personne avec ces extensions, chérie », avait déclaré Eileen.

—Je me demandais, aussi…

Son amie avait soupiré.

—J'aimerais dire que j'ai fait tout ça juste pour moi, mais ce serait un mensonge. J'ai conscience que c'est superficiel, mais si tu savais, Brenda… Les applis de rencontres sont un véritable cauchemar pour la confiance en soi. Les hommes de notre âge cherchent tous des femmes de vingt ans de moins que nous, alors autant te dire que la pression sur le physique est énorme. Je n'en peux plus. Si tu savais ce que je donnerais pour avoir un compagnon fiable, correct et au grand cœur… Un homme qui se fout que mes seins pointent vers le bas.

Brenda ne pouvait s'empêcher de trouver une certaine ironie à la situation. La vie idéale dépeinte par Eileen ressemblait à celle qu'elle partageait avec Colin, alors qu'elle-même ne voulait qu'une chose : la liberté de vivre comme Eileen. L'herbe de l'autre côté était d'un vert émeraude flashy.

Elle était en train de se faire cette réflexion quand la porte s'ouvrit sur Millie, qui s'était figée sur place en découvrant leur invitée.

—Euh… je suis en train d'halluciner, maman ? Parce qu'on dirait que l'ancienne petite amie de papa – tu sais, celle qu'il a surprise en train de se taper son pote qui, accessoirement, était aussi ton mec… un vrai bordel, cette histoire – est installée dans un fauteuil, dans notre chambre.

Brenda s'était tournée vers Eileen pour lui adresser un petit haussement d'épaules navré, se délectant secrètement, pour une fois, de l'intrépidité, de la loyauté et du très clair manque de tact de sa fille.

—Eileen, j'aimerais te présenter comme il se doit notre benjamine, Millie. Dès sa naissance, elle était dénuée de filtre, mais on l'a tout de même gardée, parce qu'elle est incroyablement drôle et qu'en toute honnêteté, personne n'aurait voulu nous la prendre.

Son amie ne semblait pas avoir été vexée par cette intervention.

—Ravie de te rencontrer de nouveau, Millie. Et je suis navrée pour tout le chaos que j'ai causé. Ça ne doit pas être simple d'intégrer deux ex et tout un tas de secrets dans un voyage surprise.

—Au moins, vous comprenez ma douleur, avait répliqué sèchement Millie, visiblement pas tout à fait prête à passer l'éponge, puis elle s'était tournée vers Brenda. Tout va bien, maman ? Si tu es prise en otage et qu'elle a une arme, cligne deux fois des yeux ; j'irai chercher de l'aide.

—Je vais bien, ma chérie. Merci. Mais tu peux nous accorder encore un peu de temps ? Zara est descendue au bar de l'hôtel avec le fils d'Eileen, si tu veux aller les retrouver. Ça fait pas mal de temps, et elle n'est pas encore remontée.

—Bon, si tu insistes… Je vais me forcer à aller dans un bar pour boire des cocktails, l'horreur. Tu es vraiment une mère indigne.

Brenda ne put retenir un petit rire. Cette jeune femme lui serrait le cœur, avec ses idées folles, mais personne ne la faisait autant rire que Millie ou ne l'inspirait davantage pour profiter de la vie.

—En parlant de boire…

Brenda avait regardé sa fille approcher pour sortir la bouteille de vin du seau de glace – vide. Elle avait alors balayé le minibar des yeux pour noter qu'il commençait lui aussi à être à sec.

—Je vais demander qu'on fasse monter du vin, maman. Madame Gregg, c'était un plaisir, avait-elle ajouté en rejoignant la porte. Si possible, essayez de ne pas sauter sur le pauvre employé, quand il arrivera avec votre vin.

Eileen avait éclaté de rire dès que la porte s'était refermée.

—Je sais que je devrais être vexée, mais franchement, je l'adore. Elle me rappelle ta mère. J'adorais Ada, mais elle me terrifiait tout autant parce qu'elle disait tout ce qui lui passait par la tête, peu importe ce que c'était.

Le fait de l'entendre parler de sa mère et de sa fille lui avait fait chaud au cœur. C'était sûrement ridicule, mais elle avait l'impression d'avoir remporté une petite victoire. Eileen avait peut-être eu son homme à l'époque, mais Brenda avait donné naissance à deux jeunes femmes spectaculaires. Et cela valait tellement plus que ce foutu Gary Gregg.

Tant qu'à lister les bonheurs de sa vie, c'était vrai qu'elle avait eu une mère formidable, une mère qui l'avait aimée jusqu'au jour de sa mort, en fin d'année dernière. Quelle chance elle avait eue de pouvoir passer toute cette vie avec elle… Eileen n'avait jamais pu partager ça avec sa propre mère, et Brenda éprouvait une profonde compassion pour elle. Ça n'avait pas dû être facile de gérer sa vie sans aucun soutien.

Cette idée l'avait légèrement décrispée, et c'était avec empathie qu'elle s'était relancée dans leur échange d'anecdotes.

Le vin avait été apporté, et elles s'étaient quasiment tout raconté quand la porte se rouvrit. Brenda s'attendait à voir Zara ou Millie. Elle retint alors son souffle en s'apercevant qu'il s'agissait de Colin. Il paraissait plus vieux que ce matin, et l'écharpe de fortune qu'il s'était composée à partir d'une serviette pour soutenir son bras faisait presque pitié.

Comme Millie, il se figea en découvrant qu'Eileen était avec elle.

—Je vais vous laisser, dit-il aussitôt, Brenda percevant une colère qui ne lui ressemblait pas dans sa voix.

—Non, reste. S'il te plaît. Eileen est venue parler. Je pense que ça pourrait t'aider.

—Comment va ta main ? l'interrogea l'intéressée, la soutenant sans se poser de question.

C'était tellement étrange. C'était exactement le genre de communications télépathiques qu'elles avaient eues plus jeunes, et après trente années de séparation et de haine, après des trahisons dévastatrices et des décisions déraisonnables, après que chacun avait eu le cœur brisé, voilà qu'ils se retrouvaient là, et Brenda ne savait qu'en penser. Pendant des années, elle s'était demandé où Gary et Eileen étaient, s'ils étaient restés ensemble, ou si chacun avait pris un chemin différent, après cette fameuse nuit à Vegas.

Elle n'avait pas eu le courage de contacter les parents de Gary, parce qu'elle ne les connaissait pas très bien, et Eileen n'avait pas de famille qu'elle aurait pu approcher. C'était avant que les réseaux sociaux soient à la mode. Et ça n'était pas son truc, encore aujourd'hui. Les filles la poussaient constamment à s'ouvrir un compte Facebook, Instagram ou encore Twitter, mais cela n'avait jamais vraiment intéressé Brenda. Son monde tournait autour de ses filles et de son travail, et elle préférait voir ses amis en chair et en os. Oui, elle avait conscience que cela faisait d'elle un dinosaure, mais ces derniers jours ne lui avaient-ils pas donné raison ? Il suffisait de voir le chaos qu'avait provoqué une simple prise de contact *via* Facebook. Cela avait donné des retrouvailles horriblement gênantes, des squelettes qu'on avait dû sortir d'un placard, ainsi qu'une main amochée soutenue par une serviette de bain appartenant au *Planet Hollywood.*

—Viens t'asseoir, Colin, l'encouragea Brenda, sachant pertinemment qu'il se montrerait courtois.

Et en effet, il s'exécuta.

—C'est cassé ? demanda Eileen, cherchant toujours à l'engager dans la conversation.

Avec toutes ces années passées aux urgences, Brenda avait appris à deviner les microsignaux que les gens trahissaient quand ils étaient dans une situation inconfortable. À cet instant, la légère crispation au niveau des yeux d'Eileen laissait entendre qu'elle était nerveuse.

—Rien de bien méchant, répondit Colin. Et avant que tu dises quoi que ce soit, il l'a mérité, et je n'hésiterais pas à le refaire.

—Je tiendrais volontiers ta veste pendant ce temps, répliqua Eileen, ce qui l'étonna. Il est parti, au fait. Il est retourné en Caroline du Sud. Apparemment, le sens de la fête à Vegas ne lui a pas trop plu.

Cette fois, c'était Colin qui, par ses épaules légèrement voûtées, montrait que cette information était un soulagement pour lui.

—Cette journée est tout bonnement surréaliste, souffla-t-il. Je suis content qu'il soit parti. Je n'avais rien d'autre à lui dire. En revanche, je suis surpris de te voir là.

Il n'avait pas dit ça méchamment, juste de cette manière directe et honnête qui l'avait toujours caractérisé.

—Je suis venue présenter mes excuses à Brenda, qui a eu la gentillesse de me laisser entrer et de m'écouter.

—Sans lui mettre mon poing dans la figure, ajouta celle-ci, les yeux brillants, histoire de le détendre. Nous sommes un peu plus civilisées, dans la gent féminine. Au fait, avant que j'oublie, Millie a déclaré qu'elle allait changer ton nom en Lennox Lewis – il faudra que tu songes à lui parler.

Cela lui arracha un sourire, et Brenda se fit la remarque qu'il était encore très charmant, quand ça arrivait. Depuis combien de temps n'avait-il pas été cet homme drôle, doux et insouciant qui souriait constamment ? Que lui était-il arrivé ? Que leur était-il arrivé à tous ? Leurs choix et les cartes qu'on leur avait données les avaient-ils vidés de l'essence même de leurs personnalités ? Et était-il trop tard pour revenir en arrière et prendre des décisions qui restaureraient leur bonheur, leur enthousiasme et leur curiosité de la vie ? Brenda était persuadée qu'ils avaient encore du temps. Elle devait juste le convaincre qu'ils devaient faire cela séparément.

—Mais je te dois des excuses, à toi aussi, Colin, poursuivait Eileen. Je t'ai très mal traité. Ce que j'ai fait... nous avons tous vu ce que ça a donné. Je sais que ça fait trente ans, et qu'il est trop tard pour se racheter, mais quoi que ça vaille, j'aimerais te le redire : je ne souhaitais pas que ça se passe comme ça. Je n'avais rien prévu. Brenda et moi étions en train de nous dire que si cette nuit n'avait pas eu lieu, nos vies seraient intrinsèquement différentes aujourd'hui. Mais nous disions également que nous ne voudrions pas revenir en arrière et tout changer, parce que regarde un peu où nous en sommes. Vous avez vos filles, et moi, j'ai Aiden. Nous avons tous réussi à aller jusqu'ici sans trop de peines de cœur. Ça veut peut-être dire quelque chose.

—Peut-être, oui, répondit Colin avec son calme si caractéristique. Pour être honnête, Eileen, il n'y a rien que je souhaiterais changer, moi non plus. Nous avons eu une belle vie, n'est-ce pas, Brenda ?

Elle prit sa question en plein cœur, dont un petit bout se détacha.

—En effet.

Pour la plus grande partie, c'était vrai, et elle n'avait pas l'intention de le mettre dans l'embarras en déballant leurs problèmes sous le nez de son premier amour. Elle ne pouvait pas lui faire ça.

—Dis-moi, Eileen… J'aimerais savoir si tu as quitté Gary parce qu'il avait… disons, les mains baladeuses ? demanda Colin avec l'air de quelqu'un qui connaissait déjà la réponse.

Eileen hocha la tête, un sourire triste confirmant ses doutes.

—Oui. Comment tu as deviné ?

—Il a toujours été comme ça. Je pense que c'était dans ses gènes. Son père avait été marié trois fois, et chaque coup, il était parti pour quelqu'un d'autre.

—Quand tu dis qu'il a toujours été comme ça… intervint Brenda, perplexe. Tu veux aussi parler du moment où on était ensemble, lui et moi ?

Elle reconnut son expression. Il était en train de débattre entre choisir l'honnêteté et la gentillesse, parce que ce qu'il s'apprêtait à répondre ne pouvait pas être les deux.

—Sois honnête, le pressa-t-elle alors.

—Oui, soupira-t-il.

Brenda sentit sa poitrine se vider de tout son air.

—Je me suis toujours posé la question. Non, c'est plus que ça, même. Je pense que quelque part, je le savais. Pourquoi tu ne me l'as jamais dit ?

—Si je te l'avais confié à l'époque, tu ne m'aurais pas cru, expliqua-t-il, et elle savait qu'il avait raison.

—Et après, quand nous étions mariés ?

—Eh bien, tu étais ma femme, et j'aurais été incapable de te faire du mal. Je pensais que c'était tant pis pour lui, et tant mieux pour moi. Je n'ai jamais changé d'avis à ce sujet.

La gorge de Brenda se serra tandis qu'elle regardait son mari calme et digne lui ouvrir son cœur. La vérité, c'était qu'*elle* avait changé d'avis sur lui. Et elle commençait à se demander si c'était trop tard pour revenir en arrière.

28

Aiden

Aiden n'entendait pas bien Layla, à l'autre bout du fil. Il y avait trop de bruit dans le casino, puis, quand il était sorti dans la rue, c'était encore pire, entre les klaxons et les sirènes hurlantes. Par ailleurs, ce n'était pas une conversation qu'il avait envie d'avoir dans ce genre d'environnement bruyant, à devoir tendre l'oreille pour capter le moindre mot. Il voulait être assis et préparé afin de pouvoir réfléchir raisonnablement et logiquement, et non être influencé par le fait qu'il venait juste de mourir d'envie d'embrasser une autre femme – une femme qui n'était pas l'ex-fiancée qui tentait de lui parler.

—Layla, je ne t'entends pas ! s'époumona-t-il. Je te rappelle dans cinq minutes, quand je serai dans ma chambre.

—Ta chambre ? De quoi tu parles ? Où est-ce que tu es ?

Elle criait elle aussi, si bien qu'il était infichu de deviner son humeur ou l'éventuelle raison de son appel. C'était pour ça qu'il avait besoin d'être au calme, où il pourrait se concentrer sur ce qu'elle disait.

—À Vegas.

La conversation fut brusquement coupée. Impossible de savoir si elle avait raccroché ou s'il n'y avait plus de réseau. Merde.

Il traversa la route, longea l'allée légèrement inclinée, fendant la foule qui s'amassait devant la boutique *Valentino* puis entra dans l'hôtel, qui grouillait de tant de monde qu'il dut jouer des coudes pour éviter les grappes de touristes qui s'enregistraient ou qui contemplaient la sculpture de verre du plafond. Cela ne faisait-il vraiment que deux jours qu'il était arrivé et avait vu cette œuvre pour la première fois ? Comment autant de choses avaient-elles pu changer en si peu de temps ?

— Hé, mon pote, tu aurais un ou deux dollars à me passer pour jouer un peu ?

Au début, Aiden fit à peine attention, parce qu'il savait que ces mots ne lui étaient certainement pas adressés, puis… quelque chose fit *clic* dans son cerveau. Cette voix. Il la connaissait aussi bien que la sienne, mais ça ne pouvait pas…

— Trevon ? lança-t-il tout en pivotant sur ses talons.

Dans la seconde qui suivit, il perdit au moins cinquante pour cent de son stress, parce que là, juste devant lui, se trouvait son meilleur ami.

— Qu'est-ce que tu fais là, mec ?! s'exclama-t-il en le gratifiant d'une étreinte enthousiaste.

— Oh… j'ai eu envie de faire un petit coucou. Tes SMS exsudaient de nervosité. Je voulais juste m'assurer que ça allait. Une connaissance venait par ici, alors j'en ai profité pour m'incruster.

Aiden secoua la tête, hilare.

— Tu es venu en jet privé, pas vrai ? Avec un gros client ? Tu sais que des fois, c'est difficile de t'apprécier.

Il aimait plaisanter en rappelant à son ami que lorsqu'ils s'étaient rencontrés, ils étaient tellement fauchés qu'ils passaient tous les lundis soir chez Eileen, parce qu'elle les gavait d'ailes de poulet pendant qu'ils regardaient le foot.

Mais même à l'époque, son ami était sensas. Aujourd'hui, il avait transformé son amour du fitness et son charisme de leader en entreprise et en lifestyle auxquels ces deux jeunes d'il y avait quelques années n'auraient pas pu rêver. Trevon méritait chaque dollar qu'il gagnait, en particulier ceux qu'il donnait à une association offrant l'accès à l'éducation aux gamins des quartiers défavorisés. C'était de loin le type le plus chic qu'Aiden connaissait. Dans un monde rempli de Gary Gregg, il aurait franchement préféré être un Trevon Anderson.

—Tu es là pour combien de temps ? Tu restes ?

—Au moins ce soir, oui. Peut-être deux ou trois nuits de plus.

Aiden l'étreignit de nouveau.

—Putain, tu n'imagines pas comme j'avais besoin d'entendre ça. Mon père a fait ses valises, alors il y a un lit de libre dans ma chambre, si tu es intéressé…

—Ça me va. Et ta mère ? Elle est toujours là ?

—Oui. Sans rire, j'ai tellement de trucs à te raconter, mais… Écoute, Layla vient juste de m'appeler.

Ce fut au tour de Trevon d'être choqué.

—Tu déconnes ?

—Non, mais je n'entendais rien à ce qu'elle disait, alors il faut que je la rappelle. Donne-moi ton sac. Je l'emporte dans la chambre, puis je te rejoins au bar dès que j'ai terminé. Ça marche ?

—OK. Si, quand tu me retrouves, je mise tout sur le rouge, sauve-moi, tu veux ?

Aiden hocha la tête en riant.

—T'inquiète, je serai là.

Il récupéra le sac de son ami et gagna l'ascenseur qui le mena jusqu'à sa chambre. Il prit alors une bouteille d'eau, l'ouvrit et, avec dix minutes de retard sur ce qu'il avait promis, rappela Layla. Il manqua de s'étouffer de soulagement quand elle décrocha à la première sonnerie.

—Désolé. Je suis tombé sur Trevon à l'accueil.

—Qu'est-ce que tu fais à Vegas ?

Ce furent ses premiers mots, et ils eurent le pouvoir de le mettre immédiatement à cran, d'autant qu'elle n'avait pas l'air particulièrement ravie de le savoir là.

—Désolé, tu pensais peut-être que je t'attendais toujours sur la plage ?

C'était un coup bas, mais les mots étaient sortis avant qu'il puisse les retenir. Il fallait toutefois qu'il reste calme. Il pouvait enfin lui parler, et il n'avait pas envie qu'elle raccroche avant qu'il obtienne des réponses aux questions qui l'empêchaient de dormir depuis ce fameux jour. Il y eut un silence à l'autre bout du fil, et l'espace d'un petit moment, il pensa l'avoir perdue. Une fois de plus.

—Aiden… Je suis désolée. Je suis tellement, tellement désolée.

Sa voix vibrait d'émotion ; il sut qu'elle venait de se mettre à pleurer. Il laissa aussitôt tomber la rancœur et tenta une approche plus douce :

—Moi aussi, Layla. Mais j'ai besoin de savoir ce qu'il s'est passé. Je ne comprends pas.

Il y eut un reniflement, puis une longue inspiration, et à cet instant, il pouvait parfaitement la visualiser. Il n'y avait aucun bruit en arrière-plan ; elle devait télétravailler. Dans ce cas, ses cheveux noir corbeau devaient être attachés en une haute queue-de-cheval, et ses grands yeux bruns encadrés de ce trait noir qui étirait sa paupière. Elle portait ses lunettes, parce qu'elle ne voulait pas pleurer avec ses lentilles de contact, et elle était assise sur le canapé d'angle couleur crème de sa mère, en ville, celui qui donnait sur Drum Island. Elle était allée à son cours de Pilates ce matin, alors elle devait être encore vêtue de son legging et d'un de ses crop-tops, sous une veste de sport qui arborait des trous pour les pouces au niveau des manches. Oh, et il devait y avoir une pile de revues sur le commerce de Caroline du Sud ainsi que des magazines lifestyle posés sur la table basse, parce qu'elle était dans le marketing du voyage et de l'événementiel, si bien que son travail consistait à connaître chaque hôtel, chaque bar, chaque restaurant, chaque boîte et chaque salle de spectacle de la côte est. Et elle devait tenir son téléphone devant elle, car elle avait mis le haut-parleur.

—J'ai paniqué. Je sais que c'est nul, comme excuse, mais c'est vrai. J'ai paniqué. Derren m'a appelée la veille du mariage…

Aiden ferma les yeux. Derren, son ex-mari.

—Je te jure qu'il ne s'est rien passé. Je te le jure, Aid. Mais il a réussi à me faire douter, m'a dit que c'était une relation pansement, m'a répété que je ne te connaissais que depuis quelques mois… Puis je me suis souvenue d'à quel point j'avais été détruite, quand nous avions divorcé, et je sais que je ne pourrais pas revivre ça.

—Tu n'aurais pas eu à le revivre, répondit-il calmement, sachant que c'était vrai.

Il l'avait aimée. Il l'aurait épousée, aurait été fidèle et aurait tout fait pour la rendre heureuse. Il lui aurait fait confiance. L'aurait adorée. Se serait réveillé chaque matin en étant fier qu'elle soit à ses côtés… Il se rendit alors compte qu'il pensait au passé. Quand donc était-ce arrivé ? Quand son esprit avait-il transféré ses sentiments pour elle du présent au passé ? S'agissait-il d'un simple mécanisme de défense, ou y avait-il eu une véritable fracture ? Si oui, cette fracture avait-elle été causée par une brève rencontre avec quelqu'un d'autre ? Le chaos et la confusion se trouvaient en général de l'autre côté de son bureau ; il lui fallut un moment pour intégrer que ces sentiments étaient beaucoup plus proches de lui, aujourd'hui.

— Je le sais, maintenant, souffla-t-elle. J'avais juste besoin de temps pour réfléchir, pour tout mettre au clair dans ma tête. Je sais que je ne peux pas te demander de me pardonner, mais… pardonne-moi, s'il te plaît.

Il aurait voulu lui dire oui, que tout allait s'arranger, qu'aucun mal n'avait été fait, que rien n'était irréparable. Mais il n'était pas certain que ce soit vrai.

— Écoute, Layla, je rentre dans deux jours. Ce n'est pas une discussion à avoir au téléphone, d'accord ? Laisse-moi te rappeler à mon retour, et on pourra se voir dimanche pour en parler.

Oui, d'ici là, lui aussi aurait remis ses idées au clair. Cette étrange appréhension qui lui tordait le ventre aurait disparu, et il saurait ce qu'il ressentait… C'était tout du moins ce qu'il espérait.

— OK, je peux attendre. Et… Aiden…

— Oui ?

— Je t'aime.

Elle n'attendit pas de réponse, ce qui rassura profondément Aiden, parce qu'il était infoutu de savoir ce qu'il aurait répondu. Bordel. Pourquoi maintenant ? S'il s'était marié il y avait un mois, toute cette situation serait inexistante, car il ne serait pas à Vegas, n'aurait pas rencontré Zara et ne serait pas en train de se demander pourquoi il n'arrivait pas à se la sortir de la tête.

Stop. Il fallait que ça s'arrête. C'était complètement dingue. Il ne l'avait vue en chair et en os que cette semaine, et déjà, une partie tordue de son esprit cherchait à le convaincre qu'il avait des sentiments pour elle ? C'était une inconnue. Elle vivait à Glasgow. Elle avait un petit ami. C'était ridicule. C'était le genre de situation qu'il voyait dans son cabinet, quand un couple demandait le divorce un mois après s'être rencontré et marié sur un coup de folie. Ce n'était pas lui. Il n'était pas son père. Il prenait de bonnes décisions, décentes et intelligentes, qu'il pouvait assumer et qui étaient basées sur le bon sens. Il ignorait s'il pourrait retrouver l'amour et la sécurité qu'il avait éprouvés aux côtés de Layla, mais cette histoire avec Zara devait cesser sur-le-champ. Et si ce moment d'autoréprimande ne faisait aucune différence, son ami qui l'attendait au bar de l'hôtel saurait le remettre sur le droit chemin. Trevon était l'homme le plus stable qu'il connaissait. Il ne couchait pas à droite à gauche, ne se laissait pas distraire par des aventures sans lendemain. Après qu'Aiden l'eut représenté, lorsqu'il avait divorcé de la femme qu'il avait épousée en sortant de l'université, Trevon avait eu quelques relations longues, mais cela faisait plus d'un an qu'il était seul – il prétendait vouloir se concentrer sur le développement de son entreprise. Aiden respectait ce point de vue. Et il commençait à regretter de ne pas l'avoir imité.

Il attrapa la clef de sa chambre, son téléphone et sa foutue raison, puis retourna en bas, scrutant les bars à la recherche de son ami. Il finit par le trouver au *Lily Bar*, non loin du restaurant qui avait été la scène de la rencontre avec les Jones. Un sourire lui étira les lèvres quand il vit avec qui était Trevon.

—Salut, maman ! lança-t-il en l'étreignant.

Il songea alors qu'elle semblait différente, soudain. Plus légère. Et, était-ce son imagination, ou ses yeux brillaient-ils de bonheur pour la première fois depuis… très longtemps ?

—Comment ça s'est passé, avec Brenda ?

—Mieux que ce que je m'étais imaginé. Et en bonus, je suis tombée sur ce charmant jeune homme en revenant ici. Il a fait tout le trajet pour s'assurer que tu allais bien, alors je l'ai pris en otage et suis en train de tout lui raconter.

—Tes SMS à deux balles ne dépeignaient clairement pas l'ampleur des événements, commenta Trevon avant de désigner une Modelo, sur le comptoir. Je t'ai commandé une bière.

Aiden haussa les épaules, contrit.

—Ouais, désolé... Vous en êtes où, exactement ? demanda-t-il en tirant un tabouret et en portant la bouteille à sa bouche.

Il buvait rarement, à la maison. Une bière quand il regardait un match, peut-être un verre de vin au dîner, le week-end... Et pourtant, il avait l'impression d'avoir quasiment toujours eu une boisson à la main depuis son arrivée ici. Voilà à quoi le poussait tout ce stress...

—Je m'apprêtais à raconter le moment où Colin a mis son poing dans la figure de ton père, déclara-t-elle.

—Mais non ! s'exclama Trevon en riant. Je veux entendre le moindre détail, parce que quelque chose me dit que je vais beaucoup aimer...

Aiden écouta sa mère relater l'événement, puis passer au reste de l'histoire. Ils poursuivirent dans le restaurant *Prime Steakhouse* de l'hôtel, et le sujet tint toute la durée du dîner. Il y eut de la gêne quand elle parla à Trevon de son passé, beaucoup de réconfort et de compassion en retour, quelques larmes, toutes versées par sa mère, et principalement quand elle leur confia avoir l'espoir infime que son amie puisse, d'une certaine manière, lui pardonner.

Aiden était heureux pour elle. Elle le méritait. Certes, elle avait commis une erreur, mais il comprenait aujourd'hui qu'elle avait passé trente années à payer pour cela. Personne ne méritait de vivre ainsi.

Il se pencha vers elle pour l'enlacer au moment où le serveur arrivait avec l'addition. Après une brève empoignade avec Trevon pour savoir qui réglerait, il gagna et la fit mettre sur sa note.

—Bon, si tu paies le repas, moi, j'offre la suite. Je connais un bar hyper sympa avec une vue dingue sur la ville. Ça vous branche ?

Aiden était tenté, mais il ne pouvait pas y aller. Il avait autre chose à régler d'abord.

—J'ai beau vous aimer fort tous les deux, j'ai du travail à terminer ce soir… (Ce n'était pas strictement vrai, mais il savait qu'ils ne le prendraient pas mal, s'il sortait l'excuse du boulot.) Je vais donc devoir décliner. Tiens, Trevon, c'est la seconde clef de notre chambre. On se voit à ton retour. (Il se pencha pour embrasser sa mère.) Bonne nuit, maman.

—Bonne nuit, mon fils. Tu es sûr que ça va aller ?

—Oui, tout va bien. Je suis juste un peu fatigué. La semaine a été longue…

Il détestait mentir à sa mère, mais il n'était pas prêt à lui dire la vérité. Il les abandonnait parce qu'il avait le besoin urgent de passer un coup de fil.

Et est-ce que ça irait ?

Tout dépendait de si Zara décrochait.

29
Eileen

C'est fou la tournure que peuvent prendre les choses dans cette ville, songea Eileen. Le joueur qui misait l'intégralité de sa dernière pile de jetons, un peu par désespoir, et qui remportait le gros lot. La baleine – elle savait que c'était ainsi qu'on appelait ceux qui étaient prêts à débourser de très grosses sommes – que l'un des casinos avait fait venir en jet privé, lui faisant économiser le prix d'un billet d'avion pour qu'elle dépense finalement deux cent mille dollars dans la soirée. Le serveur ou la serveuse qui croisait le regard d'un magnat de la finance et gagnait son cœur ainsi que son solde bancaire. La danseuse qui avait débarqué avec rien et qui était devenue une star.

Puis il y avait Eileen Gregg, qui était arrivée hier avec un masque cachant le fait qu'elle était brisée. Armée de bagages qu'elle se traînait depuis toujours. Pour se retrouver détruite quand ses pires secrets avaient été mis sous la lumière. Et pourtant, à cet instant… L'attitude de son ex-mari avait définitivement fermé une porte, dans son esprit ; le temps passé auprès de son fils lui avait rappelé à quel point c'était un homme bien ; et cet après-midi avec Brenda et Colin lui avait donné l'espoir d'être pardonnée. Plus encore, le simple fait de se retrouver auprès de son ancienne amie avait rappelé à Eileen qui elle était, avait fait renaître une légèreté et une familiarité qu'elle reconnaissait à peine, mais qui la faisaient se sentir entière. Ce sentiment de parler à quelqu'un qui vous connaît. Qui sait qui vous êtes. D'où vous venez. Qui a une connexion réelle et profonde avec une personne que vous aviez fini par oublier.

Cette journée avait été l'une des pires et des plus belles de sa vie. Et désormais, elle était dans un club, accompagnée d'un homme charmant qu'elle adorait, avec qui elle buvait du brandy et dansait, les lumières de la ville scintillant à travers les fenêtres qui s'étiraient tout le long du mur. Au moins une demi-douzaine de femmes bavaient devant celui qui se trouvait à ses côtés, et pourtant, il était assez prévenant pour faire mine de ne pas voir et de continuer à boire et à danser rien qu'avec elle. C'était une petite tranche de paradis, et elle aurait aimé que ce moment dure pour toujours.

Le groupe joua les derniers accords de *Fly Me to the Moon*, puis entama une balade bien trop lente pour correspondre à l'humeur d'Eileen.

—On se prend un autre verre ? dit-elle à Trevon, qui la fit tournoyer puis s'incliner en arrière au plein milieu de la piste.

Il la fit se redresser en riant.

—Alors, sur une échelle de un à dix, c'était kitsch à quel point ?

—Je pense que tu as largement dépassé l'échelle, le railla-t-elle en passant le bras sous le sien tandis qu'ils rejoignaient leur table, à quelques pas de là. À vrai dire, je commence à comprendre pourquoi tu es célibataire.

—Ça, j'en doute, répliqua-t-il un peu sèchement, et Eileen crut un instant qu'elle l'avait vexé.

Mais non, enfin… C'était Trevon. Ils s'entraînaient ensemble toutes les semaines, et ils se lançaient des piques parfois beaucoup plus dures – au nom d'une compétition tout à fait bon enfant, cela va sans dire. Cela faisait sept ou huit ans qu'elle le connaissait, et pas une seule fois, durant tout ce temps, elle ne l'avait vu mal prendre quoi que ce soit. Non, elle avait dû se tromper.

Et pourtant… il avait le nez plongé dans son verre, comme si quelque chose le travaillait. Mince… Non, ça n'allait pas. Était-ce Aiden ? S'était-il passé autre chose que son ami ressentait le besoin de partager ? Ou Trevon avait-il lui-même des soucis ? Si c'était le cas, il fallait qu'elle le sache, parce qu'elle ferait tout son possible pour l'aider.

—Eileen, il faut que je te parle.

Bon, c'était officiel. Ce moment merveilleux avait donc une fin.

—Je suis tout ouïe, répondit-elle en s'efforçant de garder un ton léger afin qu'il se sente suffisamment à l'aise pour tout lui dire.

Même si ça n'avait jamais été un problème jusqu'ici. Combien de fois étaient-ils allés prendre un café, après leur séance dominicale de CrossFit, pour se retrouver à la même place quatre heures plus tard, toujours en pleine conversation ? Trevon passait également tous ses jours de congé avec elle et Aiden, et son fils était chaque fois celui qui allait se coucher en premier, les laissant tous les deux sur le balcon, ou devant la cheminée, à discuter jusqu'à ce qu'ils aient résolu tous les problèmes du monde, ainsi que quelques-uns des leurs. De toute évidence, un nouveau problème avait besoin d'attention.

—Si je suis célibataire, ça n'a rien à voir avec ma façon de danser, dit-il, le regard toujours rivé sur le contenu de son verre.

—Trevon, je ne voulais pas te blesser, et je suis désolée si c'est le cas. Je plaisantais, je t'assure.

Peut-être des excuses suivies d'un nouveau petit tour sur la piste de danse lui feraient-elles du bien et l'aideraient à oublier qu'elle avait touché une corde sensible à cause d'une blague idiote ?

—Il y a quelqu'un…

—Ah bon ?

Alors là, c'était un sacré scoop. Il n'avait jamais parlé d'une quelconque femme dans sa vie, depuis qu'il avait rompu avec sa dernière petite amie, et cela remontait à… Eileen se creusa la cervelle… peut-être un an, au moins. Sûrement plus. Il allait falloir qu'elle demande à Aiden, demain matin.

—Mais c'est compliqué.

Ah, voilà qui était dans ses cordes. Ce pauvre garçon était amoureux, sauf que ce n'était pas si simple. Elle avait pour sa part eu une vie entière de relations compliquées. Elle pourrait l'aider. Instinctivement, elle posa la main sur la sienne.

—OK. Tu as face à toi une personne qui est absolument tout sauf douée pour les relations simples, qui a été mariée à un abruti notoire et qui, depuis son divorce, a fréquenté un petit paquet de crétins de Charleston. Alors, autant te dire que c'est ma spécialité. Je t'écoute. J'ai besoin de connaître le problème avec cette fille, OK ? Elle est mariée ? C'est Beyoncé ?

Le sourire de Trevon ne s'accordait pas avec l'air sincèrement troublé de son joli minois.

—Comment en es-tu venue à Beyoncé ?

—Je ne sais pas. Je me suis dit qu'il y aurait sûrement deux ou trois obstacles à surmonter, si tu la fréquentais.

—À commencer par son époux, suggéra Trevon.

—En effet. Bon, en général, il n'y a que peu de catégories possibles, alors je tente ma chance, et tu m'arrêtes quand j'ai bon.

Elle était lancée ; plus tôt ils trouveraient une solution à son problème, plus tôt ils retourneraient sur la piste.

—Elle est mariée ?

—Non.

Mince. C'était la chose la plus plausible qui lui était venue en tête.

—Enceinte ?

—Non. Écoute, Eileen…

—Sa famille ne t'aime pas ?

—Non, c'est…

La réponse la frappa alors de plein fouet. Ce n'était pas un « elle », mais un « il ». Et ce « il » était Aiden. C'était forcément ça. Il était venu en avion jusqu'ici, à l'autre bout du pays, sous prétexte que son ami lui avait envoyé un message disant que ça ne se passait pas comme il l'imaginait. C'était plus que de l'amitié. C'était de l'amour.

—C'est un « il », finit-elle pour lui. Tu es amoureux d'Aiden.

—Eileen ! Je ne suis pas amoureux d'Aiden. Mais je commence à comprendre pourquoi tu es célibataire, lâcha-t-il en lui rendant sa pique.

Elle s'apprêtait à objecter quand…

—C'est compliqué parce que la femme dont je suis amoureux est plus âgée que moi. C'est la mère de mon meilleur ami. Et elle n'a pas idée d'à quel point elle est merveilleuse.

Plusieurs choses se passèrent en même temps. Eileen se retrouva soudain bouche bée, la mâchoire bloquée en position ouverte. Elle était incapable d'articuler le moindre mot. Et elle se rendit compte qu'elle avait toujours la main posée sur celle de Trevon, mais qu'il était en train de la caresser tendrement avec le pouce.

Dès qu'elle recouvra ses facultés motrices, elle arracha sa main et grogna :

—Non. Non, Trevon. C'est forcément autre chose…

—Je t'assure que non, Eileen. C'est exactement ce que je pense que c'est.

—Mais c'est fou.

—Pourquoi ? se hérissa-t-il.

—Parce que j'ai vingt-cinq ans de plus que toi, déjà.

Elle sentit qu'elle commençait à transpirer, et son cœur, en mode panique, bagarrait avec ses poumons qui étaient à cet instant en train de lui comprimer la poitrine.

—J'ai trente-huit ans. Tu as dix-sept ans de plus que moi, et je ne vois vraiment pas en quoi c'est un problème.

—Parce que j'ai dix-sept ans de plus que toi ! répéta-t-elle en appuyant davantage sur le « dix-sept ».

—Je ne vois toujours pas le problème, répliqua-t-il avec un haussement d'épaules. C'était quoi, la différence d'âge entre Gary et sa dernière copine ? Ou celle d'encore avant, ou encore avant ? Je dirais bien vingt-cinq pour chacune d'elles.

—Et ce n'est clairement pas en mettant en avant les standards de fréquentation de mon ex-mari que tu risques de remporter cet argument, siffla-t-elle.

—Deux poids, deux mesures, répondit-il, et elle comprit pourquoi il s'en sortait si bien professionnellement parlant – ce garçon ne reculait devant rien.

Elle tenta une approche différente :

—OK. Quoi qu'il en soit, le fait que tu sois le meilleur ami de mon fils *est* un problème. Trevon, ce n'est pas… bien. Pour toi comme pour moi.

—Pourquoi ? Parce que les gens nous jugeront ?

L'agacement d'Eileen monta en flèche.

—Non. Je me fous de ce que pensent les gens. Mais pas de ce que pense Aiden. Et cette histoire…

Elle marqua une pause. Qu'était-elle en train de raconter ? Il n'y avait pas d'« histoire ». C'était ridicule. Complètement bizarre. Elle poursuivit tout de même :

—Cela ne lui plaira clairement pas.

—Je ne suis pas d'accord avec toi. (Il se pencha de nouveau vers l'avant, son langage corporel exsudant d'une parfaite confiance en ce qu'il disait.) Aiden t'aime, et il veut que tu sois heureuse. Il ressent la même chose pour moi. Il lui faudra peut-être un petit temps d'adaptation, mais il finira par comprendre. Je te le promets. J'ai juste besoin de savoir que tu éprouves la même chose. J'ai besoin de savoir que ce n'est pas unilatéral.

Eileen s'enfonça dans son siège, sonnée. Incapable d'intégrer la question. Incapable de lui donner une réponse. Elle n'avait jamais, au grand jamais, envisagé cette possibilité. Pourquoi l'aurait-elle fait ? C'était le meilleur ami de son fils, et une limite qu'elle n'avait jamais songé à franchir.

Par ailleurs, elle n'était pas prête à cela maintenant, parce que la seule chose qu'elle avait réussie dans sa vie était Aiden, et elle n'aurait mis leur relation en péril pour rien au monde.

—C'est unilatéral, Trevon. Je suis désolée. Et je pense qu'il vaut mieux que nous rentrions à l'hôtel.

30

Zara

Le jour de l'anniversaire de mariage pas tout à fait légal de ses parents, à son réveil, Zara jeta comme tous les matins de cette semaine un coup d'œil au lit voisin pour voir si sa sœur était rentrée. Non, Millie était aux abonnés absents. Ce qui l'aurait inquiétée, si elle n'avait pas laissé sa sœur en pleine conversation avec un officier de police en repos particulièrement séduisant, dans un bar après le concert de Céline Dion, ni reçu un message deux heures plus tard avec une photo du type en question, les liens de ses réseaux sociaux, son adresse, son numéro de téléphone, et ceci :

Je rentre avec Chad. Voilà ses infos. Si je ne reviens pas, c'est que je suis ligotée dans sa cave. Je t'aime !

Si quelqu'un profitait à fond de ce voyage, c'était bien sa sœur. Même si ses parents semblaient enfin prendre du bon temps, eux aussi. Hier, ils avaient réussi à s'octroyer une journée dénuée de tout drame, ce qui était un véritable soulagement, après la débâcle du jour d'avant. Ils s'étaient levés tôt, avaient survolé le Grand Canyon en hélicoptère puis, après le déjeuner, avaient fait un tour de gondole au Venetian. Dans l'après-midi, sa mère les avait tous choqués en annonçant que son père et elle allaient boire un verre avec la mère d'Aiden. Ils étaient revenus quelque peu éméchés, juste à temps pour se rendre au concert pour lequel elles s'étaient procuré des billets des semaines plus tôt. Céline leur avait fait vivre deux heures de tornade émotionnelle qui avait même mis les larmes aux yeux à Millie, quand elle avait chanté *All By Myself* à tue-tête.

Et Zara n'avait pas pensé à Aiden plus d'une fois… par quart d'heure. Il l'avait appelée l'avant-veille, tard, mais elle n'avait pas décroché. Puis il lui avait envoyé un message, hier :

Je suis désolé. On peut parler ?

Elle avait également ignoré ce SMS, même si elle avait conscience de glisser lentement, mais sûrement, vers le bas de la barre huileuse de la maturité.

Elle se redressa et ouvrit tout de suite son application de traçage de téléphone. Oui, Millie était bien à l'adresse indiquée. Parfait. Elle tapa une réponse.

Lève tes fesses ! La cérémonie des parents est dans deux heures. Ne t'AVISE pas de rater ce pour quoi on a fait ce voyage. P.-S. : J'espère que tu as passé une super nuit et que tu n'es pas enfermée dans la cave. Je t'aime. xxxx

La réponse fut immédiate.

Nuit incroyable. Je déborde d'amour. Bon, peut-être juste de désir. Tout ça, c'est la faute de Céline. On se retrouve sur place. Envoie-moi l'adresse.

Elle lui fit suivre les coordonnées, puis sortit du lit en grognant pour se traîner jusqu'à la douche, consciente que ce n'était pas ainsi qu'elle était censée se sentir ce matin.

Avant de partir de chez elle, une tout autre palette d'émotions avait été prévue pour aujourd'hui. L'excitation. L'anticipation. La gratitude. La romance. Et le bonheur de voir ses parents renouveler leurs vœux, réunis avec leurs anciens amis qu'ils avaient malheureusement perdus de vue jusqu'ici, tous les quatre enchantés de s'être retrouvés.

Mais la réalité, c'était qu'elle avait déclenché un effet domino qui avait poussé son père à la violence, sa mère aux larmes, avait dévoilé leurs secrets les plus déchirants, et l'avait mise dans une position où le simple fait de penser au visage d'un certain garçon rendait ses mains moites et affolait son cœur. Et ce garçon n'était pas celui qui se trouvait en Écosse, à écourter leurs appels parce qu'ils s'asseyaient tous deux sur les lauriers de leur couple.

Par chance, elles avaient encore le temps de rattraper un tant soit peu le coup, de revenir au plan d'origine, et au moins d'offrir à ses parents la joie de célébrer trente ans de vie conjugale, leurs filles à leurs côtés, heureuses de chaque année que leur père et leur mère avaient vécue ensemble parce qu'ils avaient offert des existences merveilleuses à leur famille.

Elle se doucha, mit un peu de mascara, se glissa dans la robe vert pâle qu'elle avait achetée pour l'occasion, ce qui faisait désormais d'elle l'heureuse propriétaire de... deux belles robes. L'autre, flottante et bleu marine, était sa tenue de secours pour les mariages, les baptêmes, les fêtes de Noël ainsi que, avec l'ajout d'une veste noire, les enterrements. Il allait vraiment falloir qu'elle fasse quelque chose à ce sujet, qu'elle arrête d'être constamment en sweat et en jean, et de passer toute son existence au travail ou sur le canapé.

Si ces derniers jours avaient accompli quelque chose, en dehors de l'éruption volcanique de tout ce qu'elle pensait vrai dans sa vie, c'était de lui faire prendre conscience que le monde était grand, et qu'il fallait qu'elle sorte de sa petite routine, qu'elle élargisse ses horizons et commence à vivre pour de vrai. Elle ajouta cela à la liste des choses dont elle voulait parler à Kev, quand ils parviendraient enfin à avoir une discussion digne de ce nom. Elle avait demandé à ses parents d'être prêts pour midi, si bien que quand elle frappa à leur porte, celle-ci fut aussitôt ouverte par son père, qui avait fait de la ponctualité l'œuvre de sa vie.

Elle leur avait simplement dit qu'ils iraient dans un endroit chic, et ils s'étaient tous les deux faits très beaux. Elle n'avait pas eu besoin de prévoir un costume pour son père ; vu qu'elles l'avaient prévenu qu'il lui faudrait quelque chose d'élégant, il en avait naturellement pris un. Et même sans l'avoir briefé, Zara savait que le costume aurait été glissé dans la valise, parce que Colin Jones ne faisait pas dans le *casual*, sauf s'il s'agissait d'être dans le jardin ou sur un terrain de golf. Il resplendissait donc dans une légère veste de lin beige, un pantalon assorti et une chemise blanche à manches courtes ornée d'une cravate bleue. L'ensemble était si chic qu'on en oubliait presque sa main bandée.

Sa mère, elle, portait toujours le peignoir de l'hôtel, mais elle était parvenue à se faire un élégant chignon qui défiait le temps et le talent qu'elle y consacrait généralement, se contentant d'une queue-de-cheval faite à la va-vite.

— Tu aimes ma coiffure ? gazouilla-t-elle. C'est Eileen qui s'en est occupée. Mon maquillage aussi.

Ce fut là que s'ouvrit la porte de la salle de bains et qu'apparut l'intéressée, en train de se sécher les mains à l'aide d'une serviette.

—Cette laque a rendu mes mains toutes collantes… (Elle s'arrêta en découvrant Zara.) Oh, bonjour. Alors, qu'est-ce que tu en penses ? Ta mère n'est pas magnifique ?

—Oh que si. Elle est sublime.

Son cœur s'était remis à cavaler, et ses paumes étaient de nouveau moites. Eh merde. Ce n'était ni le plan original, ni le plan revu, ni le plan d'urgence, ni n'importe quel autre plan qu'elle avait réussi à établir ces dernières vingt-quatre heures.

—Il ne me reste plus qu'à décider quoi porter. Tu peux me donner un indice sur le lieu ? Je pensais à la robe bleu pâle de l'autre jour. Elle va avec la cravate de ton père, et j'ai les chaussures et le sac à main parfaits, pour l'accompagner. Mais je ne veux pas partir sur ça si nous allons au même endroit que l'autre jour. Même si j'espère franchement que ce n'est pas ça, parce que ton père est sûrement black-listé là-bas, et nous n'avons certainement pas envie de causer une scène…

Pendant que sa mère passait sa garde-robe en revue, Zara croisa le regard d'Eileen et y lut de la complicité. Elle savait où ils allaient. Évidemment. Aiden avait déjà dû expliquer à sa mère la raison de ce voyage, et elle devait bien être consciente qu'à leur insu, ses parents s'apprêtaient à renouveler leurs vœux. Zara se demanda si c'était pour ça qu'Eileen avait proposé de s'occuper du maquillage et de la coiffure de sa mère ; elle la gratifia d'un bref signe de tête et d'un sourire de gratitude. Quoi qu'il se soit passé avant, la mère d'Aiden semblait faire de son mieux pour se rattraper, et Zara ne pouvait que la remercier. Elle aurait simplement aimé que cela ne la fasse pas penser à son fils. Encore et toujours. Pour la dixième fois en une heure. Argh.

—Ne t'inquiète pas, ce n'est pas là que nous allons. Il s'agit d'un lieu beaucoup plus spécial, maman, et pour tout te dire, j'ai apporté une robe que tu voudras peut-être mettre… (Elle désigna la housse pliée sur son bras.) Nous savons que ces derniers mois n'ont pas été faciles, avec le départ de mamy, mais nous avons pensé qu'elle aurait aimé faire partie de ce… voyage.

Zara déglutit, chassant l'énorme boule qui semblait s'être logée dans sa gorge.

—Et vu qu'on s'apprête à aller dans un lieu très spécial, on s'est dit que tu aurais peut-être envie d'emporter un bout de mamy avec nous. Alors voilà…

Sa mère fixa la housse pendant trois longues secondes.

—C'est la robe crème de ta grand-mère ? Celle qu'elle aimait plus que sa vie ? murmura-t-elle.

—Oui.

Zara retint son souffle, incapable de deviner, au ton de sa mère, si c'était une bonne ou une mauvaise chose. Ce n'était pas comme si elle avait eu une seule prédiction juste cette semaine, si bien qu'elle préférait ne pas crier victoire et attendre la suite – d'autant que sa mère venait d'éclater en sanglots.

—Oh, Zara, c'est parfait.

—Maman, ton maquillage ! s'écria-t-elle, et sa mère réagit aussitôt en plaçant les deux index sous ses yeux pour faire barrage aux larmes.

—Ne t'inquiète pas, je vais rectifier ça, intervint Eileen avant d'attraper un pot sur la coiffeuse et de s'attaquer aux joues de Brenda.

Il y eut encore quelques reniflements, un peu de vent pour sécher ses larmes et une certaine dextérité avec l'éponge à fond de teint, mais cinq minutes plus tard, sa mère s'était calmée et avait disparu dans la salle de bains pour enfiler sa robe. Quand elle revint, Zara était bouche bée, mais son père s'empressa de la complimenter.

—Brenda, tu es magnifique, ma chérie.

Zara et Eileen se tenaient derrière lui, ne pouvant que sourire jusqu'aux oreilles face au bonheur qui exsudait de Brenda Jones.

Ils avaient toutefois un planning à respecter.

—Bon, maman, tu es prête ? Millie nous retrouve là-bas.

Il était inutile d'en tenir rigueur à sa sœur de l'avoir laissée gérer cette partie-là toute seule – autant en vouloir à une vache de meugler. Ou à un nuage de pleuvoir. Ou à un Chippendale de se dévêtir. Les choses étaient ainsi, et il n'y avait aucune raison d'espérer un quelconque changement. En tout cas, Millie avait intérêt à se pointer à la chapelle si elle ne voulait pas se faire arracher les yeux.

Sa mère hocha la tête, tout en passant son sac à main d'un bleu poudré sur son épaule et en glissant ses pieds dans les chaussures assorties.

—Oui, je suis prête. Mais…

Elle s'arrêta, comme si elle venait de se rendre compte qu'il y avait un problème. Zara réprimanda silencieusement les dieux. Qu'est-ce qu'il y avait, encore ? Elle ne pensait sincèrement pas avoir la capacité de gérer un énième contretemps.

—Eileen, tu veux nous accompagner ? proposa alors sa mère à son ancienne amie/maquilleuse, puis elle se tourna vers Zara. Ça ne te dérange pas, ma chérie ? Tu peux modifier la réservation ? J'aimerais beaucoup qu'Eileen soit là.

Par chance, l'intéressée fit part de ses objections avant même que Zara puisse formuler un quelconque rejet plausible de cette drôle d'idée. Les Nations unies de Brenda et Eileen avaient peut-être décidé de cesser les hostilités et négocié un traité de paix tout à fait louable, mais n'importe quel citoyen sur Terre aurait pensé la même chose que Zara, à savoir qu'avec tout ce qu'il s'était passé, avoir l'ancienne petite amie/meilleure amie/pécheresse au renouvellement surprise des vœux de ses parents ne serait pas de très bon goût.

—Oh, Brenda, c'est adorable, mais je ne peux pas... Je n'ai pas envie de m'imposer...

—N'importe quoi. Tu ne t'imposes pas du tout. N'est-ce pas, Zara ?

Sa bouche remuait, mais rien n'en sortait, alors Eileen tenta d'autres arguments :

—Mais je dois vraiment aller retrouver Aiden...

Sa mère secoua la tête et rétorqua avec sa chaleur et sa bienveillance signatures :

—Eileen ! Tu ne m'as pas dit, tout à l'heure, que tu restais justement à l'écart parce qu'Aiden avait de la visite et que tu voulais les laisser tranquilles ?

Il avait quoi ? Zara s'efforça de réfléchir avec tout le bon sens dont elle était capable. *De la visite. Layla. Merde. Enfin, non, super ! C'était vraiment super pour lui. Voilà qui réglait la question. Plus de problème. Génial. Fantastique. Mission terminée. Dossier clos. Pourquoi avait-elle envie de pleurer ?*

—Oui, mais...

Zara voyait qu'Eileen commençait à manquer d'excuses, mais elle ne voulait pas vexer sa mère, maintenant qu'elle avait réussi à rebâtir un semblant de pont entre elles. Pourquoi Millie n'était-elle pas là ? Son franc-parler légendaire aurait été parfait pour la mettre définitivement hors de l'équation. Manque de bol, Zara n'avait pas ce cran.

—Ce n'est pas un souci, dit-elle à Eileen tout en lui adressant un regard qui, elle l'espérait, disait : « Nous savons toutes les deux que c'est une mauvaise idée, mais nous ne pouvons rien y faire, alors nous allons devoir faire avec pour l'instant et trouver une solution plus tard, parce que ni l'une ni l'autre n'a envie de décevoir ou de vexer ma mère. »

Eileen dut capter une partie du message, car elle souffla d'une voix hésitante :

— Tu es vraiment sûre ?

Zara ne pouvait rien répondre d'autre que : « Oui, oui. Ça va être super. »

Au pire, peut-être Eileen pourrait-elle tomber de la voiture en sortant devant la chapelle et prétexter une blessure ?

En bas, ils s'entassèrent dans la limousine que Zara avait louée, au grand émerveillement de sa mère. Elle profitait vraiment à fond de ce voyage désormais – et encore, elle ignorait ce qui l'attendait, songea la jeune femme le cœur battant.

Les rues de Vegas étaient bondées, même à cette heure de la journée, ce qui laissa à Zara pas mal de temps pour faire le tri dans ses pensées.

Ça promettait d'être un moment vraiment spécial pour ses parents.

L'ex-fiancée d'Aiden était là.

Même si Eileen était avec eux et que ça frisait l'indécence.

L'ex-fiancée d'Aiden était là.

Mince, elle avait oublié d'appeler Kev hier, et aujourd'hui.

L'ex-fiancée d'Aiden était là.

Ils tournaient dans la rue de la chapelle.

L'ex-fiancée d'Aiden était là.

Pourquoi donc l'ex-fiancée d'Aiden était-elle là ?

— Oh, c'est Aiden ! lâcha alors Eileen tandis que la limousine commençait à ralentir.

Zara manqua de se faire le coup du lapin. Aiden était en effet là, devant la bâtisse blanche, avec quelqu'un qui n'était de toute évidence pas son ex-fiancée.

Évidemment qu'il viendrait. C'était prévu depuis le début. Il s'était tellement investi dans leur projet que…

— Attendez… (C'était la voix de sa mère, et celle-ci n'avait pas du tout la même tonalité que cinq minutes plus tôt, quand elle s'était extasiée devant la tour qui dominait le *Stratosphere Hotel*, au moment où ils l'avaient longée.) Je reconnais cet endroit. Colin ?

— Oui… (Oups. Il n'avait pas l'air plus enjoué.) C'est là que… commença-t-il.

— Je sais exactement ce que c'est, le coupa sa mère avant de se tourner brusquement vers sa fille, qui se sentit rapetisser sous son regard accusateur qu'elle était incapable de comprendre. Zara, qu'est-ce qu'on fait ici ?

Bon sang, où était Millie ? Elle avait besoin d'une alliée, là – elle ne pouvait pas gérer cette crise seule. Face à la panique, elle opta donc pour la chose la plus naturelle et répondit avec un enthousiasme excessif :

— Maman, papa, voici notre cadeau d'anniversaire. Nous nous sommes arrangées pour que vous puissiez renouveler vos vœux dans l'endroit où vous vous êtes mariés – enfin, pas techniquement – la première fois. N'est-ce pas fantastique ?

Voilà, ils y étaient enfin. Au moment clef de ce voyage. L'apogée de tous ces préparatifs. La cerise sur le gâteau de leur trentième anniversaire de mariage.

Alors, pourquoi sa mère donnait-elle l'impression qu'elle avait envie de prendre la fuite ?

31

Brenda

Elle avait failli y arriver. Failli. Il avait fallu chaque once de sa détermination, renforcée par une grosse dose de gratitude et de reconnaissance vis-à-vis des efforts de ses filles, et aidée par deux ou trois surprises plutôt inattendues, mais Brenda avait failli réussir à se laisser charmer par ce voyage et à en profiter à fond.

Après un départ tumultueux, elle avait décidé de faire fi de sa prudence et de vivre l'instant présent, se jurant de mettre de côté tout ce qui la travaillait en ce moment – ses problèmes avec Colin, les décisions qu'elle devrait prendre pour son avenir, les sentiments conflictuels, mais étonnamment positifs, vis-à-vis d'une ancienne amie à qui elle devrait dire adieu demain –, mettre en pause ses inquiétudes et sa négativité et, pour une fois dans sa vie, ne penser à rien d'autre qu'à s'éclater, tout simplement. Et c'était exactement ce qu'elle avait fait. Elle s'était époumonée aux côtés de Céline Dion. Elle avait fait un pacte avec Eileen pour avancer lentement, mais sûrement, vers une nouvelle amitié, et elle en était profondément heureuse, parce que cela faisait des années qu'elle n'avait pas ri comme cette dernière journée et demie. Elle avait même commencé à voir Colin sous un angle différent, respectant son intégrité, sa décence et sa décision de mettre son poing dans la figure d'un type qui faisait deux fois sa taille, parce que celui-ci s'était comporté comme un salaud avec Brenda des années plus tôt. Elle n'avait jamais cautionné la violence, bien sûr, mais elle mentirait en disant qu'il n'y avait pas quelque chose d'attirant, chez un mari cinquantenaire vêtu d'un élégant chino prêt à risquer l'humiliation ainsi qu'une blessure à la main pour réparer un tort qui avait été fait à ceux qu'il aimait.

Et si elle devait faire preuve d'honnêteté, son point de vue avait également changé en entendant comment Gary avait traité cette pauvre Eileen. Brenda avait passé toute sa vie à se poser des questions, mais aujourd'hui, elle savait qu'elle l'avait échappé belle. Un certain sentiment de liberté avait accompagné cette conclusion.

Et maintenant ?

Elle venait de retourner dans sa cage dorée. Renouveler ses vœux. Devant les filles. Auprès de leur père. L'homme qu'elle prévoyait encore de quitter il y avait quelques jours, et avec qui elle avait toujours un avenir incertain.

—Maman ! (C'était Millie, qui attendait déjà devant la chapelle et qui ouvrit grand les bras pour l'accueillir quand elle sortit de la limousine.) Je suis teeeeellement contente ! Bon, je suis aussi peut-être encore légèrement ivre. Mais si M. Elvis n'est pas top niveau, je peux gérer deux ou trois morceaux du concert d'hier. Au fait, je te présente l'officier Chad. Il est là pour s'assurer que papa ne mette personne au tapis.

—Je ne pense pas que ce soit nécessaire, entendit-elle Colin répondre d'une voix chargée d'embarras et d'indignation.

—Je plaisante, papa ! rétorqua Millie avant de le gratifier d'une étreinte asphyxiante. Il est là parce qu'il ne supporte pas d'être séparé du nouvel amour de sa vie.

Moi. Nous nous sommes rencontrés après le concert, hier soir – quand vous êtes partis, avec Eileen, en chantant *The Power of Love* à pleins poumons, vous vous souvenez ? Nous avons vécu une nuit merveilleuse, et j'ai dû l'emmener, car il ne peut déjà plus se passer de moi. Ne le nie pas, Chad, le taquina-t-elle avec un coup d'épaule.

Brenda ferma les yeux l'espace d'une seconde, suppliant son cerveau d'accepter l'absurdité de cette situation, puis elle les rouvrit en entendant le fameux officier Chad dire :

—Ravi de faire votre connaissance, madame.

Elle se rendit alors compte qu'il avait la main tendue, attendant qu'elle la lui serre. Colin et elle le saluèrent aussitôt, d'un air presque confus. Cet homme poli et respectueux n'avait pas idée de ce dans quoi il s'était fourré, avec leur Millie.

Mais pour l'instant, Brenda avait d'autres problèmes à régler.

—Bien, si nous pouvions tous entrer, s'il vous plaît, entendit-elle Zara dire, parce qu'Elvis n'a pas toute la journée, et que nous n'avons qu'une demi-heure avant que le prochain couple d'amoureux se jure fidélité et tout le toutim.

Ils commencèrent à avancer, et Eileen lui pressa doucement la main quand elle passa devant elle.

—Ça va ? Si…

Elle n'avait pas besoin de terminer sa phrase. Trente années s'étaient peut-être écoulées, mais ces deux-là pouvaient toujours lire en l'autre comme dans un livre ouvert. Malheureusement, Brenda avait beau apprécier cette reconnexion, ce livre ne regardait pas Eileen.

Allez. On sourit, on est heureuse et on se lance. Acte un.

—Oui, bien sûr. Merci.

Sa toute dernière performance à la Meryl Streep tint jusqu'à ce qu'elle regarde Eileen entrer dans la chapelle, devant elle. À cet instant, quelque chose se rompit avec la prise de conscience que, ces dernières vingt-quatre heures, elle n'avait pas fait semblant. Pour la première fois depuis des années, elle s'était simplement amusée, avait passé un moment génial et en avait profité au maximum. Pourtant, voilà qu'elle venait de rendosser ce rôle où elle devait faire croire à tout le monde qu'elle était heureuse.

Et elle n'avait pas le choix.

Il était hors de question qu'elle blesse ses filles, ou qu'elle mette Colin dans l'embarras, ou encore qu'elle cause une scène. La Brenda docile, modérée et trop gentille était de retour, et il n'y avait rien qu'elle puisse y faire.

—C'est merveilleux, non ? lança Colin, même si elle devinait de l'incertitude dans sa voix. (Pauvre Colin. Il avait fait de son mieux...) Regarde-moi toutes ces roses. De loin, on croirait des vraies.

Elle pourrait fuir. Soulever l'ourlet de la robe de sa mère et prendre ses jambes à son cou. Si Ada était là, ce serait exactement ce qu'elle lui dirait de faire. Sa mère éprouvait beaucoup d'affection pour Colin parce que c'était un type bien, mais une fois et une seule, quand les filles étaient petites, elle avait dit à Brenda qu'elle n'avait pas besoin d'être là où elle n'avait pas envie d'être. Elles étaient installées derrière sa table de cuisine, à boire un thé pendant que Colin jouait dans le jardin avec les filles.

—C'est un charmant garçon, avait-elle dit, ce qui avait aussitôt mis Brenda en alerte, car si sa mère, merveilleusement accueillante, mais dangereusement directe, faisait un compliment sorti de nulle part, il y avait très probablement un « mais » à la fin de la phrase – elle ne s'était pas trompée. Mais... avait continué Ada, je ne suis pas sûre qu'il mette le feu à ta petite culotte, ma chérie. Et c'est important, dans un mariage. Ton père...

—Ne termine pas cette phrase, maman, je t'en supplie, l'avait coupée Brenda.

—Bien. Tout ce que je veux dire, c'est que… Il faut que tu sois heureuse et… C'est quoi, ce mot qu'on voit partout, aujourd'hui ? J'ai entendu Oprah l'utiliser à la télé, l'autre jour. *Épanouie.* Oui, c'est ça. Tu dois être épanouie, et si ce n'est pas le cas, alors sache que je te soutiendrai quel que soit le choix que tu feras, ma chérie. Les filles et toi aurez toujours une place ici.

Bien sûr, Brenda avait endossé le rôle de l'épouse froissée et avait rétorqué être parfaitement heureuse à sa place. Sa mère n'avait plus jamais soulevé le sujet.

—Brenda ? (Colin était en train de la dévisager, mais elle était incapable de réagir. Sa gorge était nouée. Et ça hurlait dans sa tête.) Brenda… tu veux que j'aille chercher les filles ?

Il commençait à paniquer, elle le sentait ; la mention de leurs filles suffit à la réveiller.

—Je ne sais pas si je peux faire ça, Colin.

La tristesse qui balaya les traits de son mari montrait qu'il savait exactement de quoi elle parlait.

—Mais je pensais que ça allait beaucoup mieux… ces deux derniers jours…

Elle hocha la tête, à court de mots. Oui, ça allait mieux. Hier soir, après le concert de Céline, ils avaient même fait des bêtises sous les draps, et Colin ne s'était pas empressé de remettre son pyjama juste après.

—Oui, mais ce n'est pas…

Elle ne pouvait pas terminer sa phrase, mais elle voyait qu'il savait ce qu'elle allait dire. *Pas assez.* Ce n'était pas assez.

—Maman, Elvis attend !

C'était Zara, son incroyable Zara, qui avait passé la tête à la porte de la chapelle et leur faisait de grands signes, son front plissé laissant clairement entendre qu'elle craignait que quelque chose n'aille pas. Brenda ne pouvait pas lui imposer ça. Pas maintenant. Pas ici. Pas après tout l'amour qui avait été mis dans ces préparatifs.

Elle inspira un bon coup. Elle jouait un rôle depuis la dernière fois qu'elle avait quitté cet endroit – elle pouvait continuer un peu, pour ses filles.

—On arrive, ma chérie, la rassura-t-elle avec un sourire rayonnant, puis elle tendit son bras à Colin. On y va ?

—Mais… souffla-t-il, perplexe.

—Colin, nos filles nous attendent. Il est temps.

Son front se dérida, et Brenda vit qu'il avait compris. Il redressa les épaules, se gratta la gorge et prit son bras. Ensemble, ils entrèrent dans la chapelle sous la voix puissante, émouvante et classique d'un Elvis qui s'époumonait sur *It's Now or Never.*

Une fois à l'intérieur, Brenda balaya la salle des yeux. Au premier rang sur la droite : Zara, Millie ainsi qu'un officier de la loi. À gauche : Eileen, Aiden et un très charmant jeune homme, dont le sourire laissait deviner qu'il était ravi d'être là. Ce devait être le visiteur surprise d'Aiden, celui dont lui avait parlé Eileen tout à l'heure.

Brenda avança de quelques pas supplémentaires vers l'autel.

La dernière fois, leurs témoins avaient été deux femmes de ménage assez gentilles pour couper leur aspirateur et venir représenter les deux étrangers qui avaient surgi en plein milieu de la nuit. Elles n'étaient pas là, aujourd'hui, mais le reste du casting était présent.

Devant eux, Elvis. Et Brenda avait le fort soupçon qu'il s'agissait toujours du même, parce qu'il devait avoir dans les quatre-vingts ans, et son déambulateur était garé juste à côté des Chapelettes, qui s'étaient de toute évidence arrêtées en chemin, après avoir été retiré leur pension de retraite à la poste du coin.

Soudain, Brenda sentit le rire lui chatouiller la gorge. Tout était exactement pareil. Le temps n'avait pas eu d'effets sur ce lieu, et alors qu'Elvis se mettait à parler, elle nota que le script n'avait pas changé non plus. Pas un seul mot. À tel point qu'elle avait du mal à savoir si elle était dans le présent ou dans le passé…

Elvis tendit les deux bras sur le côté, faisant s'agiter les franges cousues à sa veste de cuir blanc. La chapelle Elvis Loves Me Tender de Las Vegas, avec ses murs blancs et ses fleurs en plastique, était sa scène, et les quatre individus debout devant lui composaient son public.

— Brenda, chanta-t-il d'une voix légèrement moins impressionnante que celle qui avait appartenu au véritable Elvis Aaron Presley, prenez-vous cet homme, Colin... (ces mots déclenchèrent un tonnerre de tambourins chez les trois choristes vêtues de rose que le panneau publicitaire appelait les Chapelettes, et qui se tenaient à la gauche d'Elvis) pour amour brûlant et époux jusqu'à votre dernier jour sur Terre ?

— Je le veux, murmura Brenda, des larmes plein les joues, et sa réponse déclencha une nouvelle salve de tambourins, ainsi que des « Dieu soit loué » entonnés par les Chapelettes.

— Et vous, Colin, prenez-vous cette femme, Brenda, pour épouse, et lui promettez-vous de l'aimer tendrement jusqu'au jour de votre mort ?

Colin plongea dans ses yeux, et Brenda y vit tant de choses... De l'amour. De la peur. De l'incertitude.

— Je... commença-t-il.

Une pause. Tout se figea. Soudain, Brenda était de nouveau dans le présent, sans saisir pourquoi la cérémonie s'était arrêtée. Colin s'était-il évanoui ? Non. Il était toujours devant elle, à la regarder, la bouche ouverte sans toutefois former aucun mot. Elle s'apprêtait à entamer le protocole qu'elle appliquait au travail en cas d'AVC quand il prit enfin la parole.

—Je... ne le veux pas.

Brenda croisa son regard, puis elle vit son sourire triste et son hochement de tête résolu.

—Je ne le veux pas, répéta-t-il, plus fort cette fois.

Elvis commençait à trembler, dans ses fameuses chaussures en daim bleu.

—Papa ! aboya Zara.

Colin lui adressa une grimace navrée, puis il reposa les yeux sur Brenda.

—Je ne le veux pas, parce que je pense qu'il est temps que Brenda choisisse sa vie. (Il ne parlait rien qu'à elle, tous les autres s'étaient effacés ; il n'y avait plus que son mari et elle, comme la dernière fois.) Tu as été une épouse et une mère merveilleuse. Maintenant, si tu le souhaites, je pense que tu devrais être une merveilleuse toi, tout simplement.

Brenda entendit Millie murmurer : « Je croyais que c'était moi qui picolais, dans la famille ? », mais elle l'ignora, les yeux toujours vissés sur son mari, puis elle posa une question à Elvis.

—Je peux changer d'avis ?

Sonné, mais résolu à suivre le mouvement, le maître de cérémonie hocha la tête.

—Vous faites ce que vous voulez de votre argent, ma p'tite dame.

—OK, merci. Dans ce cas, je ne le veux pas non plus.

Parce que, Colin Jones, tu m'as soutenue ces trente dernières années sans jamais faiblir. Tu as été le meilleur père qu'auraient pu espérer nos filles, et je t'aime profondément. Mais aujourd'hui, nous pouvons clore ce chapitre en sachant que nous avons tous les deux fait de notre mieux. (Les larmes coulaient toujours sur ses joues, mais elle sentait la tristesse se mêler à la joie de ce moment.) Et je pense que toi aussi, tu devrais faire ce qu'il te plaît, maintenant, et être un merveilleux toi.

—Qu'est-ce qu'ils foutent ? Quelqu'un a mis de la drogue dans leurs verres ou quoi ? lança Millie.

Brenda se tourna vers ses filles, vit les yeux écarquillés de Millie et les larmes dans ceux de Zara.

—Mes filles, nous vous aimons tellement. Et nous sommes désolés. J'espère que vous saurez nous pardonner. Mais arrive un moment où il faut vivre sa vie comme on l'entend, et ce moment est venu pour nous. J'espère que vous aurez également toutes les deux le cœur et le courage de le faire.

Tenant toujours la main de Colin, Brenda tendit son autre bras, et Millie et Zara quittèrent leurs sièges pour venir s'y nicher. Ils s'enlacèrent tous les quatre, tandis que dans leur coin, les Chapelettes, qui n'étaient pas formées à dévier du script, se mettaient à entonner le premier couplet de *Wonder of You*, certes hésitant, mais d'une justesse indiscutable.

Zara fut la première à parler, rompant leur cercle pour embrasser d'abord sa mère, puis son père.

—Vous êtes merveilleux, tous les deux. Surprenants, mais merveilleux. Nous ne souhaitons que votre bonheur. En revanche, si vous voulez bien m'excuser, j'ai un coup de fil à passer.

32

Aiden

Aiden vit Zara partir au pas de course, le regard droit devant, sans même lui jeter le moindre coup d'œil. Mais il n'était pas vraiment surpris. Ces quinze dernières minutes devaient être les plus délirantes de sa vie, et pourtant, c'était un avocat qui avait un jour représenté un couple pour leur cinquième divorce… ensemble. Il avait appris qu'ils s'étaient remariés un an plus tard, et depuis, il avait arrêté de prendre leurs appels.

À côté de lui, Trevon observait la scène avec de grands yeux, ce qui le réjouissait assez, car son ami était d'humeur plutôt maussade, depuis deux jours. Aiden ne comprenait rien. Sa mère avait été aux abonnés absents quasiment tout ce temps, profitant de rattraper les années perdues avec les parents de Zara, si bien qu'il avait été convaincu que Trevon aurait été partant pour faire la bringue, mais il ne l'avait jamais vu aussi déprimé. Son ami l'avait même écouté tout lui raconter au sujet de Layla, de Zara et de sa confusion générale pendant deux heures, hier soir, sans broncher. Trevon s'était contenté de lui donner à boire, de compatir, puis il avait mis un match de basket des Charlotte Hornets sur ESPN histoire de lui changer les idées. Un ami en or.

— Je suis désolé, mec, avait dit Aiden à la mi-temps. On devrait être dehors, à profiter à fond. Je suis officiellement l'ami le plus pathétique du monde.

Trevon avait juste haussé les épaules, posé les pieds sur la table basse de leur suite et ouvert une autre bière.

— T'inquiète, mec. On a toute la vie devant nous. Certaines choses sont plus importantes.

Aiden lui avait donné un petit coup de coude avant de désigner l'écran.

— Comme les Hornets en éliminatoires.

— Exactement. Rien n'est plus important que ça.

Ils avaient passé le reste de la soirée à regarder des matchs et des rediffusions, mais une fois minuit venu, Aiden avait commencé à se demander si tout allait bien chez Trevon, parce que son ami avait à peine craché un mot, ce soir. En temps normal, il aboyait sur la télé, dictait les règles, vivait chaque instant comme s'il y était. Mais là, il n'avait pas décollé ses fesses du canapé, ses épaules étaient voûtées et il n'arrêtait pas de regarder son téléphone.

— Trev, il y a quelque chose que je devrais savoir ? Pardonne-moi… J'ai passé la moitié de la soirée à te parler de mes problèmes. Qu'est-ce qu'il y a, mec ? Tu as des soucis ?

— Le boulot, avait marmonné Trevon avec un haussement d'épaules.

Mais Aiden n'y croyait pas. Trevon était le type le plus proactif et le plus efficace qu'il connaissait. S'il y avait vraiment un problème avec son travail, il aurait été en train de le régler au lieu d'être avachi sur un canapé de Vegas, avec Joe la déprime à côté de lui. Non, il devait s'agir d'une femme, mais Trevon n'était pas du genre à s'épancher. Il lui en parlerait quand il serait prêt.

Ce matin, il paraissait toujours aussi préoccupé.

—Bon, j'ai pris une décision, et n'hésite pas à me dire si je suis ridicule, mais je vais aller à ce truc, aujourd'hui, avait annoncé Aiden.

—Tu vas aller au renouvellement des vœux des parents de la fille sur qui tu as flashé, même si elle refuse de décrocher quand tu l'appelles, et que les retrouvailles prévues entre vos parents ont fait un gros bide ?

—Voilà, c'est ça. Tu veux venir ?

Trevon avait éclaté de rire puis secoué la tête.

—Je t'aime, mec, mais pas à ce point.

Aiden s'était habillé, rasé, tout à fait conscient que c'était sûrement une mauvaise idée, mais Zara partait demain, et c'était peut-être sa dernière chance de lui parler, même juste pour lui dire au revoir. Et désolé, aussi. Il lui devait au moins des excuses pour l'avoir mise dans cette position inconfortable, l'autre jour.

Il s'apprêtait à partir quand sa mère lui avait envoyé un message pour lui signaler qu'elle y serait également.

—Bon, je me ferai beaucoup moins l'effet d'un loser, à me pointer tout seul. Ma mère y va aussi. Au moins, je pourrai toujours donner l'illusion que je suis là pour lui tenir compagnie. C'est ta dernière chance pour changer d'avis. Je te rappelle qu'il y a la possibilité de me voir me ridiculiser, et cela pour la seconde fois en un mois.

À sa grande surprise, Trevon s'était levé du lit avec enthousiasme.

—Tu sais quoi ? Je n'ai pas envie de rater ça. Je me sens vachement mieux, quand tu te ridiculises.

Dix minutes plus tard, son ami sortait de la douche, vêtu d'une chemise gris pâle et d'un pantalon noir, prêt à venir les soutenir. Ou à témoigner de sa stupidité. Quoi qu'il en soit, Aiden était content qu'il soit là, maintenant, pour voir tout ça de ses propres yeux, parce que raconter ce qu'il venait de se passer dans cette chapelle n'aurait jamais fait honneur à la réalité.

Sa mère avait quitté sa chaise pour aller enlacer les parents de Zara, libérant la place à côté de lui, ce qui lui permettait de filer d'ici sans déranger personne. Aiden saisit sa chance.

Une fois dehors, il se mit à chercher Zara. Il était à deux doigts d'abandonner, pensant qu'elle avait pris la fuite, quand il la vit. Tel le sublime paradoxe d'un tableau de Banksy, elle était assise sur le trottoir crasseux, à côté d'une boutique de prêteurs sur gages délabrée, la tête posée sur ses genoux dans sa magnifique robe vert pâle. Pris d'un soulagement qu'il n'aurait pu ni expliquer ni justifier, Aiden la rejoignit.

—Hé, souffla-t-il histoire de ne pas la faire sursauter. Tu attends quelqu'un, ou je peux m'asseoir ?

Elle dressa la tête et se protégea d'une main du soleil qui l'éblouissait.

—Pour être honnête, j'espérais qu'un tueur en série abrège mes souffrances, mais je n'ai pas l'impression qu'il y en ait dans le coin.

Aiden balaya la rue des yeux.

—Dans cette partie de la ville, il pourrait en surgir un à n'importe quel moment.

Il regarda son joli visage trouver le moyen d'esquisser un sourire, et prit cela pour un accord tacite. Il se laissa glisser contre le mur, se fichant bien de savoir qu'il s'apprêtait à ruiner un pantalon Tom Ford à cinq cents dollars en s'asseyant sur un trottoir qui n'avait pas été nettoyé depuis le début de l'humanité. Il roula les manches de sa chemise noire et sortit ses lunettes de soleil de sa poche de pantalon. Il les lui proposa d'abord, mais elle refusa.

—Je suis écossaise. Je vois le soleil à peu près trois fois

par an, alors une bonne dose de vitamine D ne peut pas me faire de mal. Mais merci.

Il fourra une branche de ses lunettes dans sa bouche – s'il était occupé à la mâchouiller, cela pourrait dissimuler le fait qu'il ne savait pas quoi dire. Mais alors pas du tout. Il passait la moitié de son temps à parler de divorce avec ses clients, à prendre des dépositions, à argumenter au tribunal. En gros, il gagnait sa vie en parlant. Et pourtant, sur ce trottoir crasseux de Vegas, il n'avait aucune idée de la manière de formuler une phrase digne de ce nom.

—Ça a été un sacré truc, là-dedans.

—Oui, répondit-elle avec un soupir las. Je t'ai dit que je portais la poisse. Je n'en reviens pas de ce qu'il vient de se passer. J'imagine que ça mijotait depuis quelque temps et que nous n'avons rien vu… Mais je suis contente pour eux, vraiment. Tout ce qui les rend heureux me va, parce que c'est leur vie, pas la mienne. Quoi qu'il en soit, c'est officiel : je ne préparerai plus jamais de surprise. Dorénavant, ce sera bouteilles de vin pour tout le monde – anniversaires, de mariage ou non, Noël et toute autre occasion particulière. Au moins, si ça part en cacahuète, on aura de quoi noyer notre chagrin.

Nouveau silence. C'est là que l'univers lui fit un signe en lui montrant le téléphone dans sa main. Oui, il pouvait partir de là.

—Tu attends un coup de fil ?

On ne pouvait pas exactement parler de génie oratoire, mais il allait devoir se contenter de cela.

—Je viens d'en passer un, répondit-elle, trouvant de toute évidence cette discussion aussi gênante que lui. Ça ne s'est pas super bien passé.

Il ignorait en quoi avait consisté cet appel, mais ses réponses lapidaires laissaient clairement entendre qu'elle ne voulait pas de sa compagnie. Ne restait plus qu'à présenter ses excuses et à filer d'ici, en espérant que ce souvenir s'efface très vite. Ses paumes commençaient à être moites, et ce n'était pas seulement dû à la chaleur. Ni sa gorge sèche, son ventre noué ou son incapacité à exprimer ses pensées autrement que par des mots basiques.

—Je suis désolé.

—Tu n'y es pour rien.

—Non, je veux dire, pour l'autre jour. Je suis vraiment désolé. Je t'ai mise dans une position inconfortable, je n'aurais jamais dû faire ça. Ça ne me ressemble pas, et je tiens à te présenter mes excuses.

Bien, il avait enfin réussi à plaider sa cause. Il s'attendait à ce qu'elle réagisse d'un simple haussement d'épaules ; alors, anéanti, mais toujours en vie, il pourrait partir faire quelque chose d'inhabituel, mais de thérapeutique, pour le restant de sa journée. Peut-être boire jusqu'à sombrer et oublier tout ça.

—Tu le pensais ?

—Quoi ?

—Oh, sérieusement, on a perdu le pouvoir de communiquer ou quoi ?! Je suis en train de crever, et pas seulement de chaleur. Est. Ce. Que. Tu. Le. Pensais. Quand. Tu. As. Dit. Que. Tu. Voulais. M'embrasser ?

Le fait qu'elle pose pareille question le sidéra.

—Évidemment. Je ne lance pas ce genre de choses à…

—Arrrgh ! (Elle lâcha un long grognement de frustration étranglé tout en plaquant une main sur sa bouche à lui.) Tais-toi. Pas un mot. Parce que j'en ai ma claque de chercher à deviner ce que tout le monde pense et ressent, et ce qui rendrait les autres heureux avant de me planter lamentablement. J'en ai ma claque, tu entends ? Regarde où ça m'a menée…

Il s'apprêtait à intervenir, mais elle le muselait toujours.

—Alors, écoute-moi bien, Roméo. La personne que je viens d'appeler est mon petit ami, à qui j'ai signalé que je ne voulais plus être avec lui parce que nous étions tombés dans une routine, que nous restions ensemble par habitude et que nous n'avions fait aucun foutu effort pour profiter de notre vie ou pour rendre l'autre un tant soit peu heureux. Et il m'a donné raison en demandant si je pouvais le rappeler parce qu'il était en plein milieu d'un truc important, au travail. Donc, c'est terminé. Basta. Et l'une des raisons pour lesquelles je viens de faire, pour la première fois de mon existence bien rangée et parfaitement raisonnable, une chose tout à fait impulsive, c'est que l'autre jour, quand avec ton charme irrésistible, tu m'as demandé si tu pouvais m'embrasser, j'ai vraiment, mais *vraiment* eu envie de dire oui. Mais je ne le pouvais pas, parce que j'avais un putain de petit ami, et que je m'en serais voulu à mort de faire ça dans son dos. Puis tu as tout gâché en acceptant l'appel de la femme qui a brisé ton cœur. Depuis, tu as bien sûr dû te rendre compte que tu étais encore amoureux d'elle, car j'imagine qu'elle est sexy, intelligente, a une ligne de bikini parfaite et ne commet pas la moitié des bourdes que tu m'as vue enchaîner depuis que j'ai pris ta vie en otage et t'ai forcé à intégrer l'un de mes plans foireux. Si c'est le cas, dis-le-moi maintenant, parce que je ne sais plus si je l'ai dit, mais j'en ai MA FOUTUE CLAQUE DE DEVINER CE QUI SE PASSE DANS LA TÊTE DES AUTRES. Et si jamais tu as besoin que je te résume tout ça : tu me fais me sentir comme je ne me suis jamais sentie avant. Je ne sais pas si j'aime ça ou non, mais ça me pousse à faire des choses comme rompre avec mon petit ami, donc ça, c'est fait, et je suis désormais célibataire. Et tout à l'heure, c'était comme si quelqu'un m'avait planté une batte de baseball en plein cœur, quand j'ai cru que ton ex avait débarqué, puis j'ai compris que ce n'était pas elle. Ce qui ne veut toutefois pas dire que tu ne t'es pas remis avec cette foutue femme invisible, et si c'est le cas, dis-le-moi et va-t'en. Mais si ce n'est pas le cas, alors je vais arrêter de parler une petite minute parce que je n'ai jamais fait un monologue aussi long. Je vais retirer ma main de ta bouche et tu vas te pencher vers moi, poser ton pouce sur mon menton, puis sur ma joue – parce que ça a l'air ultra sexy, dans les films – et ensuite, tu vas m'embrasser, je te laisserai faire, et on verra où ça nous mènera. Tu as compris ? Hoche une fois la tête pour « oui ».

Il hocha la tête.

Alors, tandis qu'elle retirait sa main, il se pencha et toucha le menton de la femme la plus spectaculaire, drôle, belle et enivrante qu'il ait jamais rencontrée. Puis, avec une lenteur appuyée, sans une seule fois la lâcher du regard, il passa la main sur sa joue et s'approcha encore. Puis s'arrêta. Mais seulement l'espace d'une seconde. Parce qu'il voulait se souvenir de ce sentiment incroyable. Il reprit alors, jusqu'à ce que ses lèvres frôlent les siennes, puis il les pressa un peu plus fort, jusqu'à ce que leurs souffles s'unissent pour ne faire qu'un, jusqu'à ce que son cœur ne tienne plus, jusqu'à ce qu'il ait envie de bondir de joie parce qu'il n'avait jamais ressenti quelque chose d'un tant soit peu similaire à ce bonheur grisant, délirant et bouleversant qu'il éprouvait à cet instant.

Il l'embrassa encore. Et encore. Et encore un peu… Jusqu'à ce qu'elle s'écarte et qu'il voie de nouveau son visage. Il regarda alors sa timidité naturelle reprendre le dessus, et elle lâcha un petit rire avant de s'assurer que personne ne les observait, parce qu'elle n'était pas le genre de fille à embrasser son homme en public. Jusqu'ici.

—Aiden, je peux te poser une question qui n'a rien à voir ?

—Tout ce que tu veux. Surtout si ça signifie qu'on va enfin pouvoir se lever de ce trottoir avant d'attraper une saloperie qui pourrait nous tuer, pour aller quelque part où je pourrai t'embrasser de nouveau. Pendant très longtemps.

—Non, ce n'est pas ça. Enfin, si, je ne suis pas contre, mais… c'est autre chose.

—Je t'écoute.

Elle plissait de nouveau les yeux ; ce devait être quelque chose de sacrément profond.

—Je rêve, ou ta mère est en train de rouler une pelle à ton meilleur ami ?

33

Eileen

Il n'était que six heures du matin, mais la salle d'embarquement de l'aéroport de Las Vegas était déjà pleine. En ce samedi, pas mal de gens rentraient chez eux après être venus assister aux spectacles de la veille. Certains avaient suivi des conférences toute la semaine, et s'étaient octroyé une soirée bonus histoire de se lâcher une dernière fois avant de retourner à leurs responsabilités familiales et à leur quotidien. Certains étaient des joueurs qui étaient arrivés la veille, qui avaient perdu jusqu'au dernier centime misé, et qui écourtaient leur week-end parce qu'ils avaient appris la fameuse leçon selon laquelle la maison gagne toujours.

Et certains étaient, comme eux, un doux mélange de famille et d'amis.

Aiden et Zara étaient assis face à elle, les mains jointes, leurs regards rivés au sol jusqu'à ce qu'Aiden se lève et s'éloigne. Eileen avait tant de peine pour eux… Cela sautait aux yeux que ces deux-là partageaient quelque chose de spécial. Depuis qu'ils étaient revenus de la chapelle, la veille, ils étaient inséparables, et Eileen n'avait jamais vu son fils regarder qui que ce soit, pas même Layla, comme il le faisait avec la fille de Brenda. C'était quelque chose d'inédit et de sincèrement merveilleux, et pourtant, ils devaient déjà se dire au revoir.

Brenda et Colin étaient assis à côté d'elle, bien que Colin soit déjà en pleine lecture d'un magazine de jardinage. Brenda lui avait confié qu'il l'avait pris dans ses bagages, ce qui en disait long sur l'excitation qu'il avait éprouvée à l'idée de ce voyage-anniversaire.

À côté de lui, Millie était assise sur les genoux de Chad, son officier en repos, qui ne l'avait quasiment pas quittée depuis qu'il l'avait rencontrée.

Et enfin, à côté de la chaise vide d'Aiden, Trevon évitait soigneusement de croiser le regard d'Eileen, parce qu'il était toujours infichu de savoir ce qu'elle pensait. Elle en était au même point.

Eileen songea que chacun d'eux était venu dans l'attente d'une chose particulière, pour finalement découvrir que cette ville était pleine de surprises.

Et personne n'avait davantage surpris Eileen qu'elle-même, en embrassant spontanément Trevon la veille, quand ils avaient quitté la chapelle – elle en prenait l'entière responsabilité, mais c'était Brenda qui l'avait inspirée.

Elle avait entendu ce que son amie avait dit à ses filles après que Colin eut rompu leurs vœux et, ensemble, ils avaient choisi un nouveau chemin. Brenda, cette femme si intelligente, discrète et bienveillante qui, même à vingt ans, quand ils ignoraient encore de quoi serait faite leur existence, avait été la plus sage du groupe.

« Vient un moment où il faut mener sa vie comme on l'entend, et ce moment est venu pour nous. J'espère que vous aurez également le cœur et le courage de le faire. »

Dans les trente secondes après qu'Eileen eut quitté cette chapelle avec Trevon, elle avait eu le cœur et le courage, mais ces satanés doutes n'avaient pas tardé à refaire surface, et elle avait sauté dans un taxi, seule, pour se rendre au déjeuner chic que Zara et Millie avaient organisé au *Spago*, le restaurant du *Bellagio* tenu par Wolfgang Puck qui donnait sur les fontaines, faisant de ce moment l'une des expériences les plus romantiques de sa vie. Ça l'aurait tout du moins été si elle n'avait pas saisi toutes les occasions possibles pour ne pas se retrouver seule avec cet homme qu'elle brûlait soudain de regarder, de toucher… Ses sentiments l'avaient prise au dépourvu, et elle avait besoin de temps pour les digérer. C'était l'ami d'Aiden. Il était trop jeune. Trop beau. Trop spécial. Si proche de son cœur qu'il le briserait sans aucun doute. Et ce n'était pas un chemin qu'elle pouvait se permettre d'envisager, car Trevon, Aiden et elle-même pouvaient être blessés.

C'était donc avec soulagement qu'elle avait vu ce déjeuner se transformer en after dans la suite d'Aiden, ce qui avait vite pris des airs de fête. On avait dansé. On avait chanté. On avait ri. Le genre de moment hors du temps qui faisait du bien à l'âme. Sur l'insistance de Millie, ils avaient poursuivi les festivités jusque tard dans la nuit et étaient venus directement à l'aéroport à cinq heures du matin. Ils étaient restés en groupe, si bien qu'elle n'avait jamais risqué de se retrouver seule avec Trevon. Elle savait qu'à un moment donné, il faudrait qu'ils discutent de ce qu'il s'était passé, mais pas pour l'instant. Pas quand elle ignorait ce qu'elle dirait.

—C'est moi, ou tout le monde a l'air complètement déprimé ? demanda Zara d'une voix triste tout en regardant Aiden, qui revenait vers eux avec un plateau chargé de cafés.

L'avion pour Glasgow, avec escale à Londres, serait le premier à partir. Celui pour la Caroline du Sud ne s'envolerait que dans l'après-midi, mais évidemment, ils étaient tous venus dire au revoir à Colin, à Brenda et à leurs filles.

—C'est ce truc de « Ce qu'il se passe à Vegas reste à Vegas », répondit Millie. Sur le papier, c'est tentant, mais en vérité, ça craint.

—Bon, ça suffit, intervint Brenda avec une telle fermeté que ses filles écarquillèrent les yeux de surprise.

Elle portait toujours son maquillage de la veille, même si elle avait troqué sa magnifique robe de non-mariage contre un jean et une veste à paillettes affichant le logo de *Planet Hollywood* dans le dos. Eileen ne savait pas vraiment comment l'expliquer, mais Brenda semblait avoir rajeuni de dix ans en quelques jours. En particulier à cet instant, les mains plantées devant elle et les yeux pleins de flammes.

—Vous n'avez pas écouté un traître mot de ce que j'ai dit hier ou quoi ?

Il y eut des marmonnements, mais il s'agissait peut-être de simples mercis à l'attention d'Aiden qui venait de poser les cafés. Tout le monde attrapa son gobelet à l'exception de Brenda, qui n'avait pas terminé.

—Millie Ada Jones.

Sa fille tourna brusquement la tête vers elle, les sourcils dressés.

—Ouh là, je vais me faire gronder et envoyer dans ma chambre ?

Brenda ignora cette remarque pleine de sarcasme, décidant d'aller droit au but.

—Qu'est-ce que tu désires ? Vraiment. Cela fait pas mal de temps que tu vagabondes à droite, à gauche. N'es-tu pas heureuse ? Parce qu'il n'existe pas de personne plus téméraire que toi sur Terre, ma chérie, et si tu es incapable de revendiquer ce que tu souhaites vraiment de la vie, alors nous sommes tous perdus. Dis-moi, qu'est-ce que tu veux, ici et maintenant ?

Eileen regarda Millie jeter des coups d'œil à l'un et à l'autre, jusqu'à se poser sur sa sœur.

—Je veux rester ici.

Le café de Zara ne parvint jamais jusqu'à sa bouche.

—Quoi ? Millie, ne sois pas ridicule. Nous avons la boutique, nous avons nos vies, nous avons…

—Mais tu sais que ce n'est pas la vie dont j'ai envie.

—Alors, reste, ma belle, souffla Brenda. Reste ici. Pour aussi longtemps que tu le souhaites, ou jusqu'à ce que tes économies ou ton visa expirent. Zara, nous trouverons une solution, pour la boutique. Ton père et moi t'aiderons, et si tu as besoin d'embaucher, nous serons là pour te donner un coup de main jusqu'à ce que ce soit fait.

L'espace d'un instant, Eileen crut que Zara allait pleurer, mais après une longue pause et un soupir poussé des profondeurs de son être, elle haussa les épaules.

—J'imagine qu'on peut y arriver comme ça, admit-elle.

Eileen voyait les pensées conflictuelles qui la rongeaient. Elle avait déjà compris que Zara était une femme qui choisissait toujours de faire ce qu'il y avait de juste. Après la dernière expérience romantique d'Aiden, Eileen n'aurait pas pu être plus heureuse pour lui qu'il ait trouvé quelqu'un comme elle, même si elle ignorait comment ils allaient gérer une relation transatlantique.

Eileen reconnut un front dénué de botox au moment où Millie arqua un sourcil sceptique.

—Tu cherches à me manipuler, ou tu le penses vraiment ? Parce que dans le dernier cas, je me taille à toute vitesse avant que tu changes d'avis.

—Je le pense, répondit Zara avec un sourire triste. Tu vas beaucoup me manquer – sauf tes moments de gueule de bois –, mais je veux que tu sois heureuse. Alors, reste.

Millie avait quitté les genoux de son officier pour se ruer vers sa sœur, atterrissant sur elle avec une férocité qui menaça de les faire tomber de la chaise.

—Merci, merci, merci. Je t'aime, tu sais. Et je te promets que Chad me tirera d'affaire si je me fourre dans de sales draps. Pas vrai, bébé ?

Le nouvel homme de Millie s'exprima alors pour la première fois, avec un adorable « Bien sûr ! » C'était un homme de peu de mots et de beaucoup de muscles ; quelque chose disait à Eileen que ce n'était sûrement pas là l'histoire de toute une vie. Millie regrimpa sur ses genoux quand elle eut terminé de broyer le corps de sa sœur.

—Et toi, Zara ? l'interrogea alors Brenda. Qu'est-ce que tu veux ?

Zara regarda Aiden.

—Je veux rentrer, dit-elle sans le lâcher du regard.

Oh, non… Le ventre d'Eileen se noua douloureusement. Comment avait-elle pu si mal interpréter les choses ? Elle était convaincue que ces deux-là avaient établi davantage qu'une connexion éphémère. Et elle voyait bien, à l'air surpris d'Aiden, qu'il pensait la même chose.

—Je suis désolée, mais c'est vrai, poursuivit Zara. Mais ce n'est pas ce que tu crois, ajouta-t-elle en prenant la main d'Aiden. Je veux rentrer pour m'occuper de ma boutique, d'autant que Millie ne sera plus là pour m'épauler. Ensuite, j'aimerais venir te rendre visite en Caroline du Sud, et j'aimerais aussi que tu viennes me rendre visite en Écosse, parce que je veux qu'on apprenne à bien se connaître. Je désire voir où tout ça nous mène avant que nous nous lancions dans de grandes décisions ou que nous

nous mettions une quelconque pression. J'espère de tout cœur que ce que je te propose te convient, parce que je pense que nous deux, ça pourrait être génial, mais il faut que tu saches qui je suis, et je suis du genre à prendre mon temps et à beaucoup réfléchir avant de me lancer. Tu penses pouvoir le supporter ?

Avant qu'Aiden prononce le moindre mot, Eileen devina à son sourire que la réponse serait oui. Comment pourrait-il en être autrement ? Il avait grandi en voyant à quoi ressemblait l'existence quand on gravitait autour de quelqu'un qui prenait des décisions relationnelles impulsives. Si ça, son travail ainsi que la fin désastreuse de son histoire précipitée avec Layla ne lui avaient pas donné envie de prendre son temps, alors rien ne le pourrait. Eileen savait qu'un bel avenir attendait son fils, parce que Zara et lui étaient tous les deux des personnes qui méritaient qu'on les attende.

Le son d'un haut-parleur trancha l'atmosphère : la porte de leur vol pour Londres venait d'être annoncée. Il était temps de partir.

Brenda, Colin et Zara furent les premiers à se lever, puis les autres suivirent. Eileen tendit les bras pour étreindre la femme qu'elle avait cru ne plus jamais revoir de sa vie. L'amie qu'elle avait aimée et perdue, et qu'elle avait peut-être bien retrouvée. Elles avaient déjà prévu qu'elle viendrait en Écosse le mois prochain, et elle compterait les jours qui la sépareraient de ces retrouvailles avec Brenda.

—Prends soin de toi, lui murmura-t-elle à l'oreille. Et prends soin de Colin, aussi.

Elle avait déjà exprimé toutes les excuses qu'elle devait faire, ainsi que toute sa gratitude pour leur pardon. Aujourd'hui, elle avait seulement à leur dire au revoir.

— Promis, souffla Brenda. Et, Eileen, peut-être est-il temps que tu reprennes ta vie en main, toi aussi. Ce charmant jeune homme est amoureux de toi, ajouta-t-elle avec un coup de menton discret vers Trevon.

Eileen lâcha un hoquet.

— Mais… comment tu… balbutia-t-elle, perplexe.

— J'ai mes sources, répondit Brenda avec un clin d'œil. Même si je n'en ai pas vraiment besoin. Ça saute aux yeux, et tu serais bien bête de l'ignorer.

Eileen sentit son visage commencer à chauffer. Comment Brenda avait-elle pu se faire ne serait-ce qu'une petite idée de ce qu'il se passait avec Trevon ? Et comment pouvait-elle l'encourager à foncer quand il y avait tellement de raisons qui montraient si clairement que ce n'était pas une bonne idée ? Mais, bien sûr, elle ne dit rien de tout cela. Elle embrassa Brenda, embrassa Colin et Zara, puis recula pour laisser chacun faire ses adieux.

Il y eut un bref moment de panique quand Millie se rendit compte qu'elle avait déjà enregistré sa valise, jusqu'à ce que Zara lui rappelle qu'ils l'avaient enregistrée sous son nom, et qu'ils n'auraient donc pas à la débarquer : ne lui restait plus qu'à vivre de ce qui traînait dans son bagage cabine, en attendant de s'acheter de nouveaux vêtements. Les larmes coulèrent quand Millie dit au revoir à ses parents et à sa sœur, et Eileen crut bien l'entendre murmurer à Zara de ne pas oublier de nettoyer une… friteuse ? Peut-être était-ce son imagination. Après une nouvelle série d'embrassades, Millie partit, Chad sur les talons, prévenir la compagnie qu'elle ne monterait pas à bord.

Quand Brenda, Colin et Zara parvinrent enfin à s'éloigner, Eileen, qui se tenait entre Aiden et Trevon, glissa son bras sous celui de son fils.

—Elle reviendra, le rassura-t-elle. Je pense que cette fille est unique. Une de celles qu'on ne quitte pas.

Aiden fit un dernier signe à Zara, qui s'était tournée pour lui envoyer un baiser juste avant de disparaître sous les portiques de sécurité.

—Je le sais, souffla-t-il. C'est bizarre, parce que je ne me sens même pas triste, juste excité de ce qui nous attend. Elle est vraiment spéciale.

—En effet, confirma Trevon, mais avant qu'il puisse dire quoi que ce soit d'autre, Aiden le coupa.

—Et vous l'êtes aussi, tous les deux, dit-il d'une voix si calme qu'Eileen crut d'abord qu'elle avait mal entendu.

Trevon, lui, avait très bien compris.

—Qu'est-ce que tu veux dire, Aid… ? murmura-t-il.

Son ami haussa les épaules.

—Je dis que je vais aller me chercher un autre café. Que je vais vous laisser seuls un moment, et que vous aurez peut-être envie de parler. Je dis également que Zara et moi vous avons vus hier, devant la chapelle…

C'était donc comme ça que Brenda avait été mise au courant. Zara avait forcément dû partager cette information de rien du tout avec sa mère.

—… et s'il y a une quelconque partie de vous, poursuivit Aiden, qui se retient de débuter quelque chose à cause de moi, alors je dis non, s'il vous plaît, parce que tout ce que je souhaite, pour l'un comme pour l'autre, c'est le bonheur. Et je ne suis peut-être pas objectif, mais je trouve que vous iriez franchement super bien ensemble.

Puis il s'éloigna, le sourire aux lèvres, les laissant, Trevon et elle, se dévisager, sonnés.

Même avec la bénédiction d'Aiden, ça ne pouvait *pas* marcher. Ces dix-sept ans d'écart la terrifiaient, et oui, elle avait peur du jugement des autres. D'un point de vue physique, Trevon était certainement l'homme le plus beau qu'elle ait jamais vu, si bien qu'elle était consumée par l'angoisse, parce qu'elle-même était une femme de cinquante-cinq ans qui avait donné naissance, avait vécu et gérait aujourd'hui les joies de la ménopause, et qui ne pouvait rivaliser avec le corps de femmes de la moitié de son âge, même si elle faisait de son mieux. Et, plus important encore, Trevon était un homme qui comptait pour elle ; elle ne voulait pas risquer de se lancer dans ce genre d'histoire avec lui, de peur que ça se passe mal et qu'elle le perde à tout jamais.

Mais Brenda, sa douce Brenda, si sage et si pleine de bon sens, était toujours dans sa tête.

« Vient un moment où il faut vivre sa vie comme on l'entend, et ce moment est venu pour nous. J'espère que vous aurez également le cœur et le courage de le faire. »

S'il y avait des problèmes, elle les gérerait en temps voulu.

Eileen s'avança d'un pas, posa les mains sur le torse de Trevon, se dressa sur la pointe des pieds puis l'embrassa pour la seconde fois, sentant la chaleur de sa peau et le contact tendre, léger et euphorisant de ses lèvres.

—Je suis prête à prendre cette route, si tu l'es aussi, souffla-t-elle.

Il s'écarta, la fixa un long moment puis sourit.

—Bébé, j'y suis déjà.

Épilogue

Sept mois plus tard

La neige était tombée tôt, juste à temps pour un Noël blanc dont s'émerveillaient tant les visiteurs américains.

Brenda jeta deux ou trois bûches dans le foyer et demanda à Colin d'aller en chercher d'autres dans le jardin. Le jardin de Bernadette. Sa fabuleuse amie avait déménagé à Dublin pour vivre avec l'homme qu'elle épouserait l'année prochaine, et Brenda lui avait loué cet adorable cottage au bord de l'eau. Qui disposait aussi désormais du plus beau jardin de la rue, grâce à l'homme qui avait un jour été son mari, mais qui était aujourd'hui… comment les appelait Millie, déjà ? Ce souvenir lui fit monter le rouge aux joues. « Des amis avec bénéfices. » Concernant Brenda, cette nouvelle existence avait de nombreux points positifs. Ils avaient la liberté de mener leur propre vie, de faire leurs propres choix, d'aller où bon leur semblait, et de fréquenter d'autres gens. Colin avait rencontré une charmante femme à la jardinerie et l'avait emmenée dîner deux ou trois fois ; Brenda, elle, flirtait gentiment avec l'un des spécialistes du service gériatrique. Elle ignorait totalement si l'une ou l'autre de ces relations mènerait quelque part, mais c'était possible, et cela était le plus important. Par ailleurs, Colin comme elle étaient heureux de tenter le coup.

Colin s'intéressait beaucoup plus au monde maintenant qu'il avait quitté son poste à la mairie et qu'il passait ses journées à travailler avec Zara. Il gérait les affaires du quotidien tandis qu'elle se concentrait sur les compositions pour des événements particuliers, et leur duo fonctionnait à merveille. Pour l'instant.

Sa fille semblait clairement apprécier sa nouvelle vie. Brenda apporta un plateau de vin chaud à la table du dîner, où Zara, Aiden et Millie étaient en train de jouer aux cartes, Millie s'époumonant d'indignation, car elle détestait perdre. Certaines choses ne changeraient jamais.

En vérité, tout avait changé. Millie était restée trois semaines à Vegas, jusqu'à ce que son aventure avec Chad prenne fin, puis elle avait voyagé à travers le pays pendant un mois, pour terminer en Caroline du Sud, où elle avait vécu quelques semaines avec Eileen. C'était là-bas qu'elle avait entendu parler de ce poste sur un bateau de croisière – fleuriste résidente sur un luxueux paquebot qui partirait de la Floride pour explorer les Caraïbes. C'était fou, c'était exotique, chaque journée était différente et Millie adorait ça. Pour l'instant. Brenda ne doutait pas que son irrépressible amour de la vie la pousse à aller cueillir d'autres aventures un jour ou l'autre.

Eileen avait elle aussi développé un certain goût pour l'aventure. Au travail, elle avait vendu une grande maison et empoché une jolie petite commission, dont elle s'était servie pour partir en Écosse quelques semaines seulement après son voyage à Vegas. Brenda lui avait offert une séquence nostalgie en la ramenant sur leurs lieux fétiches : le club où ils avaient tous travaillé – désormais transformé en appartements. La maison qu'ils avaient tous partagée – désormais démolie pour laisser la place à une station-service. Elles avaient ri, chanté, dansé, et s'étaient longuement étreintes en pleurant tout leur soûl devant la tombe de la mère d'Eileen, puis devant celle d'Ada. Et elles s'étaient juré de se revoir très bientôt.

Elles avaient tenu cette promesse. Brenda était partie passer quinze jours à Charleston, en octobre, et Eileen était venue fêter Noël en Écosse avec Aiden et son petit ami, le séduisant Trevon. Il lui avait proposé d'emménager chez lui, et elle y réfléchissait. Elle était complètement folle de lui, et le meilleur, dans tout ça, c'était que cet amour était partagé. Eileen avait annoncé avec joie s'être enfin débarrassée de ses réserves, n'ayant jamais mené une vie aussi belle, et ils se fichaient bien de ce que les autres pouvaient penser d'eux. En particulier son ex-mari, Gary la Grande Gueule, qui était chez lui, en Caroline du Sud, à se remettre d'un lifting et d'une liposuccion.

Il avait eu le culot d'appeler Brenda quand il avait appris qu'elle s'était séparée de Colin. Il lui avait dit qu'il n'avait jamais cessé de l'aimer, qu'il voulait la retrouver, puis lui avait demandé de venir en Amérique et de le laisser la séduire. En guise de réponse, elle lui avait parlé du bébé, le leur, qu'elle avait perdu après cette désastreuse nuit à Vegas, et des raisons qui l'avaient poussée à épouser Colin. Elle lui avait ensuite confié que même si elle avait décidé d'embarquer pour une nouvelle aventure, elle préférerait se passer de sexe à tout jamais plutôt que de l'approcher, parce qu'elle avait enfin compris que c'était un abruti notoire à l'époque, et qu'il n'avait pas changé. Puis elle avait raccroché, s'était ouvert une bouteille de vin et avait invité Colin à faire des galipettes. Et oui, ses mules avaient tremblé.

Brenda les rejoignit, sur le canapé.

—Alors, qu'est-ce que vous en pensez ? Vous croyez que c'est le grand soir ? murmura-t-elle d'un ton conspirateur.

Trevon confirma d'un hochement de tête.

—Sûr à cent pour cent. Il ne va pas pouvoir tenir plus longtemps.

Eileen semblait partager son avis.

—Oui, je pense. Regarde comme sa jambe tressaute. Depuis tout petit, c'est comme ça qu'il réagit quand il est nerveux. Je ne l'ai même pas vu faire ça lorsqu'il s'est fait planter par cette horreur.

Eileen ne cherchait plus à cacher son aversion pour Leah. Ou Lila. Ou… Layla, oui, c'était ça. Quelques jours après leur retour de Vegas, en mai dernier, Eileen avait appelé Brenda pour lui confier qu'elle avait passé toute une journée dans les magasins afin de faire en sorte d'oublier qu'Aiden avait rendez-vous avec Layla pour parler de leur avenir. Cela lui avait coûté l'achat compulsif d'un sac Valentino, qu'elle avait rendu le lendemain quand, à son grand soulagement, Aiden avait appelé Zara afin de la rassurer : il avait dit à Layla qu'ils n'avaient aucun avenir ensemble. Son cœur avait trouvé un nouveau foyer. Avec elle.

Pour Eileen et Trevon, Aiden l'avait échappé belle, et à en juger par la façon dont ce grand costaud adorable regardait la fille de Brenda à cet instant, il pensait de toute évidence la même chose.

Dans le coin salle à manger, Millie avait abandonné la partie de cartes pour aller se chercher un autre verre.

Aiden prit alors la main de Zara.

—Ça te dit d'aller prendre un peu l'air ?

—Il fait un froid glacial, protesta-t-elle sans toutefois y mettre trop de cœur.

Brenda savait qu'Aiden aurait pu lui proposer d'aller se promener pieds nus dans la neige, Zara l'aurait suivi, parce que ces deux-là étaient tout bonnement fous l'un de l'autre.

Eileen planta son coude dans les côtes de son amie avant de les désigner.

— C'est parti, souffla-t-elle. Regardez ! C'est le moment, il se lance !

Elle arrivait à peine à contenir son excitation.

Trevon était déjà debout quand Aiden et Zara sortirent dans le jardin.

— Qu'est-ce qu'il se passe ? demanda Millie.

— Ils sont sortis. On pense que c'est le moment, murmura Brenda d'un ton plein d'urgence.

Le petit groupe – Brenda, Eileen, Colin, Trevon et Millie – trotta jusqu'à la fenêtre de la cuisine, où ils s'amassèrent, retenant leur souffle, pendant que Brenda l'ouvrait en silence afin qu'ils n'en ratent pas une miette. C'était certes une violation de leur vie privée, mais quand ils virent Aiden s'arrêter, se tourner vers elle et poser un genou à terre, tout scrupule disparut.

Brenda dut plaquer une main sur sa bouche pour ne pas crier de bonheur. Ça n'avait été qu'un pressentiment, une intuition, et une info glissée par Trevon, qui avait repéré une petite boîte carrée dans l'appartement d'Aiden. La combinaison de toutes ces choses avait suffi aux deux mamans pour s'enflammer et pour commencer à chercher la salle de réception idéale ainsi que d'immenses chapeaux.

Dehors, dans la neige, Aiden leva les yeux vers Zara.

— Zara, depuis le moment où tu ne m'as pas laissé t'embrasser dans cet hôtel de Vegas, j'ai su que j'étais amoureux de toi. Tu es ma vie, et j'aimerais énormément que tu sois à moi, et être à toi en retour.

À la fenêtre de la cuisine, Brenda pleurait, Eileen retenait son souffle, Millie vidait son verre de vin cul sec, Trevon observait en sachant qu'il serait le prochain, et Colin se demandait s'il ne devrait pas tailler un peu les cyprès qui encadraient le jardin.

—Zara Jones, veux-tu m'épouser ?

Ils entendirent le rire enivrant de la jeune femme, puis :

—Je peux y réfléchir ?

Plusieurs hoquets de stupeur furent lâchés à la fenêtre.

—Absolument pas, répondit Aiden d'une voix amusée.

—Dans ce cas, c'est un grand oui ! s'exclama Zara tandis qu'il glissait une bague à son doigt puis se relevait pour toucher son menton du bout du pouce, puis sa joue, avant de se pencher et de l'embrasser.

L'équipe d'espionnage laissa enfin éclater sa joie, jusqu'à ce que le couple de jeunes fiancés la rejoigne à l'intérieur pour être accueilli par une véritable ovation.

—Papa, tu voudrais bien reprendre la boutique pour que je puisse partir vivre en Amérique avec mon mari ?

—Je pense que c'est dans mes cordes, ricana Colin en la serrant dans ses bras, ce qui déclencha une nouvelle salve de cris de joie.

—Attendez… les interrompit Zara. Nous imposons toutefois une condition.

Les autres se turent, figés par le suspense.

—Si on tient jusqu'à trente ans de mariage, est-ce qu'on pourra se contenter de les fêter à la maison ?

Remerciements

Toute ma gratitude à chaque membre de ma merveilleuse famille éditoriale, chez Boldwood Books. Comme toujours, ce livre n'existerait pas sans mon éditrice et amie inspirante, encourageante et faiseuse de miracles, Caroline Ridding. Un grand merci également à mes relectrices et correctrices, Jade Craddock et Rose Fox, qui sont si douées pour améliorer ce que j'écris, ainsi qu'à leur directrice commerciale, Claire Fenby-Warren, et à son équipe de choc, qui se donnent corps et âme pour faire connaître nos histoires.

Un grand merci à Rachel Gilbey et aux blogueuses qui participent à mes blog tours, pour tous vos mots et votre soutien à chacune de mes parutions.

Et à tous ceux qui achètent mes histoires, merci du fond du cœur. Je n'ai pas de mots pour exprimer ma reconnaissance. C'est grâce à vous que je peux continuer à partager mes mondes imaginaires.

Avec tout mon amour,

Shari xx

Retrouvez-nous sur les réseaux sociaux :

City Éditions

www.city-editions.com
@cityeditions
www.facebook.com/cityeditions/
@CityEditions
@cityeditions

Achevé d'imprimer en janvier 2025
sur les presses de la Nouvelle Imprimerie Laballery
58500 Clamecy
Numéro d'impression : 412404

Imprimé en France

La Nouvelle Imprimerie Laballery est titulaire de la marque Imprim'Vert®